AF617441

MENTIR LA VERDAD

Ariel Magnus

MENTIR LA VERDAD

Confesiones de un falsario de la política

PRE-TEXTOS
NARRATIVA

El día 5 de septiembre de 2025, un jurado presidido por Ignacio Martínez de Pisón y compuesto por los novelistas Laura Ferrero y David Uclés; Rafael Arias, responsable de la librería Letras Corsarias; Silvia Pratdesaba, editora de Pre-Textos; y Guillermo Busutil, responsable de actividades de la Fundación Manuel Alcántara, decidió por mayoría conceder el IV Premio de Novela "Ciudad de Estepona" a *Mentir la verdad*, de Ariel Magnus.

Diseño gráfico: Pre-Textos (S.G.E.) y *
Imagen de la cubierta: Fotografía de Heinrich Jürges (Archivo Histórico de la Cancillería, Ministerio de Relaciones Exteriores de Argentina).

1ª edición: abril de 2026

PRE-TEXTOS, 2026
Luis Santángel, 10
46005 Valencia
www-pre-textos.com

con la colaboración de:
Fundación Manuel Alcantára
y Ayuntamiento de Estepona

IMPRESO EN ESPAÑA/PRINTED IN SPAIN
ISBN: 979-13-88054-17-4
DEPÓSITO LEGAL: V-599-2026

Impreso en GZ Printek

El único engaño que puede aspirar al éxito y a tener un efecto vital entre la gente es aquel que no merece por completo ese nombre, sino que no es más que la ornamentación de una verdad viva –aunque no plasmada del todo en el reino de la realidad– con aquellos atributos materiales que necesita para que el mundo la reconozca y la valore.

THOMAS MANN, *Confesiones del impostor Felix Krull*

Los realistas del futuro tendrán que mentir cada vez más a fin de decir la verdad.

LOUIS ARAGON, *La mentira verdadera*

1.

LA VERDAD SOBRE MI ADHESIÓN AL NAZISMO

Mi nombre es Heinrich Jürges –o Heinz, o Enrique– y he dedicado mi vida al tráfico de información. Casi nunca veraz, me apresuro a admitir. Por eso quisiera empezar el relato de mis imposturas –de las que sigo orgulloso y que considero un arte tan digno como cualquier otro, amén de mucho más útil y rentable– por la única de ellas que, en el río turbio de las restantes, quizá acabe injustamente por caer también en esa categoría.

Remontémonos para ello al año más negro de nuestro siglo: 1933. Nuestro líder, Adolf Hitler, acababa de ser designado canciller de mi país –que, por cierto, no era el suyo– y se ocupaba de perseguir al enemigo rojo con el mismo tesón que luego aplicaría sobre sus propios correligionarios pardos.

El último operativo del que participé, aunque no era una tarea que me correspondiera, tuvo lugar en el muy burgués barrio de Schönberg, en Berlín, más específicamente en la casa del economista Lutz Lask, miembro del Partido Comunista Alemán. No lo encontramos a él, sino a su esposa, que nos recibió en deshabillé –eran las siete de la mañana– y sólo atinó a informar que estaba encinta.

–Si no se calla, le aborto su feto judío de otra patada –le informó el jefe del operativo, que había invertido la primera en derribar la puerta de ingreso.

A punta de pistola le hizo decir a la mujer su nombre, aunque ya lo sabía, la relación con el arrendatario del departamento, que era evidente –no así que también ella era miembro del KPD, como averigüé más tarde–, y el paradero de este, que la mujer no nos hubiese revelado ni siquiera en el caso de que el hijo fuera de otro.

Por lo demás, ninguna de estas informaciones nos incumbía demasiado. La orden era allanar la vivienda y llevarse todo lo que pudiera servir para acusar a su ocupante de editar el periódico *Bandera Roja,* aunque no hiciera falta evidencia alguna para detenerlo, ya que tampoco era el plan someterlo a juicio antes de enviarlo a un campo de trabajo. Para el régimen, la hipótesis ya era parte de la conclusión, un método que, como aprendería yo más tarde, convertía la presunción de inocencia en su perfecto opuesto, salvo para sus ideólogos.

Por requisar una vivienda se entendía básicamente ponerla patas para arriba, y a eso fue a lo que nos dedicamos durante veinte minutos con el brío de niños a quienes los padres dejan un rato solos para salir al teatro o de compras. Abrir, tajear, desparramar, destrozar era más importante que encontrar algo, sobre todo porque ninguno sabía muy bien qué estábamos buscando, más allá de eventuales objetos de valor que guardarse de manera subrepticia en los bolsillos. Yo era el único que contaba con la formación intelectual suficiente como para al menos establecer distinciones entre los libros de la biblioteca o los papeles que yacían sobre el escritorio. Sin embargo, no fue por eso por lo que me detuve en la pila de cuadernos en octavo, de tapas azules y atados con cordel, que encontré al fondo del cajón de la mesa de noche ubicada del lado en el que dormía la embarazada.

–Eso no tiene nada que ver con mi marido –me advirtió Dora Diamant, que se había recostado en el otro extremo, con la voz más baja posible, un punto antes de ya sonar conspirativa.

A mí me tenía sin cuidado que el bebé por nacer fuera o no de la religión despreciable, esas eran obsesiones de la otra rama del Partido, a la que se adscribía el jefe de la operación. Lo que no le perdonaba a esa mujer era que estuviera embarazada y se jactara de ello, o, antes, que su marido la hubiera dejado en ese estado, más allá, otra vez, de la doctrina política que este profesara, aunque esa sí que me parecía de temer. Cada hombre capaz de procrear me recordaba mi incapacidad para hacerlo y cada mujer favorecida por ese don debía hacerse eco de los reproches que yo soportaba de la mía.

Quedé impotente a los dieciséis años, tras haber pasado seis meses en la misma trinchera que selló mi destino, o en todo caso el de mi desde entonces imposible (casi imposible) descendencia. Una noticia no tan mala, si se tenía en cuenta que los camaradas que en su momento me transportaron al hospital de campaña ya me habían dado por muerto. Y ciertamente habría sucumbido a esa granada enemiga de no haber hecho cuerpo a tierra arriba de un topo, que al parecer absorbió la mayor parte de las ondas destructivas, aunque concentrando las restantes en mi pelvis.

–Qué tienen o no que ver con su marido estos cuadernos es algo que vamos a determinar nosotros –le respondí a la fertilizada de apellido polaco, aunque no tenía por qué dar explicaciones y hasta arriesgaba una reconvención de mi jefe, si este no hubiese estado demasiado entretenido en calcular el valor posible de unas pequeñas vasijas con dibujos hechos a mano.

Los cuadernitos de tapas azules, aun atados con su piolín, se habrían vuelto a perder bajo el aluvión de objetos confiscados que desembocaban todos los días en el depósito subterráneo donde yo quemaba las horas fumando y jugando a los naipes si a los pocos días no hubiera llegado la renovada solicitud de devolverlos, bajo admonición de que no pertenecían al comunista buscado. La diferencia era que el planteo no provenía ahora de una esposa desesperada, sino de las altas esferas del Partido, con las que al parecer había contactado a tales efectos un importante diplomático de la embajada checa en Berlín. Rescaté las libretas de entre una pila de otros papeles que nadie tenía pensado revisar jamás y, con la excusa de entregarlos para su análisis previo en la oficina de asuntos masones –bajo el mando de un por aquel entonces ignoto muchacho llamado Adolf Eichmann–, me los llevé a mi casa, como ya había hecho con otros objetos reclamados, a los que tampoco les adivinaba valor alguno, pero de los que calculaba poder exigir un rescate oneroso de quienes al parecer sí.

No me considero un ladrón. Años más tarde, cuando conocí en Buenos Aires al escritor Paul Zech, que también había tenido que huir de Alemania por faltas a la ley similares a las mías, discutimos abiertamente sobre nuestra debilidad por lo ajeno y llegamos a la conclusión de que más bien debía ser interpretada como una forma de la filantropía. Zech en su biblioteca, yo en mi archivo, nos dedicamos de manera sistemática a extraer objetos que de otra manera hubieran seguido sepultados en la indiferencia, como quien se aboca a salvar gente de una prisión injusta, o en todo caso inconducente. Que lo hayamos hecho con alguna ambición pecuniaria de trasfondo no le quita altruismo a nuestro quehacer, como no se lo quita a las destrezas de un boxeador o de un actor cómico el salario que perciben por sus *performances*. Y si esto es cierto en cualquier dependencia del Estado, cuánto más bajo el régimen que nos tocó vivir a Zech y a mí, del que ya intuíamos que no se salvaría nada, o sólo lo que rescataran, a traición, personas de doble filo como nosotros.

Nunca sabré con precisión cuál de todas estas inversiones a futuro me arrojaron otra vez al banquillo de los acusados, del que nuevamente me bajé con una pena de cuatro años de cárcel, acompañada en esta ocasión por la pérdida de mis derechos civiles, como si me hubiesen descubierto un abuelo de credo mosaico. La primera condena había sido otros diez años hacia atrás, tras falsificar unos documentos oficiales, más por ahorrarme los trámites respectivos que por voluntad delictiva. Me jugó en contra, pienso en retrospectiva, haber salido antes airoso del desfalco de una casa de empeños –le agregué un cero a un cheque al portador por dos mil marcos alemanes– y del desvío de un cargamento de fármacos que habían puesto a mi cuidado. En ambos casos supuse, creo que no sin lógica y en todo caso no sin éxito, que me evitaría sufrir las consecuencias de infringir la ley el hecho de hacerlo con mercadería de por sí bastante ilegal. Ladrón que roba a ladrón tiene cien años de perdón, dicen en el idioma que adopté más tarde, quizá no por casualidad, como si ya hubiera sabido que en él –el que ahora uso para estas memorias– me sentiría mejor comprendido que en el mío. Pero en el mío ese dicho no existe, mucho menos aplicado al aparato administrativo, usina de la así llamada legalidad, por lo que estimo que esas excursiones a sus márgenes, aunque sin consecuencias graves en su momento, influyeron fatalmente en que el crimen burocrático, tan inocente a simple vista, me terminara valiendo cuatro años a la sombra.

Llegó así a su fin mi primera adultez, después de que a la adolescencia me la matara, también de un momento para el otro, aquella bomba en la trinchera. Lo que vuelve a parecer una desgracia resultó en el fondo una renovada fortuna, porque en ambos casos quedaron atrás etapas de mi vida cuyo único rasgo positivo fue haber terminado relativamente rápido.

Con lo que no quiero decir que la etapa previa a ambas, mi infancia, haya tenido nada de sencilla. Si bien nací en 1898 en Langerfeld, mis primeros recuerdos son de un orfanato en Berlín –no para niños judíos, ya se entenderá por qué lo aclaro–, del que salí adoptado a los seis años por un matrimonio ficticio, que oficiaba de pantalla para la vida libertina de sus miembros con personas de sus respectivos sexos. De esto me enteré recién a los doce, por boca de un amante de mi padre que también hubiera querido ser mío, y que por momentos logró serlo, según comencé a recordar más tarde.

Ser consciente de haber oficiado de pasaporte al libertinaje para mis procreadores presuntos –nunca decían que yo no era su hijo natural, naturalmente– le garantizó a mi adolescencia una independencia sin límites, ni siquiera coartados por las estrecheces pecuniarias –no es que no tuvieran dinero, sólo que no les gustaba compartirlo conmigo más que en especies, como ser ropa de calidad y una buena escuela– o unos pruritos básicos de salud. De joven rara vez dormía dos veces en el mismo sitio, como si temiera que los colchones, o lo que me tocara en suerte bajo el cuerpo, tomaran mis medidas para confeccionar un traje que me adormeciera los instintos. Que, por cierto, no invertía en nada en especial, salvo en protegerlos, también instintivamente, de cualquier intromisión ajena, al modo de una madre a sus críos, mientras le cedía al futuro la decisión sobre su utilidad eventual.

La Gran Guerra, que ahora llamamos primera, pero que en aquel entonces tomamos como la última, o en todo caso la *ultimativa*, como se dice en mi idioma materno –quizá adoptado él también, porque vaya uno a saber cuál era el que hablaban mis padres biológicos–, rápidamente perdió el carácter de solución a todos mis problemas, o al único de no tener un problema determinado. El medio año en el frente, vacío de más eventos que una extensa expectativa febril seguida de su explosivo desenlace, me dejaron emancipado hasta de la necesidad de proteger esa emancipación como un tesoro. Dentro de la trinchera entendí que la vida en su máxima expresión, o mínima, en el sentido de más pura, era simplemente eso: cavar una fosa, agazaparse adentro y esperar.

De vuelta en su versión más llana, meramente civil, mientras en el frente la contienda seguía en ascuas, me hundí en una melancolía tan profunda que no me servía ni para componer poemas. Más para distraerme de este estado de desánimo generalizado que por verdadera necesidad, cometí, una vez repuesto de mis heridas, al menos de las que resultaron curables, la serie de delitos menores ya pormenorizada que culminó con el de los papeles fraudulentos. Confirmar, tal vez de manera algo demasiado pragmática, que un escrito de mi autoría podía ser tomado tan en serio como para llevarme a la cárcel me puso al fin en la senda de mi auténtica vocación, tras un tiempo de haber coqueteado con otros formatos literarios mucho menos idóneos para dejar secuelas trascendentes en la vida real. De modo que, lejos de amargarme, me tomé el periodo obligatorio de encierro como se toma cualquier estudiante el tiempo que debe pasarse en la biblioteca mientras transita su carrera hacia el título de grado.

Recuperada la libertad, y resuelto a rehacer mi vida, o a empezar seriamente con su hechura, me busqué una lesbiana de buen pasar y le ofrecí los servicios que ya le había prestado mi padre putativo a mi madre ídem. Eran los años veinte en Berlín, de modo que lo que a principios de siglo había sido tal vez una extravagancia ahora se tomaba como un divertimento más, aunque tampoco es que la gente anduviera esgrimiendo sus inclinaciones sexuales en cualquier círculo sin miedo a represalias y proscripciones. Las épocas de libertad siempre son añoradas por los que llegaron tarde a ellas, de ahí que tiendan a obtener cada vez más brillo en su falsa rememoración. El que las vivió sabe, sin embargo, que nada fue tan dorado como lo pulen. Ni qué decir para mí, físicamente impedido como estaba para disfrutar siquiera de la cuota de veracidad que contiene toda fama más o menos espuria.

Quiso la mala fortuna que, además, a mi esposa en los papeles –tan falsos como si los hubiese confeccionado yo, contrastados con la alianza que aseguraban reflejar– se le antojara de todos modos ser madre, y no por adopción. En ese entonces, yo no habría querido engendrar una criatura ni aun si hubiera estado en condiciones de hacerlo, a la vez que no soportaba la idea de que a mi mujer, por muy impostada que fuera, la preñase otro hombre. Una situación sin salida con la que, no obstante, acabamos aviniéndonos, como esas personas que padecen una enfermedad terminal pero siguen vivas y hasta terminan enterrando a casi todos los que ya le habían dado su pésame por anticipado. Si algo había aprendido de mis padrastros –que por su parte deben de haber muerto creyendo que su hijuelo era un héroe de guerra– era que pocas instituciones revelan, puestas a presión, una mayor flexibilidad que la del matrimonio. Se trata de un estado al que se le pueden quitar todos sus atributos, empezando por la civilidad en el trato, sin que por eso corra grandes riesgos de disolverse.

Mi verdadero compromiso era con el Partido, al que ingresé en 1927, no tanto por afición ideológica como por ver anulado mi pasado criminal de un plumazo, al menos dentro de sus filas. La promesa de borrón y cuenta nueva con que había nacido esa pujante fuerza política resultaba irresistible para alguien que estaba llegando a la treintena sin más proyecto de vida que ocultar lo mejor posible el tramo que ya llevaba recorrido. Por mis dotes retóricas, entre las que destacaba la imitación perfecta de casi cualquier voz, incluidas las de sexo así llamado opuesto, fui derivado rápidamente a una de las secciones de propaganda. Me encargué allí primero de redactar y después de supervisar la producción de panfletos incendiarios en nombre de otras fuerzas políticas, labor que coordinaba con los grupos de choque encargados de utilizar mis invectivas como pretexto para sus razias.

Trabajar para Joseph Goebbels tenía su encanto. Pese a su aspecto adusto y a la rigidez de sus modos en público, puertas adentro era una persona afable, capaz de hacer bromas hasta sobre su escasa estatura. "No es que yo sea pequeño, sino que los otros crecen de más", solía decir, dando a entender que esa energía que el resto ponía en extender tronco y extremidades, en los petisos estaba concentrada en partes más importantes.

El plural incluía, como segundo término, al cerebro o a lo otro, según las escalas de jerarquía que manejara el interlocutor, pero en cualquier caso establecía entre ambos órganos una relación casi de necesidad mutua. Siendo la baja estatura una forma de la impotencia, acaso la peor, por tan evidente –pese a las botas de tacos vertiginosos que gastaba nuestro jefe y a la elevación, tampoco desmedida, del jefe de todos–, el método Goebbels de restitución retórica de una merma física tenía la doble ventaja de, como mínimo, poner en duda las connotaciones negativas del enanismo y, de máxima, convertirlas en su reverso, exponiendo al competidor a un ridículo del mismo tamaño que su antigua superioridad.

No otro era el proceder con los judíos y, en general, con todos los enemigos de la raza que llamábamos superior –que no suprema– precisamente para guardarnos el beneficio de la comparación. Todo era –debía parecer– una reacción, una defensa, a lo sumo una contraofensiva. No queríamos imponer un linaje, sino defender el nuestro de quienes buscaban contaminarlo y llevarlo a su ruina, del mismo modo que no quisimos tomar el poder, sino defender las instituciones de quienes las prendían fuego, ni invadir países que antes –un antes que podía extenderse por décadas– no nos hubieran invadido a nosotros o no hubieran solicitado, de manera más o menos manifiesta, su anexión. El único absoluto que reconocíamos era el objetivo último, esto es, la paz perpetua que los alemanes anhelamos al menos desde Immanuel Kant –en el sentido de ausencia de violencia, pero también en lo económico y aún en lo racial–, que sólo podía lograrse por medio de otro absoluto: la guerra total. Muchas veces le oí a Goebbels utilizar esa expresión puertas adentro, antes de que se la gritara en forma de pregunta a una multitud demasiado inocente como para no percibir que era retórica y ya estaba contestada desde que empezamos a gestarla con nuestra propaganda.

Mi capacidad de inventiva, sobre todo en lo que se refería a chicanear y agraviar al Partido del que era parte –sólo tenía que expresar lo que pensaba y entregar el material con cara de asco–, me valió sucesivos ascensos, supongo que también pensados para redirigir toda esa energía maliciosa en favor de los ideales propios. Como asesor directo del asesor directo de Goebbels, llegué a componer algunos discursos de campaña, aunque mis mejores frases solían quedar afuera de la versión definitiva por ser demasiado alevosas, al menos hasta que no llegásemos al poder. Frustrado por lo que consideraba una subutilización de mi fuerza creativa y ansioso por acelerar mi escalada dentro de la jerarquía del Partido, llevé mi celo por la desinformación sistemática a un punto de no retorno: le hice llegar a un periódico de alcance nacional una carta, supuestamente de puño y letra del canciller alemán Franz von Papen, en la que este le pedía permiso a su par ruso, Joseph Stalin, para adoptar el rublo como moneda alemana, con el alegado fin de ponerle freno a la inflación galopante.

La iniciativa –o las iniciativas, tanto la falsa carta como la de ponerla en circulación–, aunque festejada en la intimidad de los comités, no contó con el beneplácito de mi jefe, al que nada le agradaba menos que las ideas ajenas que no podía hacer pasar por propias, ya fuera porque no le cedían los derechos, ya fuera porque resultaba evidente que nunca podría haberlas concebido. Su reacción no fue inmediata (la venganza es un plato que se sirve frío, y Goebbels no era de apurarse ni para comer de los otros), sino que esperó a que Hitler se erigiera en canciller para entonces sí degradarme a archivista, un puesto que concentraba a tal punto el desinterés del régimen que ya tenía algo de honorífico conseguirlo, como quien no logra contestar bien ni una de las preguntas de un examen y por eso queda grabado en el recuerdo de su profesora como el peor alumno imaginable. En calidad de oveja especialmente negra, más aún que de soldado condecorado –quién no se había vuelto del frente con una cucarda y hasta habiendo perdido funciones del cuerpo más palmarias que las que extrañaba yo–, mis excamaradas me sumaban de cuando en cuando a los grupos de tareas, sobre todo si tocaba realizar un allanamiento en la casa de un algún intelectual del bando enemigo.

Tiempo después de la última de estas incursiones, como venía diciendo, me detuvieron, juzgaron y condenaron por hurto –me gustaría poder decir que el de los cuadernos azules en octavo, pero nunca pedí ni me dieron precisiones al respecto– a otros cuatro años de prisión. Poco motivado para doctorarme en sombra, tras haber cursado los primeros cuatro años con asistencia perfecta –al buen comportamiento dentro de la cárcel no lo supera el comportamiento directamente amoroso, como creía yo, porque los favores que se obtienen de él tarde o temprano quedan sepultados bajo las zancadillas del despecho–, aproveché el tiempo de gracia concedido por la apelación de la sentencia para escapar de Alemania y aún de Europa –si volvía a estallar la guerra, y nada parecía hablar a favor de lo contrario, seguramente no se iba a extender menos que la anterior– y tomarme el primer barco disponible rumbo a Latinoamérica.

Aunque el buque pasó por Buenos Aires –y aun por Río de Janeiro–, me quedé trabajando en él como redactor del boletín interno de novedades –una novedad que inventamos con el capitán una noche de juerga en su camarote– hasta recalar en su rimbombante destino final, Valparaíso, ubicado en el centro exacto de esa franja de tierra con forma de chile llamada precisamente así, aunque allí al fruto se le dice "pimiento". Más tarde supe que la palabra era utilizada en otras latitudes también para referirse de manera picante a la otra cosa que evoca la forma insólita de ese país, y no puedo dejar de anotar la ironía de haberme exiliado allí aun sin conocer este detalle, como si me sintiera obligado a resarcirme de mis falencias valiéndome de cualquier medio que tuviera a mi alcance, incluidos los inconscientes.

Todas las carencias que sufrí de inmediato en esta ciudad abandonada de la mano de Zeus –o al menos de su esposa, Europa– quedaron suplidas por los funiculares que proliferaban en ella, tengo entendido que como en ninguna otra del planeta para ese momento, con la posible excepción de Lisboa, una ciudad que me ha quedado en el tintero conocer, tras leer las loas que le canta Thomas Mann en su novela sobre el bello impostor, o sobre la belleza de la impostura. Nada me placía más que buscarme excusas en la parte alta para hacer uso de esos trencitos de un solo vagón que se valen en sus escaladas exclusivamente de la fuerza de su contraparte, como nos enseñó Goebbels que era la manera más eficiente de administrar la energía, en este caso de manera sana y por así decirlo consensuada, y no como ocurre en la política, aunque tampoco allí debe descartarse nunca que existan intereses creados hasta en las facciones que parecen más perjudicadas. Siempre alguien saca o cree sacar una ventaja, aunque sea a costa de sus hermanos, aprendí en la cárcel y luego en las oficinas de propaganda. En eso Maquiavelo se equivoca o se queda a mitad de camino:

no sólo es cierto que dividiendo se logra acceder al gobierno y mantenerlo, sino que carecer de poder crea automáticamente divisiones en la oposición.

Durante estos paseos funiculares conocí a mi segunda esposa, no por viajar con ella sino por cruzármela con regularidad. El instante en que los vagones quedan alineados tiene siempre algo mágico y los ocupantes se miran de una ventanilla a otra en secreto contubernio, olvidados los del lado descendente que se trata de un aparato de subir, no por nada llamado ascensor en su versión totalmente vertical. En el primer café que tomamos juntos, esta suiza me confesó que vivía en la parte alta y se buscaba excusas en la costa para montarse a ese medio de elevación, aunque siendo natural de Lucerna el cariño por los funiculares era en su caso simple nostalgia. Me discutió, en esa primera charla, que la parte difícil fuese la de escalada en vez de la otra, mostrándome su delicado tobillo derecho a modo de prueba, también consciente, me pareció, de que era la única parte que había quedado milagrosamente joven de su cuerpo ya sexagenario, como si los dioses la hubiesen tomado por allí para hundirla en la tercera edad. Tres veces se había lastimado ese tobillo al bajar la montaña y ni una al subirla, alegó. Como digo, las relaciones de fuerza siempre son eso, relaciones, y el que se aprovecha de las debilidades ajenas no es impensable que esté poniendo a prueba y hasta esperando, tácitamente, que saquen ventaja de las propias.

Una vez que senté cabeza, como me enseñaron que se decía –nada me resultó más fácil que aprender español, quizá porque todo idioma extranjero tiene algo de impostado, parece ser uno el que lo va inventando a medida que lo adquiere–, los pensamientos volvieron a inquietarse en torno a mi situación y decidí escribirle a la cúpula del Partido una larga carta admitiendo mis yerros –con la misma vaguedad con que me los habían endilgado– y suplicando clemencia para poder volver a mi país o, en su defecto, ser comisionado con la representación patriótica de sus intereses en el sur del mundo. La situación del otro lado del océano había cambiado radicalmente después de que Hitler mandara asesinar a Ernst Röhm y su círculo de colaboradores de la SA, supuestamente porque habían estado planificando un golpe interno, lo que sólo podía ser un pretexto ideado por Goebbels para destruir el ala moderada del Partido y limpiarse a sí mismo del pecado de haber pertenecido a ella, aunque a costa de ensuciarse hasta las heces en los de la mentira y la traición. Frente al Parlamento, el Führer fue aún más sutil –ni que un alma gemela a la mía le escribiera los discursos– y explicó que en la *Sturmabteilung* se había hecho correr el rumor de que él quería desarticularla para así justificar la intención de asesinarlo a él en una –como supuestamente la habían apodado las huestes de Ernst Röhm– *noche de los cuchillos largos*. Ningún conocedor del modo de operar de Hitler –ni hablar si además ha fungido de hacedor– dejaba de reconocer en toda esa estratagema una fiel reproducción de planes propios, invertidos por el espejo de su perfidia. Hitler era de esos tipos que en una cena te pasan amablemente los cubiertos, agarrándolos él por el mango.

Poco después de que me mandaran al archivo, admito que como venganza por el destrato recibido, yo había empezado a colaborar, naturalmente bajo seudónimo –aunque en nuestro ámbito ese disfraz fuera transparente como un nombre artístico–, con el *Kampfblatt* de Gregor Strasser, otro de los supuestos cerdos bolcheviques que fueron carneados en la noche acuchillada, que en rigor duró varios días y efectivamente descuartizó a la SA (la idea de llamar a la operación de limpieza con el nombre que le habían dado los supuestos golpistas para de ese modo realzar que en el fondo se trató de un suicidio, un *harakiri*, fue claramente una vuelta de tuerca de más que no creo que nadie logre desenroscar en el futuro). Así como en su momento malicié que Goebbels, que venía compitiendo con Strasser desde su época de *Gauleiter* de Berlín, me había archivado por rencor, ahora me creí con derecho y hasta en la obligación de suponer lo contrario, esto es, que me había hecho mandar a la cárcel para salvarme de la depuración en ciernes. De ahí el optimismo de mi misiva a la cúpula del Partido y también la idea de redactarla como una confesión de parte, de modo que les sirviera para relevar retrospectivamente la condena –ignorando su incumplimiento– y reincorporar, sin perder el rostro, a una pieza experimentada de su maquinaria propagandística.

Ilusiones. Nadie se tomó el trabajo de siquiera rechazar mi pedido.

Por supuesto que eso no me amedrentó, al contrario. Cambié de tono y aún de interlocutor. Aunque los altos mandos nazis exigían sumisión incondicional tanto de amigos como de enemigos –de eso se trató la escisión con Röhm y Strasser y los otros moderados que abogaban por llegar al poder mediante pactos y consensos–, nada despreciaban más que conseguirla. No sé si porque intuían la hipocresía tras las lisonjas o porque estaban preparados para lidiar sólo con quienes se les resistían, lo cierto es que subsumirse abiertamente a sus caprichos nunca traía beneficio alguno, impidiendo además el consuelo de al menos ventilar los propios rencores. Con la suficiencia jurídica de un abogado y el desdén retórico de un intelectual –las únicas armas, fuera de las de fuego, por las que los nazis sentían auténtico pavor–, me dirigí entonces a la máxima instancia de justicia, desmintiendo todo lo que había confesado en la misiva anterior –ya sabría qué hacer si daban con ella y se les ocurría usarla en mi contra: que la mentira tenga patas cortas nos enseña que no vale la pena pensar a largo plazo cuando la echamos a correr– y exigiendo la condonación de mi pena por "los evidentes errores en el expediente".

Entre las primeras cosas que en ese momento me hubiera gustado enseñarle al hijo que nunca creí que llegaría a tener –y que finalmente tuve, como contaré llegado el momento, aunque con una madre que no me hubiera permitido transmitirle estos cinismos– está que, cuando uno no sabe de algún tema, lo mejor es darlo por universalmente conocido, sobre todo en el interlocutor, porque hay que estar muy seguro de la erudición propia para arriesgarse a denunciar la ignorancia ajena, sin miedo a quedar uno mismo como el que no entendió nada. Esta carta me habría servido de ejemplo incontestable, porque efectivamente logré que me suspendieran la pena por "inconsistencias procesales" y así fue como logré recuperar mi membresía del Partido.

Pero la fortuna tiene a veces patas aún más cortas que la mentira. Antes de que pudiese preguntarme qué hacer con ese privilegio recobrado, tan lejos de donde hubiera podido serme de utilidad alguna, volví a perderlo. Lo que ocurrió fue que mi primera esposa, a quien me había olvidado de decirle a dónde me escapaba –llevármela conmigo es algo que ni se me pasó por la cabeza– había solicitado ayuda oficial para dar con mi paradero y exigirme el divorcio. Ser una mujer abandonada –¡si al menos la hubieran dejado encinta!– le parecía socialmente peor que haber seguido soltera en primera instancia, además de que yo le había quedado debiendo algún dinero. Durante el curso de la investigación, así como no se pudo determinar el nuevo domicilio del fugitivo –mi carta de arrepentido desde Valparaíso no había servido ni para eso–, tampoco se encontró en el juzgado el expediente de mi primera condena –¿para qué entraba uno al Partido y se apresuraba a hacer amigos de la misma ideología en diferentes dependencias del Estado?–. Presuponiendo mi culpabilidad sin necesidad de otro juicio –ni la primera ni la más grave falta de ética jurídica del nazismo–, fui apartado del NSDAP de manera definitiva.

La proscripción no me cambiaba mucho, considerando que la reinserción no me había servido para nada, pero igual la consideré una afrenta ahora sí que imperdonable. Mientras incubaba la venganza –en aplicarla destinaría, como se verá, el resto de mis días–, utilicé la dote de mi viuda helvética, dueña de más tierras en la Patagonia chilena de las que abarcaba su cantón natal, en fundar una compañía de transporte junto a un lugareño que conocí en el casino. Pero lo mío no eran los negocios, ganar dinero es mucho más tedioso que gastarlo y, si bien había espacio para aplicar mis saberes, me faltaba el público que supiera apreciarlos. Ver caer a la gente en el engaño no es aplauso suficiente para quien inventa, en el fondo, con la esperanza de que tarde o temprano se descubra el artificio. Nuestra obra aspira a que el embeleso por su hábil hechura termine opacando lo que al principio queda absorbido, tal vez no injustificadamente, por la más pura y dura indignación.

Cuando el negocio empezó a flaquear y mi esposa –acaso barruntando que no era la primera, tras mi negativa a acompañarla de paseo a Baviera, por cuestión de papeles– me clausuró el libre acceso a su caja fuerte –una de tantas y seguramente no tan nutrida como las que tenía reservadas para sus dos hijos, de los que yo sólo sabía que le habían quitado la palabra–, empecé a contraer deudas en nombre de mi socio, un señor que debía su buena reputación exclusivamente a su apellido castizo y a su tez blanca, lo mismo que yo a mi ascendencia teutona, sinónimo en este lado del mundo de trabajo y honestidad, una combinación de virtudes que al parecer no se daba con tanta frecuencia entre los locales.

Como era de esperar en una ciudad pequeña de un muy pequeño país, en algún momento no me quedaron más personas adineradas a las que tocarles la puerta para apaciguar a quienes tocaban a la mía. Previendo que aun en las antípodas los acreedores no tendrían la costumbre de deponer sus reclamos, y hasta serían especialmente poco civiles a la hora de recuperar lo que consideraban suyo, decidí que era hora de explorar cómo se veían las salidas de sol del otro lado de la cordillera.

2.
LA VERDAD SOBRE MI INGRESO AL FRENTE NEGRO

DEMORÉ casi tanto tiempo en cruzar Argentina como en cruzar el Atlántico. Esta tierra, primero escabrosa y luego plana, como si de pronto hubiera apostado a la extensión en vez de a la altura –algo que no habrían hecho mal en probar los Alpes suizos, para darle al país unas dimensiones que honraran la cantidad de lenguas que contenía, como se quejaba mi exprimera segunda mujer–, resultó ser tan o más inhóspita que aquel mar. Sólo por eso la odisea me llevó a buen puerto, porque de lo contario me hubiera establecido, completamente exhausto y depuesta toda esperanza de llegar nunca, en alguno de esos rancheríos, nacidos como por generación espontánea en medio de la Pampa, que no guardan ni siquiera el encanto de una isla desierta, con la concomitante fantasía de ser su Robinson Crusoe. Buenos Aires tiene en ese sentido algo demagógico y no me extrañaría enterarme de que fue fundada precisamente con la idea de que, llegando a ella desde una u otra planicie impracticable, el viajero la experimente como un regreso al mundo y enseguida se sienta en casa.

La adaptación se hacía aún más simple cuando el viajero era alemán. Si bien lo que primaban eran españoles e italianos, sólo nuestra gente estaba ávida por expandir su colectividad, recibiendo a los congéneres con lo más parecido al beneplácito que puede demostrar un teutón por otro teutón, la famosa *Kameradschaft* o camaradería que tanto pregonaba Hitler y que consistía, básicamente, en excluir de la misma a nuestros conciudadanos de raza hebrea. Mientras que los europeos del sur y del oeste estaban repartidos por toda la ciudad, y entremezclados con ellos los ingleses, irlandeses, franceses y cuanta nacionalidad quiera traerse a colación, también de fuera de Europa, los alemanes se concentraban en el barrio de Belgrano R –R de *Rikudim* o R de *Reich*, según de qué lado de la aldea se hiciera el chiste, la parte alemana-alemana o la otra– y en algunas zonas más agrestes del norte, a la vera de ese río que se llama "de la plata" pero que por color debería llamarse de otra cosa, atentos también a su utilización cloacal. Con sus (nuestras) escuelas, iglesias, hospitales, clubes sociales, teatros, asociaciones civiles, librerías, restaurantes, cafés, carnicerías, tiendas de *delicatessen* y panaderías de uso diario –dudo si agregar a la lista los garitos regenteados por húngaros y los prostíbulos llenos de polacas–, mi comunidad era la más organizada y visible. Además de tener el tamaño justo: ni tan pequeña como para constituir una rareza, ni tan grande como para ya confundirse con la de los locales.

En aquel momento se había desatado una competencia interna por ver qué bando se nutría de mayor cantidad y calidad de miembros, si el de los arios que tenían prohibido desarrollar sus actividades políticas en otros países o el de los descastados que huían expulsados del suyo. Parecía una broma que ambos grupos se reencontraran, en número así de elevado, a tantos miles de kilómetros del epicentro de su disputa, una broma o acaso una lección, porque estaba claro que no se trataba de un problema exclusivamente alemán. Yo al menos encontré tantos o más antisemitas entre los miembros de otras colectividades y entre los argentinos de pura cepa, si es que existe algo así. Algunos de mis compatriotas, si se descuidaban, hasta podían terminar defendiendo a sus vecinos racialmente inferiores, cuando barruntaban que los ataques contra ellos concernían menos a su religión que a su lugar de nacimiento o a su idioma. Ni bien la crítica sobrepasaba al sector ortodoxo, que era mínimo y hasta cierto punto pintoresco –¿quién puede sentir verdadera tirria por hombres con trencitas?–, muy pronto se llegaba a un punto en el que ya no se dilucidaba a quién correspondía facturarle las falencias, si a lo judío o a lo alemán, y la base de consenso para la crítica quedaba de pronto rota. Lo mismo que cuando los muy extranjeros querían congraciarse con los ya casi locales hablando mal de la servidumbre –las *chinitas*, como curiosamente se llamaba a las únicas personas de veras autóctonas–, y resultaba que la mitad de sus quejas se referían a costumbres argentinas –como la de interrumpir al prójimo cuando está hablando o espantarse ante las primeras gotas de lluvia– que los inmigrantes adoptaban a veces ya desde la primera generación.

¿En qué lado de mi colectividad debía alinearme yo? Por sangre y hasta por pasado político, no había nada de lo que dudar. Razoné además que, en vez de esperar a que el Partido me readmitiera en su seno para entonces ponerme a su servicio, lo mejor era demostrar primero mi utilidad, con el objetivo ulterior de ser reincorporado a sus filas. Llegaba para eso en el mejor momento. Después de que el Gobierno de Getulio Vargas en Brasil sellara su alianza con Estados Unidos, la sede del Partido se vio obligada a trasladarse a Buenos Aires, desde donde ahora operaba para todo el subcontinente. El Gobierno argentino se mostró escéptico en público y dejó trascender voces de protesta, pero acogió la mudanza como la de cualquier gran empresa que viene a invertir sus capitales en el país, aun sin saber del todo qué producía ni qué réditos dejaría en las arcas del Estado, o al menos en las de sus funcionarios actuales. Entre los militares, en cambio, que desde el derrocamiento del presidente Hipólito Yrigoyen eran quienes decidían qué civil ganaba las elecciones, el entusiasmo resultó casi grosero. No sólo sintieron que así el país ingresaba al gran mundo, casi como si lo hubiéramos anexado, sino que también contaban con que una victoria en la guerra inminente los posicionaría como primera fuerza en el cono sur, desbarrancando de ese puesto al enemigo eterno de ascendencia portuguesa.

La fuerza y la unidad que mostraban los nazis era igual de convincente en este extremo improbable del mundo que en su centro de irradiación. Salvo una escuela, fundada explícitamente contra el régimen –no por un alemán, tal vez no esté de más dejar en claro, sino por un suizo– casi todas las demás se habían avenido a la *Gleichschaltung* o alineamiento desde el inicio y ya educaban a sus alumnos en el desprecio de los impuros y con miras a un reinado de mil años. Lo mismo ocurría con los periódicos en el idioma de la raza superior, salvo, otra vez, por el que dirigía el fundador de aquella escuela, bautizada con el nombre de un célebre pedagogo de esa nación cuya neutralidad en este combate ideológico no se distinguía, en el fondo, de la que mantuvo Argentina hasta casi el fin de la contienda. El apellido de este suizo liberal era Alemann, con el acento cambiado, lo que me parece que ya habla (mal) por sí solo. También mi chilena helvética tenía con el país del que usurpaba el idioma –tergiversándolo hasta lo ininteligible– una relación ambigua, como se llama a las que establecen los resentidos con casi todas las cosas. Soy parte de ese colectivo desde edad muy temprana –desde que me dieron en adopción, retrospectivamente–, así que puede creérseme que sé muy bien de lo que hablo.

Tragándome entonces mi orgullo –eso que tanto engorda el rencor–, habría yo intentado buscar el cobijo del Partido otra vez, si en el camino no me hubiera cruzado con Bruno Fricke. Esto ocurrió a nada más que una semana de instalarme en mi habitación del barrio de Coghlan –para Belgrano R no me daba lo que los argentinos llaman el *piné*– y temo que podría haber sido incluso antes; lo casual habría sido en todo caso no saber el uno del otro por demasiado tiempo. El encuentro tuvo lugar en la confitería Múnich, situada en el centro de la ciudad, donde también había algunos enclaves alemanes –el Banco Interamericano, el restaurante ABC, el Club Alemán– y donde arios y judíos y todo lo que cabe en el medio –incluidos los suizos– deponían las hostilidades, o las enfriaban al mismo nivel que las cervezas, para disfrutarlas junto a unas tostadas con Leberwurst o unas salchichas a las que para ser vienesas sólo les faltaba haber sido fabricadas en aquella ciudad. Quedamos sentados en mesas contiguas y nos bastaron las presentaciones de rigor –la suya, mucho más abierta que la mía, apuró mi propia franqueza– para reconocer que el destino nos pedía una alianza de la que a su vez dependía el éxito de la resistencia.

Fricke era algunos años menor que yo y aparentaba aún menos, curiosamente gracias a ciertos atributos adultos, como el bigote ancho y el peinado a la cachetada, según lo define el siempre violento lenguaje del tango, amén de unas entradas prematuras de esas que anuncian lo peor, aunque a veces se mantengan inalteradas hasta la vejez. Intentar verse más antiguo de lo que era infantilizaba su gestualidad, que lograba mantener contenida como un señorito inglés durante el té en casa de la tía abuela sólo hasta que, exaltado por el debate, pasaba a agitar las manos como un bebé pidiendo desesperadamente ser retirado de su cuna. Luego supe que era hijo de un banquero, pero ya por su forma de vestir se notaba que había aprendido de pequeño todo lo que un hombre debe saber en materia de elegancia, lo que casi siempre incluye el soporte financiero para poner esa erudición en práctica. Si ahora se esforzaba por disimularlo no era porque le diera vergüenza o renegara de sus orígenes, sino otra vez como muestra –también fallida– de adultez e independencia. Nadie le pedía estos esfuerzos, mucho menos que naufragara en ellos de manera tan alevosa, por lo que debía haber algo estudiado en estas torpezas, ciertamente no exentas de su encanto.

–Entré a la guerra ni bien pude, justo en el medio –me aclaró ni bien pudo, demostrando que en el fondo apuntaba a ser más joven incluso que sus casi contemporáneos, como si la experiencia de vida no fuera una cuestión de tiempo, sino de voluntad–. Pero después la seguí por muchos años en el cuerpo de voluntarios de Roßbach.

–A mí lamentablemente las heridas no me dejaron continuar la lucha más que por otros medios –respondí, tentado de preguntarle cuán voluntarios se mostraban esos cuerpos con el propio Roßbach, de quien había oído los rumores más salvajes, sin duda bajo instigación del bando interno enemigo, de cuyos largos cuchillos Roßbach se había salvado por milagro, aunque eso no quitaba que lo que se decía de sus inclinaciones sensuales no se basara en hechos y aun *lechos* reales–. Soy de los que hubiesen preferido caer en cumplimiento de su deber antes que haber regresado para contarlo.

–La patria sigue precisando soldados. –Fricke empezó a introducirme en el tema que nos unía, mientras intentaba leer en mi rostro, ya que nada le decía a primera vista el resto del cuerpo, qué tipo de heridas podían haberme dejado tan fuera de combate–. Como nos decía siempre Roßbach, soldado que huye sirve para otra guerra, pero soldado que pierde sirve para seguir con la misma, y ganarla.

Asentí, en adhesión a una verdad tan afianzada como sólo puede estarlo la que se fija en una máxima popular, aunque enseguida entendí que al menos la primera parte de esa sabiduría no existía en el alemán al que ahora la había traducido Fricke, y que, ya fuera por modestia, ya fuera por placer fabulista, o un poco de cada cosa, probablemente, se la estaba adjudicando por ende a una persona que jamás podría haberla pronunciado. También quedaba la posibilidad de que no hubiera nada deliberado y sólo se tratara de una confusión, ya había tenido oportunidad de comprobar que los alemanes que llevaban un tiempo viviendo en Buenos Aires castellanizaban algunos vocablos y quién podía decir si no también frases enteras, uno empieza por aprender desinencias y acaba adoptando hasta las costumbres más mudas de un idioma.

–Me supongo entonces que después se unió al Partido –dije, descontando que escucharía la mayúscula inicial.

–En efecto, me uní a lo que era nuestro Partido, antes de que se convirtiera en el de los otros –contestó, con el mismo énfasis puesto en la misma palabra, dudé si no haciendo un juego con ella, aunque por un momento nomás, hasta que recordé que sólo en castellano su significado resultaba divisible en más de un sentido–. Me echaron y volví tantas veces que ya no sé si sigo o no siendo miembro formal, aunque no tengo dudas de la distancia que me separa ideológicamente. ¿Y usted?

No era mi carrera política lo que le interesaba a Fricke, sino saber a quién estaba a punto él de contarle la suya, de modo que me limité a poner cara de que no había forma de que un joven con sentimientos patrióticos hubiese buscado contención en otro ámbito que no fuera entre las camisas pardas, que nadie mínimamente comprometido con los valores manifiestos de nuestra adhesión al socialismo de corte nacional podía no haber entrado más temprano que tarde en conflicto con los delirios imperialistas de sus dirigentes y que, en definitiva, no era por nada que ahora nos encontrábamos exiliados en las antípodas casi como si nos hubiéramos dado cita.

–Es triste ver un gran proyecto en manos de un desquiciado –reflexioné, como para que no quedaran dudas, aunque sin dar nombres, tampoco es que estuviéramos solos en esa confitería con tanta gente ávida por absorber lo que decían los otros, en principio por el mero placer de oír la lengua propia en sus más variados acentos, pero también tratando de adivinar su contenido en un momento políticamente tan álgido–. ¿Usted fue de los que trató de detenerlo?

–Nadie trabaja solo, menos en una empresa como esa –me reprochó; creí poder deducir del tono, haberme hecho eco de la estrategia hitlerista de siempre adjudicarle los intentos de asesinarlo a un loco solitario, nunca a una buena parte de la población–. Tampoco estoy solo ahora en mi organización, que dirige precisamente un sobreviviente de aquellas otras.

Se refería, aclaró de inmediato, a Otto Strasser, el hermano menor de Gregor, el que a mediados de los años veinte había sido nombrado representante del Partido para el norte de Alemania y más tarde había caído junto a Röhm en la afilada nocturna. Otto, que ya se había distanciado incluso de la distancia interna que había puesto su hermano Gregor respecto al Führer, acabó exiliándose en Canadá, desde donde dirigía ahora la resistencia en todo el continente, a la cabeza de su Frente Negro.

–Yo soy su persona de confianza para el cono sur –dijo Fricke, y alzó la mano para pedir la cuenta, haciendo señas de que incluyeran la de mi mesa–. Y me encuentro en la búsqueda de mi propia persona de confianza.

Más tarde me pregunté muchas veces por qué me eligió a mí, prácticamente sin conocerme. Que supiera de mi pasado por informantes de su organización me parecía difícil, casi imposible una vez que la conocí por dentro y entendí que no contaba con el personal idóneo ni para hacer una lectura razonada de los periódicos locales o averiguar el paradero de sus propios parientes. Mi hipótesis es que buscaba evitarse tener al lado un adulador o en todo caso gente demasiado interesada en secundarlo, de la que había más de un par, como me hicieron sentir, con sus celos e intrigas, cuando asumí el puesto.

Antes de eso, decidí ganármelo. Fricke no me había dejado su tarjeta, supongo que para probar si era capaz de dar con él por mi cuenta, pero preferí que fuera él quien me buscara una vez más, ahora con razones suficientes. Tampoco era cuestión de ponerse a sus órdenes sin alguna demostración de fuerza previa que más tarde pudiera traducirse en margen de negociación e influencia dentro de su frente. Si algo había aprendido en todos esos años de rondar las esferas de poder, era que sólo vale el peso que uno traiga consigo para luego afianzarse y eventualmente expandirlo dentro de sus estructuras. Por eso los políticos se ponían en la balanza unos a otros como se hacía literalmente con los boxeadores antes de subir al ring.

De todas las ideas que se me ocurrieron para llamar la atención de Fricke –es importante no quedarse con lo primero que se nos venga a la cabeza si queremos estar en condiciones de sostenerlo luego, al menos en el ámbito de la política el que lanza una mentira al mundo lo que hace es crear un mundo y debe, como mínimo, estar dispuesto a vivir un rato en él–, la que terminó concretándose fue la de denunciar que el incendio del Reichstag no había sido obra de un loquito, como le habían hecho creer a la opinión pública –con tal desprecio por su inteligencia que eligieron de chivo expiatorio a un verdadero débil mental–, sino que había sido perpetrado por orden de Goebbels con el expreso fin de servirle en bandeja al Führer un pretexto imbatible para disolver el parlamento. Puesto que se trataba de una hipótesis bastante extendida dentro de la resistencia, realcé mi confirmación haciéndome pasar por el intérprete de Marinus van der Lubbe, el comunista holandés acusado de haber prendido fuego lo que quedaba de parlamentarismo tras la asunción de Hitler.

Lo que conté en la redacción del *Argentinisches Tageblatt* –y que no puede haber estado tan lejos de la verdad, si no me tocó vivirla a mí de seguro que algún otro tuvo ese privilegio– fue que por esa época trabajaba yo en la Casa Adolf Hitler, sobre la Voßstraße, que estaba separada de las oficinas del Dr. Goebbels por tan sólo un pasillo. El 26 de febrero de 1933, es decir, dos días antes del incendio, el diputado Hanke, que luego ocuparía un cargo elevado en el Ministerio de Propaganda, me ordenó comparecer ante Goebbels, que a su vez me envió al cuartel general de la SA en la Hedemannstraße. En todas las directivas de cierta relevancia, nuestros jefes se fijaban muy bien en que nadie supiera más que una parte del encargo, de ahí esto de subdividir los trayectos que realizaba el único que luego podría reconstruir todo el camino en retrospectiva, aunque sabiendo que si se atrevía a hacerlo sería sólo para encontrar en su final, o sea, el principio, el ojo del fusil que lo invitaría, de un balazo, a despejarlo.

En una de las salas subterráneas del cuartel –seguí contando ante Ernesto Alemann y los que él había elegido como jurados de mi deposición–, me encontré con un espía holandés que trabajaba para el Partido. Era un hombre corpulento de rasgos mongoloides y mirada perdida, como la de un ciego. Estaba sentado con la misma tosquedad con que seguramente caminaba y manipulaba objetos. Le tuve que decir que había sido elegido para encabezar una acción importante contra los comunistas y preguntarle, varias veces, no porque no contestara, sino porque parecía hacerlo de manera automática, si estaba dispuesto a asumir ese riesgo. Al día siguiente, a las diez de la mañana, se había repetido la reunión en el mismo sitio y me hicieron decirle que su deber ahora era descansar, puesto que el operativo tendría lugar en horas de la madrugada.

–En ningún momento se habló de cuál era el objetivo –declaré–. Al final de la entrevista, siguiendo órdenes previas, procedí a retirarle el carné que lo identificaba como un cuadro nuestro.

Esa noche ardió el Reichstag y enseguida até cabos, proseguí con mi relato –que salió publicado así, como glosa de mi declaración sumaria y no como un artículo de mi autoría–, y me apersoné en las oficinas de Hanke –los personajes secundarios son en estas historias tan importantes como las fechas y los horarios exactos–, al que le di el documento de Van der Lubbe y le pregunté qué era lo que estaba pasando. Hanke me respondió con evasivas, mientras rompía el documento y lo tiraba a la basura. Pero algunos días más tarde me lo encontré de nuevo y me aseguró que la cosa había salido mejor de lo esperado, lo único malo era que él se había arruinado el traje, como bromeó alzando su brazo vendado.

Después describí mi derrotero, adelantando en algunos meses mi huida a Chile e intercalándole una parada en Estados Unidos –un país que siempre quise conocer–, de modo de hacerla más dramática y de paso menos rastreable, es decir, valiéndome de los mismos métodos que los nazis y confirmando de ese modo el origen de toda la historia, aunque no sé si los señores del *Argentinisches Tageblatt* lo hubieran entendido ni aun tras descubrir que nunca había estado en casa del Tío Sam. Lo que sin duda terminó de volcar al jurado en mi favor fue cuando produje el documento de Van der Lubbe.

–Lo rescaté del cesto de papeles de la oficina Hanke –dije, ante la mirada azorada de siete pares de ojos.

Al documento lo acompañó, ilustrando la nota respectiva del 1 de abril de 1936, mi propio carné del NSDAP, en el que figuro como transportista y herido de guerra con el número 319.225, apenitas posterior a los "viejos luchadores", que se ubican por debajo de los trescientos mil. Sin duda, este documento ayudó, por ser real, a que también pareciera serlo el otro, aunque mi impresión es que debía agradecerle la mayor parte de su verosímil al hecho de haberlo presentado roto en pedazos y recompuesto, como si esa adulteración evidente descartara cualquier otra de tipo oculto.

Como sea, o deje de ser, el documento apuntalaba mi testimonio con la fuerza que sólo tienen las explicaciones que no están hechas de palabras. Los sellos y las firmas los convierten en una imagen y, como tal, en la reproducción más fiel que conocemos de la realidad. Los que estimen poco ética la maniobra, deben entender de una buena vez que en la lucha política contra los delitos que omiten dejar evidencia fáctica no deberían existir pruritos de conciencia ni medios ilegítimos, mucho menos si se amoldan a las circunstancias casi sin dejar huecos. Las grandes verdades necesitan a veces la ayuda de pequeñas mentiras para trascender, sobre todo cuando han caído prisioneras de la propaganda contraria. Tal vez una de las mayores virtudes de esta arma de doble filo radique en que obliga al adversario a combatirla con los mismos medios. Quien crea, en cambio, que someterse a esta lógica es perder la lucha de antemano no puede aspirar ni a la única victoria que le queda.

Ofrecí la primicia al *Argentinisches Tageblatt* –que había ventilado la misma sospecha en su momento y por eso había sido prohibido en Alemania–, pero lo hice de forma tal que la información llegara primero a *Die Schwarze Front*, el periódico del Frente Negro que se producía en la misma imprenta. Con tan buen olfato que, sin pedirme permiso, sólo anunciándome que había sido agregada a la última edición, mi historia salió primero en el quincenario de Fricke, acompañada del currículum que les entregué a pedido y ya presentándome como el nuevo vicepresidente de la organización. Valoré la jugarreta de mi nuevo jefe, que se ocupaba de contestar casi de antemano la que yo había hecho de manera inconsulta. Era su forma de demostrarme quién estaba ahí al mando, sin por eso dejar de reconocer mi iniciativa, un equilibrio entre expectativas y paranoias siempre difícil de sostener, tanto para los cabecillas como para quienes los secundan.

Las oficinas del Frente Negro estaban ubicadas en el último piso de un edificio algo venido a menos del centro de la ciudad, cuya planta baja ocupaba un banco inglés en el que ya habían intentado entrar desde el primer piso. Para evitar nuevos atracos, el banco había comprado el edificio entero y sólo alquilaba los pisos superiores a personas de confianza, por ejemplo un hijo de banquero como Fricke. Que casi no solía aparecerse por allí, según él porque estaba mucho de viaje pero, en realidad, porque odiaba el trabajo de escritorio y prefería verse como un hombre de acción, aunque en el fondo sólo pusiera en acción a los otros y usara de oficina la mesa de los cafés.

Mis obligaciones como su mano derecha no estaban del todo claras. Puesto que podía ser algo que jugara a mi favor, tampoco me preocupé demasiado por averiguarlas. Me las adjudiqué desde un principio según mi mejor criterio, consultándolas con mi jefe a través de hechos consumados. Una de las razones de Otto Strasser para romper con el Partido (y con su hermano) había sido, a fin de cuentas, el excesivo personalismo de Hitler, que desanimaba cualquier iniciativa individual, ya por aquel entonces. Más tarde, tras tomar el poder –nuestro frente fue lo primero que el Führer prohibió, a cuatro días de aquella *Machtergreifung*–, directamente le aplicó una eutanasia a la posibilidad misma de tener pensamiento propio.

La primera tarea que me impuse, tras ordenar mínimamente el espacio de trabajo –cuando no de vivienda, a juzgar por los restos de comida y las sábanas que cubrían el sillón– fue hacer publicidad de mi artículo, ventilando que el embajador del Tercer Reich en Argentina, Edmund Freiherr von Thermann, lo había encontrado lo suficientemente ofensivo como para solicitar en Berlín que se procediera a despojarme de mi nacionalidad. La victimización pública debía servir también para que en la embajada dieran por hecho que teníamos informantes entre sus filas, aunque lo cierto es que la que me informó de la operación fue, mediante un despacho telegráfico desde Berlín, la misma persona que ya me había ayudado a borrar mis antecedentes penales y que más tarde intentaría salvar (sin éxito) la pequeña propiedad que aún quedaba allí a mi nombre. Este señor, que conocí en uno de esos clubs nocturnos que los nazis frecuentábamos a la vez que perseguíamos –perseguirlos era una buena excusa para frecuentarlos, que era a su vez la mejor forma de mantenerlos vigilados–, hoy sospecho que, además de conocer a mis padres adoptivos, tal vez tenía información sobre los biológicos, aunque ya no estaba vivo para que me despejara la duda cuando esta cristalizó, tarde pero seguro, como todas las de tipo existencial. En cualquier caso, es la única explicación que le encuentro a que, teniendo no muchos años más que yo y las mismas inclinaciones, nunca hubiera caído en la tentación de propasarse conmigo, limitándose a hacerme los favores y tenerme el cariño propios de un verdadero amigo, casi un hermano.

Wilhelm Emil Edmund Freiherr von Thermann entendió el mensaje y me distinguió con una visita de su noble persona, por supuesto que sin anuncio previo, como para presumir que sabía dónde tenía yo mi guarida y hasta mis horarios de labor. Que no se trataba de un encuentro oficial no hizo falta que me lo esclareciera, se podía inducir indumentariamente de su camisa abierta un botón más de lo que pedía el clima, aunque pesado, el cinto de hebilla modesta y los zapatos de buen cuero, finos, pero sin lustre. La ausencia de corbata aliviaba al cuello de tener que plegarse en una papada tan amplia como amplia era la barbilla, mientras que el saco de dimensiones generosas le escondía la panza hasta casi dejarla en línea recta con las piernas. La impresión, tal vez por lo grande de la cabeza, era sin embargo la de una persona que estaba a dos corderitos patagónicos de volverse obesa. Los anteojos, minúsculos pero tupidos, le prestaban a su mirada un aire precisamente de cordero frente a su cruz, tal vez fuera eso lo que lo salvaba de alcanzar un peso ridículo, ya sin vuelta atrás. El que ostentaba, por su parte, dentro de la estructura local del Partido –aún autorizado por el gobierno argentino– no parecía correr el mismo riesgo, más bien lo contrario. Era el que lo presidía, Alfred Müller, quien amenazaba con rebajar la figura de este embajador a lo que básicamente era: una pantalla diplomática del poder real.

–Mi sueño es que volvamos a unirnos todos los que alguna vez estuvimos juntos –me dijo, confesándome su estrategia para pasar al frente interno, después de que intercambiáramos solapados reproches y amenazas, y echándose contra el respaldo (bajo) de su silla, como a la espera de una cifra concreta, el valor más o menos onírico de mi disposición a traicionar la facción propia.

–Siempre será usted bienvenido al lado de los que hemos despertado a tiempo –respondí, creo que magníficamente, no porque lo diga yo sino porque me lo hizo saber mi interlocutor con una sonrisa condescendiente, de tocado aunque no hundido.

–Este sueño tiene un solo lado, mi estimado Jürges, y es el de los que lo hemos hecho realidad. –Volvió a echarse hacia adelante, con escándalo de cachetes y demás grasas repartidas por el rostro–. Sinceramente, no entiendo a los que ayudaron a regar la plantita y le vuelvan la espalda justo cuando empieza a dar sus frutos.

A pesar del tono ecuménico de su homilía, lo que en el fondo estaba diciéndome el barón Von Thermann era que con nuestra actitud secesionista nos estábamos perdiendo de compartir el eventual éxito del proyecto, sin menoscabo de ser acusados de cómplices, en caso de que al final fracasara. Así como la disidencia no es oposición, vista desde afuera, tanto más dolorosa resulta desde adentro.

–Y no me venga con que la realidad en poco se parece a lo soñado –prosiguió, adelantándose a mi objeción más esperable, con ese gesto de la mano con que los alemanes, descubrí desde que ya no eran los únicos que me rodeaban, rechazan cualquier cosa que les moleste, sean ideas u objetos o aun personas, como si fueran moscas–. Todo no se puede, y lo que se pudo, que tampoco es menor, alcanza en última instancia para volver a soñar. Lo invito a que soñemos juntos otra vez. Dígame sus condiciones.

Me hubiera gustado saber cuáles habían sido las de mi antecesor, incorporado ahora seguramente a la embajada, y también las de Fricke, que por lo visto resultaron inaceptables, para pedir algo que estuviera entre una cosa y la otra y representara, por tanto, la medida exacta de nuestra relevancia para el Führer. También pensé que al barón Von Thermann me lo podía estar mandando el propio Fricke, o que en todo caso estaba aquí no sin su anuencia tácita, mientras que Fricke visitaba por su lado a la gente de confianza del embajador, según un pacto no escrito, ni siquiera expresado abiertamente, por el que se hacían el favor de controlarse el uno al otro la fidelidad de sus respectivas manos derechas. De todas las frases hechas del castellano ninguna me conmueve tanto, por exacta, que aquella de que una mano lava la otra, por aludir a las de cuerpos distintos que sólo se juntan para ensuciarse mutuamente.

–Mis condiciones son que suspendamos cualquier plan bélico de expansión hacia el este y hagamos un pacto pacífico con Rusia para desarticular los efectos nocivos del Destrato de Versalles –dije, y por un momento me sentí de nuevo en Berlín, en pleno apogeo de una carrera no truncada por ningún yerro.

–Pero ¿de qué plan bélico me habla, Jürges? –se ofuscó teatralmente Von Therman, como si no hubiera obtenido hacía poco y de la nada un grado militar incongruente con sus funciones diplomáticas–. Se trata precisamente de lo contrario, de deshacer los efectos ruinosos de la guerra, ¿no es algo que le gustaría a usted también?

Por distraído, no supe dilucidar cuán personal pretendía ser la pregunta en el instante posterior a ser planteada, cuando el tono y el rostro aún conservan el código para descifrar intenciones ocultas. Después, es tan inútil querer recuperarlo como a la trama de un sueño olvidado al despertar, con la diferencia de que tampoco se impondrá por su cuenta, si alguna escena de la vigilia logra convocarlo. Para no quedarme con la duda, ni guardarle un resentimiento que acaso no merecía, decidí interpretar su inquisición como un ataque artero, por debajo de la línea del cinto, como se dice en mi idioma original, nunca con mayor precisión que en mi caso.

–No se trata aquí de las heridas que nos hayan quedado a nosotros, tampoco de nuestros deseos personales –catequicé, dando a entender que para denunciar un golpe bajo lo peor que uno puede hacer es devolverlo al mismo nivel–. Han llegado al poder de manera ilegítima y lo mantienen con métodos criminales. No son esas las mejores cartas de presentación para buscar una salida negociada al Tratado Intratable –corregí, o aprovecho para corregir ahora, si no el concepto original de *unverträglicher Vertrag*, al menos su traducción, que así resultaba más literal.

–Son palabras fuertes las que usa usted para referirse a sus excamaradas, no muy distintas a las que aparecen en su artículo. Pensé que en persona sería más inteligente.

–Yo pienso lo que escribo y escribo lo que pienso –sentencié.

–*Weet je het zeker?*

–¿Perdón?

Su sonrisa de triunfo me dejó fulminado contra el respaldo (alto) de mi sillón. Tuve que aferrarme a los apoyabrazos acolchados para no deslizarme hacia el suelo como una cáscara de banana. Pensé en alegar que había pronunciado tan mal la frase que no se la había entendido, pero entonces me exponía a que acaso pronunciara otra. Además de que un hablante no nativo reconoce los vicios de pronunciación de sus coetáneos, por ser los mismos que hacía él al principio de sus estudios. Lo mejor era deponer la lucha, total no era el idioma lo que estaba en discusión. Sin embargo, no pude con mi genio, como se dice, sobre todo cuando nos comportamos como si careciéramos de cualquier cosa parecida.

–*Bitterballen stroopwafel broodje haring* –dije, trayendo a la memoria las *delicatessen* holandesas que alguna vez había comido durante mi corta estadía en aquel país, doblemente equivocado sin duda, primero en la pronunciación, segundo por procurar remedarla.

–Sé tan poco holandés como usted –se rio Von Therman, bonachón–. Sólo tengo el buen tino de no hacerme pasar por intérprete de ese idioma.

–Lo que interpreté yo fue un hecho –aclaré, con la violencia de quien le arranca a un cuadro suyo el marco a martillazos, a fin de que el público se concentre en lo que dice la tela–. Los que engañaron al pueblo y al mundo fueron ustedes, y en cuestiones algo más trascendentes que el manejo de un idioma que quizá no hablaba ni el pobre Marinus van der Lubbe.

–¿Usted dice que hasta la biografía le inventaron al pirómano ese? –se sorprendió, no sé si tanto de la capacidad de fabulación de su ministro de Propaganda como de mi incapacidad para reconocer que, si se quiere atacar una mentira, parece inconveniente hacerlo por los flancos donde resulta más factible que haya abrevado en la verdad, un propagandista no es a fin de cuentas un escritor de cuentos fantásticos y necesita mucha realidad sobre la que basar sus ficciones, de lo contrario ni él mismo se las cree–. Estimo más bien que la biografía es tan real como los hechos, que confesó el propio holandés, le recuerdo.

–Y yo le recuerdo que cualquiera puede confesar cualquier cosa.

–¡A este lo atraparon *in fraganti*, Jürges! –Von Therman extendió las manos con las palmas para arriba, como si hubiera una réplica del Reichstag ardiendo sobre mi escritorio– Podemos discutir, en todo caso, si prender fuego justo ese edificio fue o no una buena idea.

–Lo que podemos y aún debemos discutir es si fue una idea de ese pobre muchacho o una idea de Goebbels.

–Esas son especulaciones. –De nuevo el gestito con la mano, que me hubiera gustado simplemente rechazar con uno idéntico de la mía, pero era empezar un ping-pong sin pelota, de resultado incierto–. Como los que dicen que este muchachito prendía fogatas porque, siendo casi ciego, lo que quería era ver.

–Especulación debe venir de *speculum*, la palabra latina para espejo –especulé, súbitamente sobre aviso de la homofonía, por ya tener una parte de mi cerebro funcionando en español–. Ustedes siempre buscan endilgarle al de enfrente las acciones propias, como si los granos de pus que se revientan con las uñas no surgieran en la cara sino en su reflejo. Sé de lo que hablo porque por aquella época estaba yo también del otro lado, como Alicia.

–¿En serio vamos a pasar de especular sobre un hecho que ocurrió hace años a especular sobre las especulaciones? –dijo, espantado ante la perspectiva de tener que mirarse en el espejo de su metodología de trabajo, en eso la verdad que no podía acusarse a los nazis de narcisistas–. Tenemos a un delirante que incendió la casa de la democracia, y que ciertamente militaba en las filas del enemigo, y tenemos que usted no sabe sobre sus motivos más que yo. El resto es queso.

Por traducir otra vez de manera literal una frase hecha alemana que el presente contexto tornaba involuntariamente graciosa, por aplicarse a un oriundo de la tierra del Gouda. ¿"El resto resta" pasaría por una buena reversión castellana? Como fuera, opté por tomarme personal esta renovada alusión a mi ignorancia del holandés y le pregunté si me estaba queriendo extorsionar, a lo que Von Therman respondió que de ninguna manera y que si hubiera querido extorsionarme le habría bastado con hacer referencia a mi curioso estado civil de soltero bígamo, incompatible con las leyes del país que me estaba albergando. Volví a preguntarle si ahora en efecto me estaba extorsionando y volvió a negarlo, alegando que si de veras hubiera querido extorsionarme me habría ofrecido conservar mi nacionalidad, además de regular mi situación inmigratoria en el país, que según tenía entendido andaba bastante floja de papeles.

Después de este último manotazo de ahogado, lo invité amablemente a retirarse, prometiéndole pensar en sus constructivas propuestas. Si nuestros compatriotas se empecinaban en tratarnos como judíos, pensé, en cambio, no nos quedaba más opción que aliarnos con estos. Hasta idee una variación del famoso lema, como para que sirviera a nuestros fines: si no puedes vencerlos, prueba primero a unirte a los que tampoco lo estarían logrando.

Esa misma tarde solicité una reunión con la gente de *la otra Alemania*, lo más judío a lo que podía pretender acercarse un nazi en Argentina.

3.
LA VERDAD SOBRE MI SALIDA DEL FRENTE NEGRO

Me citaron en el colegio Pestalozzi, no sólo la casi única escuela del país en negarse a izar la bandera con la esvástica, sino sobre todo la primera institución del mundo, según su propio registro, en haber sido fundada explícitamente en contra del régimen, apenas un año tras el incendio del Reichstag. A sus instalaciones en una vieja casona de Belgrano R asistían los hijos de inmigrantes, más alemanes que judíos, para que velaran por su alemanidad maestros de ese origen, en su mayoría de filiación socialista, que habían quedado cesantes en su país, aun cuando sus posturas políticas entraran no pocas veces en conflicto con las de corte liberal y aun conservador que pregonaba el fundador suizo de la escuela. Todo valía a la hora de enfrentar a Hitler, caído éste no sé qué hubiera quedado de esa yunta, tampoco era lo que importaba, sino acumular fuerzas contra el tirano.

Pero la cumbre nunca se llevó a cabo. Fue suspendida unilateralmente el día previo, alegando problemas de agenda, que luego se extendieron de manera indefinida. Se ve que la voluntad de compromiso de los izquierdistas llegaba hasta un libre pensador como Ernesto Alemann, nosotros ya constituíamos un límite que no estaban dispuestos a traspasar. Cometían así, otra vez, el error que le había despejado el camino al Führer y, en general, a todos los dictadores, que coinciden siempre en mantener unidos sus frentes por el mínimo denominador común, esto es, el miedo.

La pregunta era ahora si seguir cortejándolos o ir contra ellos hasta dividirlos y quedarnos con el *Argentinisches Tageblatt*, donde sí nos tenían alguna simpatía y hasta habíamos logrado colocar gente nuestra, células de combate, como las llamaba Fricke. Las mismas que ya estaban operativas en el *Deutsche La Plata Zeitung*, alineado con el Partido –aunque sin llegar al extremo de otros pasquines directamente creados para hacer propaganda–, y en varias empresas de capitales germanos: Quilmes, que hacía una cerveza bastante intragable; Siemens, la de las lámparas eléctricas; y Bayer con su *Aspirin*. De esa decisión dependía, además, la línea editorial de nuestros órganos de difusión, entre ellos dos estaciones que retomaban la tradición de la Emisora Negra, primera radio clandestina de Alemania, ubicada en Praga y destruida, igual de clandestinamente, por agentes de la Gestapo. Teníamos una radio de onda larga, dirigida a nuestros militantes del hemisferio sur, y en general a todos los alemanes que hubieran recalado en esta parte del mundo, y *Pampero*, de onda corta, que llegaba hasta Alemania, aun cuando desde allí intentaran minimizar su alcance y repitieran que no la escuchaba nadie.

Participé de muchas de estas emisiones, para las que usábamos de pantalla los estudios de LS8 Radio Stentor, en el sótano del hotel Castelar, donde unos años atrás había hipnotizado a la audiencia porteña Federico García Lorca, como atestiguaban las fotos de su cara redonda con sonrisa de niño firmadas y dedicadas por él colgadas en las paredes. Allí (y en otras partes) oí las historias más alocadas sobre este poeta mundialmente célebre en Buenos Aires, al que al parecer le gustaban tanto los artistas como los boxeadores y solía llegar acompañado de unos u otros a sus transmisiones, siempre de trasnoche y en estado etílico de cuidado. ¿Por qué los artistas pueden hacer todo lo que las personas de a pie se supone que no es bueno que hagamos, y además se lo festejan? Porque en el fondo el arte no es algo serio, como lo demuestra, sin ir más lejos, que cuando ese mismo artista se metió en política, que es lo único trascendente en este mundo, terminó bajo tierra. Precisamente por los días en que empezamos con nuestras transmisiones se confirmó su muerte *en circunstancias poco claras* –como suelen aclarar las autoridades cuando ellas mismas están involucradas en el asesinato– y la gente se amontonó de manera espontánea frente a las puertas de la radio a brindarle su homenaje. Me sorprendió en esa circunstancia la cantidad de mujeres jóvenes y bonitas, que evidentemente no se daban cuenta o no les importaba, o quizá hasta les pareciera muy poético que al hombre de sus sueños lo desvelaran otros cuerpos.

Gracias a mi capacidad para imitar voces, estuvimos en condiciones de realizar reportajes a gente importante, pero también a otros menos conocidos que no teníamos a mano –y que más tarde, cuando al fin consiguieron hacerse conocer, debieron paradójicamente ajustarse a mi imitación, a fin de que el público no los tomara por impostores– y cuya autoridad resultaba imprescindible, o cuando menos muy favorable, para la propagación de ciertos contenidos. Porque cuando uno está del lado del bien –no importa, como nos achacaban desde la izquierda, que eso sólo se debiera, en nuestro caso, a que el mal prácticamente no dejaba de momento lugar alguno hacia el otro lado– de lo que se trata no es de averiguar la verdad y darla conocer, sino de contar con la voz autorizada –esa que del otro lado encarna el líder, difícil definir exactamente por qué y desde cuándo, pero que una vez definido se irá afianzando con cada nueva intervención– que convenza al gran público de lo que nosotros ya sabemos de otras fuentes, tan inobjetables como problemáticas de citar.

La verdad sólo es comunicable cuando es creíble y sólo es creíble cuando algo o alguien la demuestra, ya sea un documento o quien lo firma, o en el mejor de los casos el documento sumado a quien lo firma, como las fotos autografiadas del vate Federico. Si ese medio de autentificación resulta apócrifo, se precisa otra vez de una comunicación creíble para imponerlo, con lo que vuelve a ser imprescindible una verosimilitud que no siempre coincide con la verdad. Ahí entra en juego la voz autorizada, que es una suerte de argumento *ad hominem*, pero de corte positivo y vuelto hacia el que lo enuncia.

Es lo que sucedió, por la inversa y adelantándome un poco en la narración de mis memorias –que son también, creo, las del siglo que me tocó vivir– en la multitudinaria celebración del *Anschluss* que organizó el Partido en el Luna Park, también transmitida por radio y cuyo plato fuerte fue el discurso de un imitador de Hitler tan perfecto que, si uno cerraba los ojos, o no alcanzaba a verlo, habría jurado que era el Führer en persona. ¡Y *era* él en persona, sin más diferencia que la de un mero nombre y unas meras huellas dactilares! Pero sobre eso más tarde, después de presentar al espía Hanno Jonas.

Volviendo a la disyuntiva de si insistir o no con el flirteo por izquierda, finalmente bajó desde Canadá la orden de Otto Strasser de ir en contra de los rojos. Lamenté la decisión, aunque fuera la única que nos dejaba la contraparte, incapaz, como de costumbre, de hallar, o siquiera buscar, un término medio sobre el que instituir un pacto que nos permitiera acceder al poder. ¿Cómo no pensar entonces que son lo mismo que sus colegas del otro extremo, o en todo caso que no conciben el Gobierno más que como la voz, sin matices, de una sola postura ideológica? Con ironía –esa forma apenas elegante de ocultar el resentimiento–, señalé en un artículo de nuestro periódico que la izquierda estaba dormida cuando llegó el Frente Negro y que nos alegrábamos mucho de haberla despertado de su letargo. Ahora nos permitíamos rogarle, añadí, que no volvieran a dormirse en los laureles –es decir, librando internamente esas guerras de almohadas con que tanto les gustaba arrullar sus utopías–, sino que formaran de una vez por todas un frente de unidad para combatir la dictadura parda.

Tal vez convenga aclarar que las órdenes quizá bajaban desde Canadá, pero a mí siempre me llegaban mediadas por Fricke, que nunca me habilitó un canal de comunicación directo, a pesar de ser el vicepresidente del frente. Por supuesto que yo podría haber forzado el contacto, invocando por ejemplo la época en que había trabajado para Gregor Strasser, el hermano de Otto. El plan era usar como excusa una carta de su puño y letra, que incluso llegué a redactar, pero que nunca me animé a enviarle, como la que Franz Kafka le escribió a su padre. Si preferí respetarle a Fricke esa prerrogativa fue para reservarme la de ponerla en duda y así mantener constantemente minada su autoridad. De todos modos, que Fricke me transmitiera los mandamientos de Strasser como un cura los de

Dios a su feligresía me hubiera causado repulsa aun en el caso de no tener mis buenas razones para desconfiar de que todos provinieran realmente de aquella fuente. Es que reproducíamos así la estructura vertical que había impuesto Hitler y que contribuye a que los partidos se conviertan en el brazo armado, sólo en principio políticamente, de los caprichos de una única persona. Yo no creo en un ser superior, creo en la capacidad de los inferiores para ponerse de acuerdo entre ellos. En ese sentido, la utilización de los peores métodos para lograrlo me sigue pareciendo más atinada que su prescindencia en favor de una sumisión de tintes místicos.

Renunciar a un pacto con la izquierda –lo mismo que renunciar a sentarse en la mesa de negociaciones con Stalin– condenó a la insignificancia todos nuestros esfuerzos por ubicarnos en el mapa político de los expatriados. En lugar de legitimar una coalición, o incluso de liderarla en calidad de modelo para todos los defraudados por el Führer (a los otros ya los teníamos en el bolsillo), nos convertimos en una extravagancia, un componente menos propio de un parlamento en el exilio que del gabinete de curiosidades de un museo. Los que nos habíamos alejado de la NSDAP por su renuencia a concertar con otras fuerzas políticas terminábamos siendo incapaces de lograr el apoyo de nadie más que del Reichsbanner, vale decir, de los restos lamentables de esa organización tan poderosa en tiempos de la República de Weimar. Nos llamábamos Frente Negro porque ese era el color que amalgamaba a todos los demás –tal la explicación que me diera Fricke un día en que le pregunté al respecto, aunque nunca me pude quitar la sensación de que la inventó *ex profeso* para aplacar mi curiosidad y a la vez parecer compenetrado con la organización desde su nacimiento–, pero la impresión que dábamos era más bien la de una secta que no aceptaba en sus filas ningún gris.

Por este tema tuvimos con Fricke nuestra primera gran discusión, que sería también la última, debido a que él se mostró intransigente y terminó por rebatir mis planteos con alusiones a los faltantes de caja, como dando a entender que el negocio funcionaba tal como estábamos, ¿para qué modificarlo entonces? Era la primera vez que mencionaba lo que yo consideraba mi derecho inalienable a ver retribuido mi trabajo. Así como me habían dado la libertad de asignarme mis horarios, yo me la había tomado con mis honorarios. Que un mercenario como Fricke, sin más ambiciones que viajar en primera clase y comprarse trajes italianos, me sumara a la runfla de los de su calaña, me provocó un ataque de histeria. Todavía me duraba –admito el error– cuando, con el secreto afán de quedar al mando del frente –menos por mí que por el Frente y su misión histórica– le hice llegar al *Argentinisches Tageblatt* una carta manuscrita de Fricke de la que se desprendía que era un agente nazi infiltrado en las filas de lo que ellos consideraban sus peores enemigos.

Una jugada riesgosa, que amenazaba con llevarse puesto al frente entero, pero, como eso era en la práctica lo que ya había ocurrido cuando despusimos las esperanzas de llegar a un acuerdo con la izquierda, lo que parecía una estocada final podía, por la misma razón, fungir de segundo alumbramiento. En política todo tiene que morir para que pueda, renacido, seguir siendo lo mismo, a veces eso ocurre de modo natural y a veces urge forzarlo, apenas, porque siempre se trata, insisto, de auxiliar el razonable devenir de los acontecimientos con los recursos del artificio, tal como venimos haciendo los hombres desde que aprendimos a dominar el fuego y las corrientes de agua. Son tantos los siglos de colaboración con el común objetivo de un mundo cada vez más equilibrado y eficiente que resulta innecesario y hasta injusto separar ambos factores –el humano y el otro– de lo que en el fondo es la misma ecuación. De igual manera, la propaganda política ha dejado obsoleta, al nivel del discurso en sí una naturaleza postiza–, la dicotomía entre información veraz y anuncio publicitario, rescatando de cada cual lo que sirve, a los fines de los comunicadores tanto como del público.

El éxito de mi falsa carta resultó total, aunque efímero. Era esperable. Nadie se queda callado demasiado tiempo si descubre publicado en un matutino un texto con su firma que podría haber escrito él, que le hubiera gustado escribir a él, pero que no es conveniente que haya escrito ni mucho menos publicado. Nunca se precipitan tanto los políticos a salir al cruce de supuestas declaraciones como cuando les atribuyen haber dicho lo que verdaderamente piensan, de ahí la percepción generalizada –un triunfo de todos los que nos dedicamos a esto, sin importar nuestra adscripción partidaria– de que toda desmentida es en el fondo una corroboración. Seguramente aleguen que ellos lo hubieran anunciado de otro modo, haciendo hincapié en ciertos matices, pero la médula del mensaje espurio suele haber dado en el blanco cuando vemos al que no arrojó el dardo apresurándose por retirarlo de su sitio. Ya por ese entonces soñaba yo con editar un periódico que sólo trajese en sus páginas esa clase de noticias, las que responden a los verdaderos anhelos e intenciones de las personas, como redactadas directamente desde sus inconscientes. Por eso, y por distanciarlo de *La Verdad*, que es siempre una construcción, lo hubiera llamado *El Sueño*, como no creo que se haya atrevido a llamarse, ni siquiera en algún idioma no escrito en caracteres occidentales, ningún periódico de la historia.

No tengo registro de que el frente haya hecho nada digno luego de que yo lo dejara en manos de ese ladrón y bueno para nada que lo tenía secuestrado; con opositores así, quién no agiganta su imagen a los extremos que consiguió Hitler. Las radios cesaron sus emisiones, el periódico dejó de imprimirse y la mitad de los miembros abandonaron la organización, en muchos casos para volver al nazismo, y no precisamente con la idea de combatirlo por dentro. Aunque la carta de Fricke se revelase falsa –yo no hice ningún intentó por rechazar esa acusación, dejando a merced del público las conclusiones acerca de qué es apócrifo y qué no en una impostura–, logró abrirle los ojos a mucha gente que, con toda honestidad, buscaba una alternativa que no implicara caer en el bando contrario. Antes de apoyar a los comunistas, y a falta de alguien fiable de este lado del tablero político, era natural que muchos prefirieran regresar a los orígenes, resignados a tolerar los excesos a los que casi obliga el ejercicio del poder con tal de sentir que participaban de algo pujante, audaz. Y a quien me acuse de haber sido artífice de ese éxodo regresivo, yo le respondo que el artífice fue en todo caso el que desmintió mi artificio, que de haber quedado confirmado hubiese conseguido exactamente lo contrario. No hay peor enemigo de la verdad que la pureza. En su afán por no ensuciarse, los impolutos le allanan el camino a la mugre peor.

Los que saben de esto no dejarán de darme la razón, y la demostración más cabal es que yo seguí colaborando con el *Argentinisches Tageblatt*, aun después de la desmentida humillante que tuvieron que publicar por pedido (amenaza) del presunto autor de la carta. Me invitó a ello el propio Ernesto Alemann, poco tiempo después, durante la recepción del nuevo embajador de Suiza en Argentina, a la que también asistió el embajador de Alemania Edmund von Therman y el propio Fricke. Dios nos cría, y la promesa de buenos canapés nos amontona, dirá el lector, y lo sorprenderá saber que también nosotros nos asombrábamos y hasta mofábamos de esta endogamia. Pero es que no había escapatoria. La colectividad era pequeña, aun siendo de las más grandes fuera de Europa, y los que participábamos de sus instituciones nos cruzábamos todo el tiempo, especialmente en los eventos oficiales y muy especialmente si lo organizaba el país que sabía hacer de la neutralidad un producto nacional tan o más cotizado que el chocolate o los relojes. Tomarse ataques pasados de manera personal y ofenderse mortalmente con el agresor era el camino más directo al ostracismo, un lujo que sólo puede darse en política quien tiene mucho más poder que cualquiera de los que estábamos ahí, orbitando alrededor de una de sus esferas en la capital más sureña del hemisferio respectivo.

–Es eso o batirse a duelo –dijo Fricke, refiriéndose precisamente a este tema en el inicio mismo de la reunión–. Una costumbre prácticamente desterrada hasta en países relegados como este, lo mismo que la de escupir en el suelo en lugares cerrados.

–Aunque los carteles de prohibido hacerlo siguen colgados en los bares –acoté, no sin ganas de escupirlo a la cara y llenarle el cuerpo de plomo después.

–Lo que ha desaparecido no es el reto, quizá, sino la obligación de aceptarlo so pena de perder el honor antes aún de ponerlo a prueba –terció el barón Von Thermann en mi favor, aunque no podía estar más encantado con nuestra disputa interna, que reproducía la que él venía librando con Alfred Müller.

–*Dar satisfacción*, como aún se decía en nuestra adolescencia –agregó Alemann, pagándole el favor a Von Thermann, que yo ni necesitaba ni le había pedido, mediante el galante gesto de afiliarlo a nuestra clase, de la que debía estar pasado unos diez años o incluso más.

–Como dicen del tango, se necesitan dos para bailarlo –volví a acotar yo, o acoto ahora, no sé si en aquel entonces la frase existía, en todo caso estoy seguro de que dije algo en la sutil línea de quien se reserva el derecho de aceptar el convite, como el jugador que manipula las fichas, todavía suyas, con las que podría empardar la apuesta.

–Lo que ha desaparecido, más bien, es el concepto de honor –sentenció Fricke, atento a mi amague y duplicando mi eventual igualamiento por anticipado.

–No sé qué puede tener que ver el honor con la habilidad para disparar un revólver –opinó otra vez Von Thermann, siempre olvidado de que ya no sólo era barón sino también *SS-Sturmführer*.

–Era una forma muy efectiva de resolver los conflictos, por esto de que muerto el perro se acaba también la rabia. –Alemann intentó desplazar la solución que acaso seguía siendo la mejor para el conflicto presente entre Fricke y yo hundiéndola en el pasado con el tipo de empujón más efectivo, el benévolo, aunque unos años atrás él mismo había rechazado batirse a duelo con el presidente de la primera célula nazi local, que lo había tratado precisamente de perro rabioso–. Ahora tenemos otras tácticas.

Todos asentimos, sin saber a qué se refería, o cada cual creyendo que se refería a una cosa específica diferente. Por mi parte, recuerdo haber pensado que esa amable conversación de gente civilizada entre bandejas de plata en un salón ricamente decorado podía concluir de un momento para el otro con un hecho de sangre y que esa posibilidad era lo que en el fondo la tornaba tan seductora para sus participantes, lo mismo que a una charla de lo más frívola entre un muchacho y una muchacha (o dos de cada) la chance más o menos certera de que acabe en posición horizontal. Aunque faltaban años y estábamos en territorio neutro, aquella recepción del año 37 ya era parte de la guerra. El hecho de que finalmente nada sucediera no guarda relación con lo cerca que estuvimos de que ocurriese algo, tampoco nada parece más alejado del daño que causa una bala disparada por un revólver que el carácter completamente inofensivo de esa misma bala muerta en el tambor.

Lo que pasó, en cambio y como decía, fue que Alemann aprovechó un aparte para confesarme que el engaño en el que había caído con la falsa carta de Fricke lo había dejado pensando y que, antes de arriesgarse a volver a ser mi víctima, como sin duda iba a suceder –"Nadie usa tanta habilidad una sola vez", fueron sus palabras–, prefería que pasara a trabajar para él, quizá fuera del ámbito político. Enseguida le propuse profesionalizar el área de lo que más tarde pasó a llamarse *publicidad encubierta* y de la que se conocía, por nuestro propio periódico, que era la más lucrativa, a sabiendas de que Alemann, como buen suizo, aunque amigo de las convicciones firmes, más amigo era del dinero líquido. Si el diario no lucraba, dejaba de existir, repetía sin cansarse, o hasta cansar a todos, y una publicación inexistente daba igual que fuera antinazi o no.

A la semana siguiente comencé a colaborar de manera asidua, aunque anónima o seudónima. No sé si fui el primero en hacer algo así en un periódico de circulación internacional –si bien estaba prohibido en Alemania, nos constaba que se distribuía también allí de manera clandestina–, lo que sí sé es que no le robé la idea a nadie, algo que por cierto no tendría empacho en reconocer. Que estas sean las memorias de un falsario no significa que ellas mismas sean falsas, al revés, es la gente presuntamente proba la que se permite embellecer sus remembranzas, mientras que para nosotros es el momento de al fin decir la verdad. Como el *Argentinisches Tageblatt* aún existe, no puedo ser muy específico en mis ejemplos, pero digamos, en líneas generales, que ayudé a más de una empresa en su cruzada por hundir a la competencia directa y liberé a otras tantas, mediante efectivos contraataques, del acoso al que eran sometidas.

Pero el comercio no era lo mío. Lo que yo quería era hacer política.

Fuera de un par de ovejas y cabras que pastaban, con no poco riesgo para su integridad física, demasiado cerca de los riscos que caían a plomo hacia el mar, nadie vio llegar los tres submarinos alemanes que asomaron junto a la costa casi al unísono, aunque con un par de cientos de metros de distancia entre sí. Cada uno de estos barcos subacuáticos del tipo VII C llevaba treinta y cinco miembros de la marina a bordo, incluyendo a los capitanes y sus lugartenientes, todos entrenados para operaciones de infiltración y sabotaje. A la cabeza del grupo tripartito estaba el *SS-Obergruppenführer* Dietmar Märzhold, que fue también el primero en pisar tierra argentina, una vez que el bote con una parte de su tripulación alcanzó las playas aledañas.

–No sé qué habrá sentido Colón al llegar a esta parte del mundo, pero lo que vio no pudo haber sido muy diferente –dijo Märzhold, que como todos los altos mandos del ejército estaba en contra de las órdenes que le daban los políticos, aunque no por eso dejaba de cumplirlas; al contrario, cumplirlas *a rajatabla* era, como la misma expresión lo indicaba (aunque él no conocía esa expresión), su forma de protestar contra ellas.

–Me temo que Colón llegó un poco más al norte –acotó su lugarteniente, el *SS-Gruppenführer* Arno Schmieder, el único que sabía algo de español, además del único que podía ubicar en un mapamundi el pedazo de tierra en el que se hallaban antes aún de que les llegase la orden de salir a conquistarlo.

–Por eso su reino duró tan poco, nosotros entramos por la otra punta y nos vamos a quedar el doble de años –le respondió Märzhold, que lo último que quería era quedarse allí un día, antes de siquiera conocer el lugar, y ahora que lo conocía hasta ese día le parecía una eternidad.

–El triple, si queremos que sean los mil que vaticinó el Führer –volvió a corregirlo Schmieder, no por voluntad de disputa, o sí, pero en términos nada bélicos, o sólo un poco, resaca de la cantidad de horas que habían pasado juntos durante la travesía jugando al ajedrez.

–¿Y a quién le vamos a hacer hijos acá, a las cabras? –se metió en el concilio quien los seguía en la jerarquía, aunque varios escalafones más abajo, el apenas *SS-Sturmbahnführer* (siempre el Führer en el remate del rango, como el resto de sus colegas hasta el último de ellos, en parte para que sintieran que eran como aquel, en parte también para que no olvidaran que no lo eran y que si se pasaban de la raya enseguida tendrían al verdadero dándoles por culo) Horst Zapf, que había anhelado todo el largo viaje bajo agua el momento de pisar tierra para de inmediato echar por tierra a alguna india, que era lo que él entendía por conquistar un territorio, él y el resto de los *Führercitos*.

La desolada meseta que se extendía delante del escueto pelotón, incluyendo los animales que parecían sacarle algún provecho, no hubiera podido ofrecer una perspectiva más desalentadora para ese plan. Si algún grupo de árboles o de rocas hubiera impedido ver el horizonte, o que la vista no se perdiera en lontananza sin nunca llegar a verlo –ni ese límite conceptual parecía poseer ese paisaje–, el trozo de terreno plano que hubiese ocupado la visión igual habría tenido incorporado, a su absoluta carencia de estímulos visuales, todo el vacío que le seguía hasta la cordillera. Lo que habían tomado como el fin de la masa de agua, no menos infinita durante la travesía, no era más que un cambio de consistencia, como si, cansada de hacer olas, se hubiera decidido a despojar, a quienes la recorriesen, hasta de ese mínimo entretenimiento cinético. Lo único que se movía era el aire, ese sí que absorbiendo la histeria que no mostraba allí ningún elemento desde hacía siglos, ni hubiese mostrado en todos los por venir, seguramente, si no hubiera sido por la irrupción de estos teutones con la firme vocación de enmendar un destino tan aciago.

La presencia de animales anunciaba la de humanos a quizá no demasiada distancia, de modo que desembarcaron no sólo las carpas y demás enseres habitacionales, sino también la artillería, que constituía la mitad de su carga. Si bien la estrategia no era penetrar a la fuerza en este nuevo *Lebensraum* –que perteneciera formalmente a otro país no quitaba, siendo un desierto, que estuviera a merced de cualquier otro que lo poblara de veras–, sabían que se negociaba mucho mejor con un arma sobre la mesa, el caño apuntando hacia el que debía firmar el papel, que ya le hacían el favor de traerle redactado en alemán, descontando que no hubiera sabido leerlo ni en su propio idioma, si alguno tenía ese silencio estepario, y mediante el cual cedía *motu proprio* la soberanía. Hacía casi tantos años que los europeos habían dejado a su aire ese territorio como los que habían pasado en él, con anterioridad, tratando de civilizar a sus indígenas, de modo que lo más probable era que ya se hubieran tornado salvajes otra vez, como ocurre hasta con los animales más domesticados cuando se los devuelve a su hábitat.

Para que no los acusaran de invasores o de haber provocado la reacción de los locales, por unas semanas se quedaron sobre la costa, carneando cabras de acuerdo con sus necesidades alimenticias –y de abrigo, porque las noches eran frescas aun junto al fuego–, a la espera de que aparecieran los respectivos pastores a reclamar la paga y, tras concedérsela en especies (traían mucho chocolate), iniciar el trabajo de persuasión que ya estaba implementando el régimen en Europa con sus poblaciones vecinas. La estrategia de conquista desde adentro, tal como les había enseñado Hitler, implicaba buscar un chivo expiatorio, que en todas partes del mundo eran los judíos –¡en todas partes, sin excepción, y aun así se hacían los inocentes!–, pero, como aquí lo que sobraba era de ese tipo de animales –los chivos–, se decidió de antemano que no haría falta complicar tanto la argumentación para que el pueblo se les uniera, olvidando sin culpa a las autoridades de su país.

Los pastores nunca aparecieron, sin embargo. Ya fuera que le sobraran los animales o que no los supieran contar (una cosa podía ser consecuencia de la otra), ningún bípedo se acercó, aunque más no fuera en forma de niño, para al menos espiar a los nuevos inquilinos. Si ya se sentían dueños de esa tierra de antemano, tanto más ahora que nadie les reclamaba alquiler, al extremo ya peligroso del terrateniente que ni sabe cuántas hectáreas posee, ni mayormente le interesa, mientras no se las vengan a quitar. En largas veladas junto al fogón, no muy diferentes a las que habían dejado atrás sobre la contraparte líquida, los invasores invisibles pasaron de debatir estrategias de guerra según la fiereza del enemigo a preguntarse, igual de seriamente, cómo llamar su atención respecto a una conquista de la que acumulaban demasiadas razones para temer que nadie registraría jamás.

–A más tardar cuando empiecen a llegar los transatlánticos con la gente de los Sudetes se tienen que dar cuenta –opinó el *SS-Gruppenführer* J. Kampen, que estaba a cargo de uno de los submarinos y cuya familia provenía de las cercanías, si no en términos geográficos, sin duda sí raciales.

–Cuando lleguen no sé, pero cuando huyan de este desierto hacia las zonas pobladas, seguro –dijo el otro comandante, Von Strübel, menos atento a los naipes que le habían tocado en suerte que a la reacción de los otros al ver sus respectivos.

–Tal vez primero hay que poblar estas tierras con argentinos y recién después traer a los nuestros –propuso el jefe, aunque tenía entendido que entre los aborígenes que reunía ese patronímico ya se hallaban no pocos de los que él (esto es: la genética) hubiera sumado a su propia primera persona del plural–. El *Lebensraum* no puede ser sólo un espacio vital, también tiene que ser un espacio donde poder vivir.

Todos asintieron, sin entender por completo la diferencia entre los dos tipos de vida, aunque intuyendo que establecerla hubiera puesto en jaque la que llevaban en esas carpas de mala muerte hacía ya más de un mes. En el fondo se sentían sitiados por todo ese *Lebensraum*, al que entre tanto le tenían más miedo que a un posible malón. De los indios uno al menos podía defenderse o hacer el intento, mientras que del vacío lo único que quedaba era esperar no ser devorado por él, primero psíquica y más tarde físicamente.

Para no sucumbir a esa variante demasiado literal del *horror vacui*, decidieron internarse en el territorio y dar inicio a su mapeo, o a la confirmación de los diferentes mapas que traían consigo, comprados en el mercado negro a espías de diversas nacionalidades. No había dos que coincidieran entre sí más que en algunos puntos básicos, como la ubicación de un par de ciudades (esto es: dos) y la orientación (nunca la traza) de otro par de ríos. El negocio no estaba a todas luces en ofrecer información que se atuviese en la medida de lo posible al objeto, aun en los casos donde este ya hubiera sido aprehendido por otros geógrafos o figurase en los registros oficiales, sino en competir por quién vendía la descripción más novedosa, como si se tratase de un reino encantado con su tesoro escondido –el oro negro– y por ende tuviese más posibilidad de encontrarlo el que se dejara guiar por el brujo de mayor poder intuitivo. Los mejores mapas en apariencia, en el sentido de su completitud, fueron por eso los que muy rápido perdieron valor de cambio, tras revelarse que tornaban el paisaje más interesante de lo que era, obras de artistas antes que de cartógrafos. De ahí que los invasores invisibles los descartaran sin encono, se diría que hasta con cariño, conscientes de que, en tanto representación del mundo, un mapa siempre es una hipótesis y, en el caso especial de la

Patagonia, hubiera sido ofensivo esperar que alguna de ellas eligiera ser tan poco imaginativa como para coincidir con la realidad.

La Patagonia era como una mujer –Vivien Leigh, se diría, si el viento no la hubiese traído aún– a la que todos le echaban el ojo, escudriñando de punta a punta sus generosas dimensiones, pero que nadie se animaba a abordar de veras, por temor al rechazo o a la indiferencia. Temor más que justo, como tenían ahora la oportunidad de corroborar estos soldados, que incluso arriba de ella, y hasta penetrando en sus entrañas, por así decirlo, se sentían menos galanes furtivos en un zaguán oscuro que maridos cumpliendo a regañadientes con su deber. Lo más pesado de su trabajo no era caminar sobre ese pedregullo áspero, que pinchaba a través de las suelas de las botas, horas y horas sin mojones que ofrecieran algún punto de referencia al avance, tornándolo irreal, y contra un viento tan potente que hasta despeinaba a las ovejas, pese al astuto enrulado de su pelambre; lo más pesado –más pesado aún que llevar a rastras el armamento, que desesperaban de poder usar siquiera con algún animal antediluviano– era simular que el esfuerzo tenía un sentido –ya fuera para instalar un centro de operaciones en ese lado del mundo o, en última instancia, un refugio postrero por si las cosas salían mal del otro– y que estaban orgullosos de llevarlo a cabo.

La primera baja en la caravana, por alergia a una picadura de la que no se pudo determinar el origen y que generó un connato de rebelión entre los marchantes, aterrorizados por la perspectiva de convertirse ellos mismos en el espacio vital de vaya uno a saber qué bichos mortales –y dudando, por lo demás, del valor que podía tener quedarse con un territorio que no le quitaban a nadie–, ocurrió justo cuando superaron el límite de kilómetros franqueado el cual ya no tenía sentido transportar al convaleciente de regreso a la costa, como si la de los pies grandes, como les habían dicho que debía traducirse el patronímico del lugar, hubiera esperado ese momento para iniciar la contraofensiva y empezar ella a pisotearlos. A partir de ese momento fue más de uno el que sintió, sin poder decírselo ni a sí mismo, que lo que se presentaba como un vacío más o menos inocente –todo dependía de con qué lo llenaran las propias aprehensiones– era más bien una suerte de pantano de aire que se tragaba todo lo que se aventurara en él, muy lentamente, pero sin vuelta atrás.

¿Cómo iban a erigir en esa ciénaga etérea sus poblaciones y ciudades, todo un país, o al menos la sucursal del propio? Sólo se podía pensar en fomentar urbanizaciones a partir de las que ya existían, concluyeron, como sólo puede pensarse en una nueva planta a partir de la semilla de otra. Desde la inexistencia absoluta resultaba inconcebible que se desarrollase nada en ese vacío, debía ser como multiplicar por cero, sin importar la cantidad de hormigón que se le tirase encima. Claro que el verdadero grado cero estaba en la Antártida, pero igual de claro quedaba ahora que recién podía hablarse de cierta fertilidad un poco más al norte, en la Pampa: en esta versión elevada de aquel verde –y apenas menos fría que el blanco absoluto– a lo sumo podía esperarse que medrara lo que ya tenía una existencia previa, cuyos orígenes se perdían en los confines del tiempo y aun de la lógica.

Cambiaron de estrategia, pues, y en lugar de marchar hacia el vacío, que se había revelado como la verdadera casa del lobo, los caperucitos pardos, perdidos en este laberinto sin árboles ni otros impedimentos visuales –y con una salida, a sus espaldas, de cientos de kilómetros de extensión– decidieron poner rumbo hacia lo único que tenían orden de evitar, esto es, la ciudad de Comodoro Rivadavia. El temor de toparse con los lugareños, antes de haber plantado bandera y de haber recibido refuerzos, había sido desplazado a tal punto por el terror a descubrir que hasta ese núcleo civilizatorio era una ficción de los cartistas que, cuando vislumbraron la ciudad a lo lejos, lloraron de emoción y, recién en un segundo momento, se preguntaron qué hacer.

–Atacarlos por sorpresa y tomar el poder, qué otra cosa –dijo Märzhold, al fin, con aparente suficiencia, aunque el hecho de ponerlo a consideración de sus subalternos daba la pauta de que se trataba de una opción entre otras.

–Creo que bastaría con hacer que el poder cambie de manos y que esas manos estrechen las nuestras como las de un salvador –opinó J. Kampen, que soñaba con que ocurriese lo mismo de este lado y con sus manos.

–Enseguida tendríamos al ejército argentino en las puertas de la ciudad –objetó el *SS-Sturmbahnführer* Prünesch, que cifraba todas sus posibilidades de ascenso en mantenerse fiel a su jefe, es decir, en ponerle techo a ese mismo ascenso.

–No debe haber palabra para "enseguida" en el lenguaje patagónico, antes llegarían más submarinos nuestros que los caballos de ellos –terció Von Strübel, sin advertir que la combinación de una ironía con una anacronía podría desvirtuarlas mutuamente.

–También tienen caballos de fuerza que saben nadar y hasta una palabra para describirlo –lo actualizaron.

–La otra opción es hacernos pasar por funcionarios del Gobierno central, diciendo que este hizo una alianza con Alemania.

–¿Y los documentos respectivos?

–Existe una sola persona capaz de producirlos, y ya dejó nuestro bando.

–Entonces habrá que probar al revés e impulsarlos a que la alianza la sellen ellos, a través de nosotros, y recién después se lo comuniquen al Gobierno central.

–Que entonces mandaría su marina equina.

–¿Y cuál sería el problema? Tarde o temprano tenemos y queremos usar las armas que trajimos, ¿no es cierto?

Así habló el jefe Märzhold, una vez más, y, como para poner punto final a la discusión, sacó su revólver de la cartuchera y disparó algunos tiros contra el cielo –contra Dios, habría dicho, si lo hubieran interrogado–, con tan mala puntería que menos de un minuto más tarde, mientras la comandancia hacía aprestos para repartirse de manera subrepticia las últimas reservas de la bodega, que habían ocupado en el equipaje un lugar apenas menos importante que el armamento y cuyo inminente agotamiento también había influido en el cambio de rumbo de la tropa, quizá más que cualquier otra elucubración de tipo estratégica, una de las balas cayó sobre el parietal izquierdo de uno de los soldados rasos de retaguardia, que descansaba sobre el suelo con el casco de almohada, provocándole una muerte en dos tiempos –sintió el impacto, se incorporó desconcertado, se tocó la mancha de sangre y volvió a caer, ahora sí como fulminado por un tiro– que llevó a quienes lo rodeaban a la conclusión de que los atacaban desde el otro extremo de la caravana, lo que en algún punto (cardinal) también era cierto.

¿Se puede hablar de una guerra civil cuando se desata entre gente que viste uniforme? Al menos en el sentido de que se desarrolló con cierta civilidad, la que paradójicamente aportaba un buen entrenamiento castrense, no parece de tan mala educación ni de tan excesivo sarcasmo hacerlo. Como sea, la que tuvo lugar entre el frente y la retaguardia de la caravana nazi estacionada a pocos kilómetros de Comodoro Rivadavia fue una auténtica guerra sin cuartel, en la que cada intento de una parte por dar explicaciones era tomado por la otra como una trampa que sólo lograba redoblar la desconfianza y los ataques, de suerte que a las pocas horas el vacío quedó poblado de balas, es decir, que el peligro al fin se materializó, sin por eso dejar de ser invisible. Puesto que las de más grueso calibre correspondían al armamento cuyo acarreo, por ser el más fatigoso, había sido comisionado a los pelotones del fondo, al final fueron estos los que se alzaron con la victoria, refrendando aquello de que los últimos serán los primeros, si es que no fue al revés y los últimos fueron los primeros, refrendando aquello de que los mejor armados son también los que ganan las contiendas bélicas.

Los vencedores enterraron a los muertos a las apuradas, por miedo a ser sorprendidos por más contendientes en medio de la faena y terminar cavándose sus propias tumbas. Les causó alguna confusión no encontrar entre los cadáveres ni un uniforme diferente al propio, salvo por las cucardas, pero eligieron resolver el intríngulis deduciendo que habían sido presas de algún embrujo diabólico, ellos o su contraparte o ambos. En cualquier caso, pactaron presentarse como sobrevivientes frente a sus camaradas de la retaguardia de la retaguardia, que se habían quedado cuidando lo que bien mirado era el armamento más importante de todos (también el pueblo más bajo, en la lógica de la paz, es el que cuida en última instancia el alimento, como si en el fondo las elites supieran que, llegado el apocalipsis, lo mejor es ser el primero en morir). La muy precisa descripción que dieron del asalto sufrido hizo que hasta los que no habían visto lo que habían visto ellos (que no habían visto nada) vieran ahora a las huestes argentinas avanzando hacia la costa, por lo que decidieron montarse a los submarinos, que asomaban sus narices a unos metros de la costa como animales cansados, y marcharse rumbo a Europa otra vez, sin dejar rastros, como si se los hubiera llevado el viento.

4.
HANNO JONAS (SU VERDAD)

Tenía escrita aquella fantasía hacía un tiempo –el ocio es amigo de la literatura, tal vez porque esta le miente que es un trabajo real y hasta con proyección sobre el mundo– cuando se me presentó la oportunidad de plasmarla. La historia de cómo llegó esa oportunidad, aunque menos bombástica, también es digna de ser relatada con cierta extensión. Al no conocerla yo más que por terceros, tampoco se distingue tanto de la que podría inventar un literato.

Por la época en que dejé el Frente Negro, llegó a Buenos Aires el espía norteamericano Hanno Jonas. De que era un espía me enteré mucho más tarde, pero como esto no es una novela de suspenso, puedo decirlo desde ahora, rogándole al lector que no deje de tenerlo presente –es decir: ausente– durante todo el tiempo en que me vea moverme a su lado, hasta que llegue el momento de la revelación.

La historia oficial de este joven rubicundo, de nariz severa y mirada melancólica, era que había nacido a principios de la Gran Guerra, de padres desconocidos, y se había criado en un orfanato de Berlín, del que había huido a los siete años, durante una excursión al sur de Alemania.

–Aproveché la distracción momentánea de la tutora para detenerme detrás de un árbol, como si el que se hubiera distraído fuera yo –me contó, y como huérfano de orfanato ya no pude no sentir que me escondía detrás del mismo árbol que él–. Quedarse quieto es a veces la mejor forma de huir.

Aunque le había dado culpa lo que pudiera pasarle a su tutora por perder a uno de sus pupilos, más culpa le habría dado no sacar ventaja de ese paseo por el Parque Inglés de Múnich, una excursión menor dentro de la gran excursión que había empezado el día previo, cuando se habían subido al tren en la estación Zoologischer Garten. Hanno era el más pequeño del grupo, aunque en tamaño parecía de los más grandes –ahora había vuelto a ser más bien pequeño, al menos de la cintura para arriba, por culpa de la enfermedad de columna que le pondría fin a su escape–, y con la maña que se daba al combinar las prendas donadas, casi un señorito. Simular alcurnia resultaba decisivo para el éxito de la fuga, de lo contrario hubiera corrido peligro de cambiar un establecimiento por otro.

Lo primero que buscó fue por eso un bastón pequeño y un sombrero de ala dura, dos elementos que nadie donaba a un hogar de huérfanos, o que al menos no llegaban hasta sus presuntos beneficiarios. No le resultó difícil encontrarlos, un domingo soleado y caluroso de junio, con el parque lleno de familias despreocupadas corriendo a sus caniches o jugando a la paleta, y de paso llevarse algunos pancitos untados con Leberwurst, aunque ninguna cartera. En el hogar había aprendido que la gente está más dispuesta a ceder ropa y comida que dinero, ni siquiera en cantidades equivalentes a las necesarias para adquirir aquellos artículos.

–También había aprendido que la mejor forma de que nunca te encuentren es que ni siquiera te busquen, para lo que no existe método más probado que hacerles creer, antes de tiempo, que han llegado al final de la pesquisa –siguió diciéndome, y aunque parezca increíble que no me haya dado cuenta de que debía estar ocultándome más cosas una persona que demostraba tal astucia a tan corta edad (corta al escapar y corta al relatarme ese escape, porque ahora no podía tener más de veinticinco años), su talento precoz consistía precisamente en dar la impresión que, por contar cosas íntimas con lujo de detalles, lo estaba contando todo.

Medio año antes de su huida, durante los festejos por la llegada del año veinte, un compañero de Hanno había escapado del hogar y acabó ahogado en el Spree. En realidad, sólo encontraron su chaqueta y un soquete, enredados en árboles de la orilla, y concluyeron que debía de haber muerto al intentar cruzar el río a nado, una ciencia que los internos de aquella institución, sólo interesada en enseñarles cuestiones religiosas, tenían menos incorporada que la lectoescritura. La intuición no institucionalizada le dijo a Hanno, en cambio, que su compañero había llegado hasta la otra orilla, quizá porque él mismo ya estaba pensando en evadirse. Recién en Múnich, en cualquier caso, se le ocurrió invertir el orden de los factores, o acaso seguir los sagaces pasos de su predecesor. Cuando cayó la noche, se desprendió de su cinto y de un zapato para colgarlos, debidamente mojados, en sendos árboles a la vera del Isar.

–Nadie se tomaría el trabajo de buscar el cadáver de un huérfano, aun en aguas templadas por el sol veraniego.

Se calificaba a sí mismo de huérfano por solidaridad con los otros. Técnicamente era un niño expósito, como se había tomado el trabajo de explicarle la tutora que ahora había traicionado, la primera que no los subestimaba, quizá porque ella misma era casi una niña cuando entró a trabajar en el hogar. Esa distinción debía haber plantado el germen de la fuga, en todo caso recién había empezado a sentir la opresión del internado cuando supo que, a diferencia de sus compañeros, él sí tenía algo que buscar en el mundo exterior.

–Quien conoce al menos a uno de sus padres, aunque sea por fotografías o relatos, es muy difícil que entienda la desazón que sentimos los que no, y me atrevo a contar entre ellos a los que fueron criados en un hogar de verdad –reflexionó, siempre en el marco de la misma charla, que tuvo lugar durante la celebración de los cincuenta años de existencia de la cervecería Quilmes, y en la que yo me había acercado a él tras averiguar que venía de la embajada, considerando que por su edad sería fácil sustraerle información (en verdad fue él quien se acercó a mí, pero también de eso me desayunaría a la postre).

–No podría estar más de acuerdo con usted, es como si me contara mi vida a mí mismo –respondí, bajando a más tardar en ese momento todas mis defensas profesionales frente a lo que ya consideraba un hermano, en el sentido de hijo de la misma falta de padres.

–No es verdad que lo único de lo que estamos seguros es de que vamos a morir –Hanno se puso serio–. Lo otro que sabemos con igual o mayor certeza es que hemos nacido, y no conocer las circunstancias de ese primer momento causa las mismas o peores zozobras que desconocer las del último

Por supuesto que por aquella época él no lo había vivido con este dramatismo, se apresuró a aclararme entre risas, ya facilitadas por la cerveza que se servía en el agasajo, de sabor dudoso pero gradación alcohólica mucho mayor a lo normal y aun a lo saludable. Para el niño Hanno, aquello había sido el principio de una gran aventura, "mi primera misión secreta", como me dijo literalmente (pero para saber que algo es literal, primero hay que conocer la letra). Tampoco es que hubiera planeado más que de forma muy vaga rastrear el paradero de sus padres, su idea había sido más bien la de sustraerse al único sitio en el que podrían haberlo encontrado ellos a él, en el caso de que se arrepintiesen de haberlo abandonado y pasaran a recogerlo, una de esas retorcidas venganzas infantiles que sólo ocultan deseos que uno no está en condiciones de expresar o, antes que eso, siquiera admitirse. Nada de lo cual ocupaba su cabeza en aquella coyuntura, volvió a aclararme Jonas, de lo único que se trataba en ese primer momento era de reponer sus zapatos, cosa que volvió a resultar de lo más simple cuando llegó a los barrios acomodados de la ciudad, donde la gente dejaba abiertos los accesos principales de los edificios y sus calzados metódicamente alineados delante de las puertas de los apartamentos, a fin de no ensuciar los alfombrados.

–Le cuento estos detalles –creyó necesario justificarse– porque si no uno dice "me escapé del hogar" y da la sensación de que es mágico, que me subí a una alfombra voladora y aquí estoy, y no, todo ocurre paso a paso, como esta conversación avanza una palabra tras la otra.

Así empezó, a una edad que parece temprana pero que él consideraba bastante tardía para un niño que había sido abandonado al nacer, un periodo sin lados de adentro, como lo llamó, porque incluso los espacios que le permitían cerrar una puerta a sus espaldas solían ser casi tan públicos como la calle. Sabía que tenía todo el verano para resolver su situación y eso le daba cierta tranquilidad, como si descontara que en tanto tiempo –"no olvidemos lo que se extiende esa estación del año cuando somos niños, nada nunca vuelve a durar tanto en la vida"– la solución estuviese obligada, por una mera cuestión probabilística, a presentarse por sí sola y, digamos, adoptarlo. Al igual que con el ciprés que le había servido de primer refugio, su tarea de fugitivo consistía exclusivamente en estar preparado para aprovechar otra vez la oportunidad, ya pensando en el invierno. Claro que, si hubiera estado aquí en Argentina o en cualquier otro sitio de clima más amigable, tal vez nunca se habría ocupado de abandonar la calle.

–Los que alertan que la calle no es lugar para niños son los adultos que la tornan peligrosa –adherí a su percepción, tentado de contarle mis propias aventuras juveniles en ese espacio, que había vuelto a ser mi oficina desde que ya no tenía a disposición la de Fricke.

Los primeros refugios del niño Hanno fueron las iglesias, "que sólo entendí que eran templos de otra religión por los rabinos con otro nombre que me cruzaba en ellas". Poco más tarde descubrió las salas de espera de las estaciones y pasó un tiempo rotando de una a otra, a fin de dar siempre la impresión de estar esperando un tren, salvo para los vagabundos que hacían lo mismo. Con los que le inspiraban más confianza se tomaba el atrevimiento de acercarse, siempre en silencio, hasta que también ellos aceptaban que les convenía simular que eran parientes. Entonces le seguían el juego, o le agradecían haberlo empezado, compartiéndole su comida, a veces más apetecible que la del orfanato. Y aun si su calidad resultaba dudosa, Hanno prefería eso a mendigarla en las tiendas o cocinas, porque no podía tolerar que le negaran un pedazo de pan, una humillación incomprensible que le llenaba la cabeza de pensamientos sanguinarios. Limosnear con alguna excusa de señorito en apuros le salía en cambio con naturalidad, por ser una actuación para una sola persona, por lo general de sexo femenino y edad avanzada. Si la respuesta que recibía era negativa, le hacía una reverencia tanto más teatral y seguía de lo más campante su camino, con lo que la humillada terminaba siendo de algún modo la espectadora.

–Perdón –me guardé la pregunta para cuando hizo una pausa de hidratación etílica–, ¿oí mal o me dijo que no sabía lo que era una iglesia?

–En efecto, me he criado en un hogar para niños judíos, del que puedo darle las peores referencias –confirmó sin siquiera bajar un poco la voz.

No es que fuera imposible que hubiera algún que otro israelita en la sala, la *Gleichschaltung* no había llegado hasta las celebraciones de empresas privadas, aunque faltaba poco para la Noche de los Cristales, el verdadero parteaguas dentro de la colectividad. Lo que no parecía tener explicación era que un judío trabajara en la embajada, el primer lugar del que habían sido expulsados hacía años y al que tampoco, podemos imaginar, hubieran querido volver. Alertado por mi sorpresa, Jonas me explicó que haberse criado en un hogar de esa religión no lo había vuelto miembro de ella, que se adquiría por sangre, en realidad sólo de la madre, aunque las generosas leyes de Núremberg habían extendido la franquicia también a los varones. Adelantándose en su relato, me explicó que ya de mayor había elegido no ocultar su origen, porque no era tal y porque tampoco implicaba que fuera el de sus padres, además de por miedo a que ocultarlo diera pie a que las autoridades sacaran justamente esas falsas conclusiones.

–Era eso o huir a, no sé, Estados Unidos. –Volvió a darme pistas de su verdadera identidad, aunque el hecho de haber crecido entre hebreos también explicaba la inclinación que luego mostraría a colaborar conmigo en mis maquinaciones contra el Partido–. Pero le sigo contando paso a paso y palabra a palabra, si no le aburre.

–¡En absoluto!

Anticipándose al deterioro de su indumentaria, por un lado, y en la presunción, por el otro, de que las tentaciones serían menores en el campo ("A nada le temía más que a mi amistad por lo ajeno, que tarde o temprano me hubiese hecho caer en manos de algún agente del orden"), Hanno no había demorado demasiado en abandonar la ciudad rumbo al noroeste, a fin de seguir con sus vagabundeos por zonas en las que no hacía falta pedir comida para que se la ofrecieran en cantidades, siempre que tuviera una bonita historia que contar a cambio. La suya iba variando, porque sentía que, si la repetía y de pronto lo escuchaba dos veces la misma persona, le habría parecido sospechoso y empezaría a hacer averiguaciones.

–Una conclusión absurda, pero de la que nació la intuición, creo que correcta, de que nadie me creía del todo mis biografías inventadas y que, por lo tanto, mi tarea era hacerlas lo más entretenidas que pudiera –siguió contando, o me siguió engañando, según había aprendido a hacer de niño y como si aun estuviera en fuga, lo que nunca deja de ser el caso para el que no sabe en realidad de dónde ha partido–. Hoy pienso que, no teniendo ninguna razón sensata para ir de un lado al otro, mis fantasías de por qué lo hacía resultaban todas verdaderas, al menos para el momento en que las pronunciaba.

El campo agregó a su abanico de experiencias una dimensión que hasta entonces sólo había sido marginal, que fue la de convivir más o menos al mismo nivel con diferentes animales. A la vez, Hanno tenía con ellos una familiaridad casi mayor que con los seres humanos (adultos), del tipo que se desarrolla a esa edad con los personajes de los libros ilustrados, todos protagonizados por bichos en el caso de los que les leían en el orfanato, como si los preparan para un mundo previo al sexto día de la Creación.

–El más fascinante era uno que Dora no nos leía, sino que nos contaba, por saberlo de memoria, sobre un hombre que un día se despierta convertido en una cucaracha.

Al cruzarse con animales de veras, en lugar de sentir que las palabras y los dibujos de los libros entraban de pronto en su realidad, fue más más bien como haber sido transportado él a ese universo de fantasía, en el que los sonidos y las siluetas inmóviles se traducían en cuerpos ágiles pero mudos, tal vez su castigo por el pecado original de la víbora al seducir a Eva.

–Claro que este mutismo de ningún modo me impedía relacionarme con ellos, a un niño poco le importa que su interlocutor hable, le basta con que lo escuchen.

–Lo mismo que nos pasa a los adultos, sólo que decirnos cosas se ha convertido, paradójicamente, en la forma de demostrarnos que nos estamos prestando atención.

Aunque la mayoría de los cuadrúpedos se desentendían de él tras comprobar que no tenía nada comestible para ofrecerles, siguió contándome Hanno tras aprobar con una breve pausa mi comentario un poco nihilista, apareció un día un zorro que lo adoptó de amo al modo en que lo hubiera hecho un perro. Rotpeter, como lo llamó Hanno, lo cuidaba de los otros animales, las vacas, los caballos, los ciervos, los osos, no porque estos lo atacasen, sino guiándolo de tal modo de que ni se aproximara a sus respectivos territorios en primera instancia. Si hubiese sido por Rotpeter, Hanno estaba seguro de que tampoco le habría permitido relacionarse con los humanos, con quienes lo dejaba en soledad no bien llegaban a un poblado, para recién volver a adosársele cuando reemprendía la marcha.

–De eso deduje mucho más tarde que no podía ser un perro, en aquel entonces nunca dejé de creer que lo era e interpretaba su negativa a ladrar como un signo de distinción –me dijo, en otro intento más, deduzco yo ahora, de revelarme mediante metáforas su verdadera historia, como tenía probado que era la mejor estrategia para ocultarla.

Rotpeter cazaba castores y demás roedores también para él y se ofendía si su amo no prendía un fuego y comían juntos, además de constituir por las noches una estufa mucho mejor que la paja infecta de los graneros, de modo que efectivamente acabó logrando que Hanno alternara cada vez menos con sus iguales. Si no había terminado como esos niños salvajes que encuentran un día alimentándose de raíces en medio del bosque, un Kaspar Hauser encerrado al aire libre de manera casi voluntaria, fue porque Rotpeter mismo, tal vez respondiendo a la aparición de una zorra, tal vez por haber enfermado y haberse retirado a morir en soledad, decidió en algún momento que era hora de dejarlo una vez más en manos de Dios.

Para ese entonces, Hanno ya había llegado a las inmediaciones de Stuttgart y el otoño empezaba a mostrar sus garras amarillas, tanto o más temibles que las de las bestias. A pesar de haber renovado el calzado y otras prendas, ya no engañaba a casi nadie con que era un señorito momentáneamente distanciado de sus progenitores, y en cualquier momento pasaría a aparentar lo que era de veras, o cosa peor. Debía decidirse por algún oficio en el que buscar un puesto de aprendiz, o buscar un puesto de aprendiz que decidiera por él cuál sería su oficio. El problema era que cualquiera de esas opciones habría implicado reconocer una vez más su orfandad, para lo que el mejor refugio seguía siendo el orfanato, donde al menos la posibilidad de ser adoptado por una familia no implicaba necesariamente que lo hiciera con fines de esclavizarlo. La opción de ir a la escuela, si es que era una opción, tampoco lo entusiasmaba sobremanera. Ya en el hogar, donde el régimen educativo era cualquier cosa menos riguroso, nada le costaba más que sentarse a dibujar letras, o más bien a repetir los dibujos que las conformaban; siempre sentía la necesidad de introducirle variaciones y al final no distinguía cuál era cuál. Estaba convencido, por otra parte, de que con saber hablar alcanzaba para progresar en la vida, y esos meses de vagabundeo le demostraron que al menos en eso había sido un alumno de nota.

Del invierno lo salvó finalmente la enfermedad por la que ahora parecía tener piernas tan largas, cuando lo que tenía estrecho era el dorso, y que sospechaba había sido la razón por la que lo habían abandonado. Se trataba de una malformación de la columna vertebral que lo obligaba a caminar cada vez más encorvado, aunque él era el último en enterarse de ese muy paulatino, casi imperceptible, deterioro. Como no le dolía ni le impedía hacer nada, ni siquiera deportes de contacto o trenzarse a trompadas, nadie en el hogar lo consideraba un mal que ameritara tratamiento médico. Además, lo hacía parecer más adulto de lo que era, una especie de mayordomo servicial o de relojero con décadas de inclinarse sobre sus mecanismos minúsculos. Esto le había resultado de gran ayuda durante su huida, de modo que tampoco había sido un tema que hubiera tenido presente en sus planes a futuro, si alguno tenía.

Quiso la suerte, no obstante, que su casi imperceptible joroba –yo mismo no la había notado hasta que empezó a hablar de ella, aunque la de ahora, muy mermada, era el resultado del tratamiento posterior– no le pasase desapercibida a un señor de ojos minúsculos y cara puntiaguda que se cruzó paseando un día a la vera del Neckar.

–"Jovencito, ¿dónde está tu corsé?", me dijo ese verdadero paseante, porque yo sólo hacía como que paseaba, mientras buscaba disimuladamente monedas u objetos de valor perdidos bajo los bancos o entre los arbustos. –Jonas me escenificó la escena, incluso cambiando de voz, otra coincidencia que me hizo sentir hermanado con él–. "Hay que usarlo todos los días, ¿no te lo ordenó tu médico?". La sospechosa familiaridad con que me habló, sin siquiera saludarme o presentarse, hizo que me enderezara como nunca, aunque no había entendido que se estaba refiriendo a eso.

–¿Refiriéndose a qué? –me permití mostrar que yo tampoco.

–Al corsé, que yo no sabía qué era, ni para qué servía.

–Eso sí que sé qué es –traté de reivindicarme–, y hasta para qué sirve.

–Lo dudo.

Entendí que estaba poniendo en tela de juicio mi conocimiento del sexo femenino con sus coqueterías, por lo que le aclaré que yo estaba casado, incluso con dos mujeres al mismo tiempo ("Sé que no es del todo legal, pero así somos los donjuanes"), y que con una de ellas tenía dos hijos, que si bien no eran míos yo los sentía como propios, y ellos a mí como un padre. Lo debo haber dicho gesticulando mucho y con la voz trepada a su registro más agudo, si hay algo que nunca soporté fue que se desconfiara de mi hombría, precisamente porque me faltaba por partida, digamos, doble. Eso me debe de haber dado el aspecto afeminado que siempre he querido evitar (que nunca he podido evitar tener que evitar en público), y de ahí el ataque de risa de Jonas, que si no terminó con un puñetazo que le volara los dientes fue porque nunca fui amigo de la violencia (ni la violencia amiga mía), con lo que quiero decir que no sé pegar, con lo que confirmo mi virilidad escasa cuando no nula.

–Se trata de otro tipo de corsés –buscó apaciguarme Jonas, cuando logró apaciguar sus carcajadas, que ya estaban atrayendo la atención de los otros invitados, cuyas risas no se distinguían mucho de sus eructos, en el sentido de que las ocasionaba el gas de la conversación–. Son unos corsés médicos que había inventado justamente este señor, el doctor Hessing.

–Ajá –dije, todavía bajo el efecto del shock, o de los shocks sucesivos, que se iban desarticulando como fichas de dominó–. ¿Y usted qué le contestó?

–Le dije que lo había perdido, en la esperanza de que él me lo repusiera, fuera lo que fuera –respondió Jonas–. A lo que me preguntó qué era lo que había perdido, si el corsé o al médico, leyéndome las intenciones en la cara, y tal vez más cosas también. A eso le dije, con la mala educación que sólo puede ostentar el que ha gozado de las mejores, que se lo podía preguntar a mi padre, que estaba por llegar en cualquier momento y era jefe de policía. Sin amedrentarse en lo más mínimo, dijo que un padre que permitía que la cifosis de su hijo llegase a ese grado de desarrollo iba a tener que contestarle muchas más preguntas que únicamente la de dónde estaba mi corsé.

–¡Qué humor de perros ese médico!

–Mi primer impulso fue salir corriendo. Pero después pensé que tal vez fuera como un Rotpeter con dos patas y me quedé.

Resultó ser una buena decisión, como todas las que se toman desde el estómago, según se creyó con el derecho y aún el deber de catequizarme Jonas. Bajo la tutela del Dr. Hessing, no sólo se salvó de quedar tullido o aún de sucumbir a su enfermedad, de paso sirviendo, como conejillo de Indias en experimentos y ajustes, al tratamiento de miles de niños hasta el presente. También aprendió el oficio de carpintero, que era el previo de aquel ortopeda, como al parecer no dejaba de notársele cuando le ajustaba las tuercas sobre la espalda. Ya con diecisiete, curado y trabajando en la cocina del internado para los niños que venían a tratarse desde todos los rincones de Alemania y aun del extranjero, Hanno había conocido a la tutora que luego sería su esposa, con lo que de alguna manera sintió que había reparado el daño que seguramente le había generado a la otra.

–Una historia redondita –dije, sin creérsela del todo, pero sin descreerla por completo tampoco–. Parece una novela de Dickens, pero sin malos.

–El mundo no es malo por naturaleza, lo vuelven malo los comunistas.

Aproveché ese comentario para preguntarle cuándo había ingresado al Partido y me sorprendió diciendo que jamás.

–¿Ni siquiera ahora?

–Ahora es cuando menos lo necesitaría, se da por sentado que soy miembro sin siquiera preguntarme, mucho menos pedirme el comprobante.

Había caído en la carrera diplomática desde otra vertiente, la de los contactos de su esposa con las familias de alcurnia que mandaban a sus hijos a la clínica del Dr. Hessing. Su destino actual debía haber sido Montevideo, luego de un breve paso por Java y Marruecos, pero por un problema de faldas en la delegación argentina, en cuyos detalles no podía profundizar, lo habían enviado a este lado del charco, pese a la oposición de algunos miembros del Partido, siempre ávidos por colocar a su gente.

–Se creen que son el Estado –se quejó.

–¿Y el barón Von Thermann de qué lado está?

–Von Thermann es parte del problema.

Otros tal vez hubieran atribuido las indiscreciones de este joven precisamente a su edad. Yo, a mis por entonces cuarenta años, veinte de los cuales había dedicado a la propaganda, creía tener el suficiente conocimiento de esa clase de gente como para interpretar en su apertura conmigo un signo de gran madurez, esa que le permite a un político saber cuándo puede desparramar informaciones más o menos secretas con el objetivo de ganarse la confianza de una persona sin temor a que lo traicionen, o sin riesgo de que esa eventual traición tenga consecuencias graves. Diga lo que se diga de los políticos, la sinceridad sigue siendo su mayor capital y están obligados a invertirlo, aun a riesgo de perderlo por su filtración a la persona errada o a la prensa. Aunque claro que hay un poco de temeridad, de creer que a ellos no les puede ocurrir lo que ya padecieron otros colegas igual de bocazas. Y claro que también hay bastante de resignación: si el que vive intrigando no pone de vez en cuando su propia posición en juego, termina sintiendo que eso no es vida.

5. LA VERDAD SOBRE LOS POLÍTICOS

Poco más tarde, como refrendando este voto de confianza, Jonas me invitó al Club Alemán, donde los austríacos festejaron la anexión de su país, antes de que los alemanes hicieran lo propio en el estadio Luna Park. Lo que se suponía que sería una celebración íntima, casi protocolar, acabó totalmente desbordada, con gente sobre la vereda de la avenida Córdoba y hasta en el pasillo a los baños, que debía apretarse contra las paredes cada vez que alguien quería pasar. Tuvieron que retirar las mesas del salón principal, ya puestas con toda pompa, e improvisar un servicio de a pie, durante el que se agotaron las copas y aun la bebida. Para que un alemán se quede sin cerveza en su propia casa tiene que ocurrir lo último que podría imaginarse: ser popular.

La excitación de los austríacos semejaba la de los niños de un orfanato los días de puertas abiertas, cuando los exponen a sus posibles padres adoptivos. Hasta los teutones, que sabían lo que se les avecinaba, podían caer en el embrujo y entusiasmarse con sus repentinos ahijados. Estos esperaban del *Anschluss*, para su Viena querida, la misma transformación que había experimentado ese club en Buenos Aires: tras quedar prácticamente quebrado por los desfalcos del administrador del restaurante –muerto durante un interrogatorio interno, aunque trascendiera que había sido un suicidio–, el club había pasado en esos pocos años de nazismo a ser una institución pujante, que incluso ofrecía en sus jardines conciertos con una nueva tecnología de ampliación sonora tan efectiva que le valió quejas de los vecinos. Lo que no sabían todos esos empresarios austríacos enardecidos era que la nueva riqueza del club provenía de los aportes a los que habían sido forzadas las empresas alemanas establecidas en el país, so pena de sufrir consecuencias incluso familiares en sus sedes centrales de Alemania. Sólo por estos "asociados corporativos", que fueron invitados a su vez a anotar por separado a su personal jerárquico, en cuestión de meses se triplicó el número de socios y se quintuplicaron los ingresos, con lo que se recuperó lo perdido por la desafiliación igual de compulsiva de quienes no les daba el *piné* de Núremberg. Los nuevos miembros se vieron también en la obligación moral de realizar en el club sus eventos sociales y de asistir a las celebraciones oficiales que se realizaban en sus salones, o en todo caso de comprar el cubierto correspondiente.

–Mi primer evento aquí –cerró Jonas su pequeña introducción a la historia del Club Alemán– fue la conmemoración del ascenso a embajada de la representación diplomática, cuando el barón Von Thermann al fin pudo llamarse como de todas formas se hacía llamar desde antes, sólo que sin estar cometiendo usurpación de título.

Nada sabía yo de esto, a pesar de ser su socio, porque me permitía utilizar el Club Náutico de San Isidro. Tenía allí mi propio bote, adquirido gracias a algunas extorsiones a empresas holandesas, con las que aplicaba, por la inversa, la misma lógica que mis colegas del Partido: les pedía un canon para no tener que demostrar en sus países de origen que aquí estaban colaborando subrepticiamente con el enemigo. De modo que no podía indignarme demasiado con el club, ni aun con nuestros vecinos del sur que ahora querían desesperadamente sumarse a él.

–Podrían directamente trasladar aquí la embajada –igual me mostré indignado, porque una cosa es lo que hace un trabajador independiente para ganarse el pan (yo) y otra muy distinta es que aplique el método una institución o un Estado.

El plato principal del evento, a falta de comida, que se acabó antes aún que la bebida, fue el Dr. Heinz Ott, venido especialmente desde Berlín, aunque al parecer ya había tenido apariciones en Chile y Brasil. A diferencia de otros oradores del Reich, el Dr. Ott efectivamente tenía un título académico (era endocrinólogo) y carecía de puesto dentro del Gobierno, fuera del de intervenir como representante verbal en mítines masivos, de preferencia en el extranjero. La otra característica única, como ya adelanté, era que imitaba a Adolf Hitler a la perfección, al menos para quienes lo conocíamos imperfectamente.

Este talento tenía su explicación, según me contó Jonas (que estaba demasiado bien informado sobre todas las personas como para no estarlo también sobre mí, debí haber sospechado, lo sé): mientras que los otros enviados sostenían sus discursos como parte de sus tareas más o menos diplomáticas, este médico, de destacada labor durante la Gran Guerra, sólo se dedicaba a hablar, tras haber cursado la carrera respectiva mediante cuadernillos y juegos de rol. Eran cuatro cursos sucesivos, de nueve meses cada uno, al final de los cuales los aspirantes a *Reichsredner* daban una prueba y recibían, en caso de aprobarla, un título que los habilitaba a subirse a escenarios de asambleas cada vez más importantes. Al principio, el Dr. Ott se pagaba de su bolsillo los pasajes de tren, apostando a recuperar el importe, en el mejor de los casos sumado a un pequeño honorario, con la colaboración que se les pedía a quienes asistían a esos eventos, a veces tan poco concurridos, empero, que acababa teniendo que cubrir de su bolsillo hasta el alojamiento y la comida. Lejos de dejarse amedrentar, el Dr. Ott había seguido invirtiendo sus magros ahorros de estudiante de Medicina para ir a ver a Hitler en vivo, con la ambición de no sólo difundir su palabra y su pensamiento, sino también su voz, sus gestos, su forma de caminar y de peinarse y de circuncidarse el bigote por ambos extremos (cito a Jonas). En su camino al mimetismo total, el Dr. Ott se había despojado de la erre gutural en favor de la alveolar, entre otros ajustes del acento, aun debajo del escenario, y solía mentir tanto en su edad (por siete años) como en su lugar de nacimiento (por trescientos cincuenta kilómetros), de modo de dar la impresión de ser un hermano no reconocido del Führer.

–Inventó el doble de cuerpo que ahora se usa en cine –ponderó Jonas, que era el doble de sí mismo desde antes aún–. Al menos eso dicen de Jane en *Tarzán*, una gran decepción para los que se enamoran de su cuerpo, porque parece que no siempre es el suyo.

La actuación de este doble, aquende la pantalla, también era decepcionante, y hasta involuntariamente paródica, sólo que nadie se animaba a reírse, como sí se animarían más tarde con las imitaciones de Charles Chaplin, aun en los círculos nazis y aun, si hemos de dar fe a los que decían conocerlo, el propio Hitler. A quien tampoco le hubiera divertido mucho la imitación que hacía de él este personaje rechoncho, chueco y casi calvo, pero que no hubiera podido objetarla del todo por un talento indiscutible, el único necesario en el fondo: la voz. *Viéndolo hablar*, como se dice, se entendía por qué esa expresión inconsistente pasaba muchas veces desapercibida en las conversaciones. Es que de veras *veía* uno a Hitler a través de la dicción de ese payaso. Así como Tarzán hubiera perdido toda su virilidad de haber tenido un pito en la garganta, lo mismo ganaba este, en términos de amenaza para la paz de Europa y del mundo, ni bien abría la boca. Ningún aspecto puede cambiar el canto peculiar de una persona si este no coincide con lo que se esperaba de ella, al contrario, lo único que hace es dejarla en ridículo, mientras que ese canto transforma al instante lo que vemos y sentimos, aun si estamos frente a quien lo emite. Se observa con la mayor claridad en el caso precisamente de los cantantes, sobre todo si son niños, a los que vemos crecer frente a nuestros ojos hasta que alcanzan la edad y el porte que piden sus tonos adultos y resonantes.

Todo lo cual se potencia cuando se trata de una imitación, de lo que puedo dar fe tras haberlo observado desde la pantalla misma, por así decirlo. El asombro que despierta reconocer una voz no se compara con ninguna de las sorpresas que generan los parecidos de semblante o de vestimenta, que duran a lo sumo algunos minutos y luego se desvanecen, hundidos por las diferencias, siempre más palmarias, que habían quedado veladas por el pasmo de la primera impresión. La voz, en cambio, sostiene el hechizo durante todo el tiempo que se mantiene activa, y, cuando calla, se reserva la potestad de volver al lugar donde lo dejó ni bien se active otra vez. Incluso ante la persona imitada, como he tenido la oportunidad de probar algunas veces (no necesito conocer mucho a alguien para duplicarlo), el efecto es casi narcótico y, si no existiera la risa, que todo lo alivia y desbarata, quizá hasta demencial. Es que no debemos olvidarnos nunca de que con la voz fluye y nos penetra todo lo que esta va diciendo y, con eso que se va diciendo, la persona que lo dice. Por algo Hitler mandaba a estos predicadores por el mundo, y por algo, pienso ahora, a mí nunca se me había ocurrido imitarlo a él, eso hubiera sido peor que falsificarle la firma, cuánto podía demorar en tal caso en ser arrestado y fusilado.

–Un discurso increíble, como verlo al Führer en persona –probé a decir sin embargo con su voz, muy por lo bajo (lo más difícil), reproduciendo hasta los errores de entonación que había cometido Ott durante la lectura, por cierto que muy pocos.

–¿Eso que acaba de hacer con la voz lo puede hacer también por escrito? –Jonas había dejado de pestañear y me miraba con ojos abiertos como platos.

Creo que en ese momento empezó nuestra colaboración, aunque al principio se restringió a que él me conseguía documentos internos de la embajada y yo se los pasaba a los diputados de la bancada socialista interesados en saber en qué andaban los alemanes residentes en el país. En realidad, sólo le prestaban atención a lo que ocurría en Europa, ansiosos por si habría guerra o no, es decir, si Argentina volvería a profitar del hambre de los pueblos enfrentados. El interés por los tejemanejes locales los tenía bastante sin cuidado, fui yo el que tuve que interesarlos con información fidedigna de primera mano y a bajo precio, en eso la información es como una droga, basta con darla de probar. Los políticos, por lo demás, son adictos a las novedades, debido a que todo lo que ocurre puede ser bueno o malo para ellos y necesitan saberlo cuanto antes para ensayar las respectivas reacciones, hasta podría decirse que su trabajo específico consiste en saber qué les conviene decir o hacer antes de que los pongan oficialmente en autos de cualquier nueva situación.

Los documentos que me pasaba Jonas no eran gran cosa, yo debía engordarlos con alguna que otra intriga para volverlos más apetitosos, no necesariamente los originales, que hubiera sido demasiado trabajo, pero sí en la traducción, por lo general oral, tomándonos un café en las inmediaciones del Congreso o en el despacho del respectivo representante del pueblo, con los papeles comprometedores yaciendo entre nosotros en su carpeta como una esposa de ficción en su dormitorio mientras el marido se entretiene con algún amante; quiero decir que ni yo los había leído más que por encima ni el otro se tomaría el trabajo de siquiera echarles un vistazo, lo único que valía era lo que yo tuviera para decirle y, claro está, lo que le callaba. A un político de fuste le interesa mucho más la pata de cordero que pueda imaginarse que la papilla que le den en la boca, ahí es donde cree tener que hacer valer su talento, al modo de un detective que desprecia las pruebas, ese fetiche de jueces y leguleyos, para ir tras la gran conspiración.

Y si alguien tenía en aquel momento algo para ofrecer en materia de conspiraciones éramos los germanos, ya fuera por el hecho de que cualquier acontecimiento a nivel europeo podía tener repercusiones en las estructuras locales, ya fuera porque, a la inversa, cualquier cosa que se agitara a nivel argentino dentro del colectivo teutón adquiría automáticamente relevancia internacional. Los izquierdistas sabían que éramos el enemigo, pero no sabían cuán dividido estaba ese enemigo y por ese costado me los metí en el bolsillo, en el sentido creo que más preciso o en todo caso más efectivo de la expresión. Tenía que pasarle una parte de lo recaudado a Jonas, pero era poco y empezó a ser cada vez menos desde que concluí que no lo necesitaba, porque se lo gastaba casi completo en invitarme los tragos el día de la entrega. De eso podría haber deducido muchas otras cosas más, lo sé otra vez, quién sabe si no lo supe ya en ese momento y no quise prestarle atención. Demasiado cómodo estaba con este esquema de negocios como para preocuparme de si había otro en el que, a todas luces, la mercancía debía ser yo.

6.
LA VERDAD SOBRE EL LUNA PARK

AUNQUE la idea era exagerar la amenaza nazi en el país, con miras a que se le prohibiera al Partido seguir operando dentro de su territorio y que todo el poder se concentrara en la embajada, mucho más fácil de manejar y neutralizar, la verdad era que no debía existir ninguna otra nacionalidad foránea, aun cuando Argentina era pródiga en ese aspecto, tan cohesionada como la teutona, sobre todo después de que sus instituciones quedaran alineadas bajo la consigna de *Un pueblo, un imperio, un líder*. Salvo por un ejército propio, que de todos modos le habría sido fácil reclutar entre las filas del argentino –de los generales a los conscriptos, no había uniformado que no se babeara por la disciplina y la bravura de nuestros cuerpos castrenses–, Alemania tenía la estructura suficiente como para convertirse de país huésped en país anfitrión en cuestión de semanas. Para muchos chicos y jóvenes, sobre todo en el interior del país, esa era de facto la situación en la que vivían, pasando de escuelas donde se les hablaba de la Selva Negra como si quedara en una provincia argentina a clubes deportivos donde se les enseñaba *handball* o *faustball* como si se tratara de un deporte nacional. En Misiones y Entre Ríos existían poblaciones enteras donde no se hablaba otro idioma que el alemán, ni se cultivaba otro aspecto que el rubio. Los arios eran en esas zonas como aborígenes, pero del futuro: no el pueblo de sujetos pequeños y morenos con el que se quería poner distancia, sino el de dioses inmensos y blancos que se aspiraba a integrar.

Lo que no significaba que no tuvieran también ellos un pasado vernáculo del que jactarse y en el que basar sus pretensiones de criollismo. Como me fui enterando de manera paulatina –cada expatriado que me cruzaba parecía tener permiso para transmitirle al siguiente un solo dato–, la primera crónica que existía sobre Argentina había sido escrita por un bávaro, Ulrico Schmidl. Sus colonizadores más benévolos y civilizados habían sido los jesuitas de mi país, nosotros fuimos los que trajimos aquí las primeras imprentas, las primeras ovejas merinas y el primer automóvil, los que descubrimos el petróleo en Comodoro Rivadavia, los que construimos su moderno subterráneo y los que pusimos al único gobernador argentino, valga la paradoja, que tuvieron las Falkland Islands, Luis Vernet.

–Y el bandoneón, de dónde viene, ¿a ver? –le oí a un compatriota espetarle a un argentino de pura cepa (es decir, con tres abuelos italianos y uno aborigen) en medio de una discusión culinaria sobre si el chorizo, y sobre todo la costumbre de asarlo a las brasas, era un italianismo más, de los tantos que copaban la mesa nativa, o si acaso descendía de nuestra *bratwurst*.

–Pero el tango es nuestro –se defendió el otro.

–Un tango sin bandoneón es como la carne sin chimichurri, lo único argentino de cabo a rabo.

Si algo les faltaba a mis compatriotas para terminar de confirmar su poderío a nivel regional fue el acto en el estadio cubierto más grande del país, construido por la misma dupla de arquitectos húngaros a la que le agradecíamos la confitería Múnich y en la que, en 1935, habían sido velados los restos mortales de Carlos Gardel.

No era la primera vez que los alemanes hacían una demostración de fuerza de este calibre. Antes habían organizado en el teatro Colón el "concierto de los mil niños alemanes" (aunque se rumoreó que los racialmente puros no llegaban ni a un cuarto de ese número) y una marcha monumental, que había hecho confluir en la nueva Casa Alemana de la ciudad de Burzaco, a unas dos horas de la capital, a todos los sectores de la secta. La habían compuesto desde niños y jóvenes nacidos en Argentina que no sabían el himno pero sí el *Deutschland über alles*, ni habían leído un solo verso del *Martín Fierro* pero sí largos tramos de *Mi lucha*, hasta una caravana de setenta kilómetros de muchachos y señores disfrazados de SS, con estandartes que publicitaban los nombres de las empresas alemanas que patrocinaban el evento. Nunca en la historia del país se había visto una procesión tan multitudinaria y prolija sin ninguna razón aparente, más allá de festejarse a sí misma.

–Como un carnaval, pero en serio –según me lo describió un lugareño que había sido testigo ocular del evento y que entendía las ideas de pureza y superioridad de raza como eso, un chiste que no logra explicarse ni el que lo cuenta.

Inmediatamente antes del evento, la sede nacional del Partido intentó replicar en el país la consulta popular que se hizo en Austria para refrendar la anexión de la patria original del Führer al Reich que ahora había fundado con miras a que se sostuviera por los próximos mil años. Una elección en la que ganó el Sí por el que seguramente haya sido el porcentaje de votos más alto de la historia, 99,7%, naturalmente que sin incluir a judíos ni gitanos ni opositores, entre los que el resultado hubiera sido igual de abultado, aunque de signo contrario.

–El número, por muy alto que parezca, igual es engañoso –me acuerdo igual de haber oído quejarse a un compatriota, precisamente en la confitería Múnich–. Habilitados para votar había casi cuatro millones y medio de austríacos, de los cuales se acercó a las urnas exactamente el mismo porcentaje que apoyó el *Anschluss*, 99,7%, lo que equivale a un 100% de aprobación.

–Se equivoca, mi estimado –se atrevió a corregirlo otro, aunque creo que más por mor de precisión matemática que por escepticismo político–. Si de cuatro millones y medio vota el 99,7%, eso significa que faltaron al compromiso unas trece mil quinientas personas. Y si de los que fueron, según parece, un 0,3% no votó por Sí, tenemos otros trece mil y pico de rebeldes. Con lo que se juntan suficientes para llenar un Luna Park del No.

–¡Y de ahí directo a Dachau, donde siempre hay lugar para un renegado más! –rio el primero, y todos lo acompañamos.

Para evitar problemas de soberanía con la elección local, el plan había sido que los ciudadanos sufragasen en barcos alemanes anclados en aguas internacionales. Con el objetivo de acercar a los votantes hasta el puerto de La Plata, la *Landesgruppe* ya había contratado una gran cantidad de trenes, paradójicamente de la Great Southern Railway, porque el convenio de compra de material rodante alemán recién se iba a firmar al año siguiente, cosa que gracias a mi intervención nunca llegaría a ocurrir, como contaré enseguida. El flamante Gobierno de Ortiz venteó el fraude y prohibió la compulsa, que terminó reemplazada por adhesiones simbólicas, o no tanto, porque el que no figuraba en las listas respectivas tampoco tenía permitido asistir a la ceremonia del 10 de abril en el Luna Park. Fue el evento más grande que el nacionalsocialismo haya hecho fuera del Reich, sólo superado por el entierro del capitán del acorazado Graf Spee, sobre lo que también espero volver en breve.

Del Luna Park –un nombre incomprensible para quienes se esperaban un parque como el que teníamos en Berlín, con atracciones y juegos al aire libre, en lugar de deportes y celebraciones bajo techo– no puedo contar mucho, ya que no tuve el honor de asistir, y no sólo por negarme a estampar mi firma en las listas de adhesión simbólica. A lo que me negué, tras la experiencia en el Club Alemán, fue a sumarle un cuerpo más a una causa que no era la mía y de la que no sacaba ningún rédito. Preferí quedarme afuera del estadio, con los estudiantes y los socialistas, que gritaban e insultaban al cordón de nazis que custodiaba el edificio, hasta que empezaron a quemar banderas de mi país y a tirarle piedras al Deutsche Bank, donde yo tenía mi cuenta, y, entendiendo que esa tampoco era mi causa, opté por retirarme.

Adentro no me extrañaron, al parecer ya no entraba ni un alfiler, si vale la expresión con esas formaciones en las que los pasillos son casi tan importantes como los soldados. Y tampoco es que sea necesario haber estado allí para poder contar mucho, yo podría reproducir prácticamente todo a partir de lo que escuché de primera mano, por ejemplo en aquella tertulia de la Múnich, donde la mitad había asistido y la otra mitad conocía a casi tantos otros que también. En rigor, cualquiera que hubiera estado en el Sportpalast de

Berlín o en alguna de las manifestaciones pardas, con o sin el Führer, estaba en condiciones de reportar al detalle esta copia de ultramar, que no había aspirado más que a ser un calco de aquellas, con dos excepciones: que se habían entonado algunas estrofas del himno argentino, en honor al sector de aborígenes que ocupaba la tribuna del fondo, y que no se consiguió retirar de la zona superior los carteles publicitarios, entre los que destacaba uno de Cerveza Africana, con una mujer negra de dientes muy blancos que parecía estar riéndose de todo ese circo. Se dice que hasta el barón Von Thermann hablaba del espectáculo como si lo hubiera seguido desde la primera fila, aunque por esas fechas estaba de licencia en Alemania y a su discurso lo leyó otro funcionario.

–Lo más patético eran los austríacos –oí comentar a ya no sé quién, porque durante días no se habló de otra cosa en casi ninguna parte de Little Germany–. Con sus andrajosos sombreros tiroleses y el pecho lleno de medallas de hojalata, el pelo grasiento y un olor a ropa mal lavada que tumbaba, parecían los primos pobres invitados por lástima a presenciar la expropiación de lo poco que aún tenían.

–A mi gusto daban una impresión muy digna –le retrucó el de enfrente, que se supone que también había estado, aunque quizá se había movido tan poco de su casa como de su ideología–. De gente trabajadora con ganas de sumarse a un proyecto trascendente.

–Trabajadora, pero de no muchas luces –terció otro, que seguro no había ido, porque lo vi afuera tirando piedras (él no tenía, sino que le debía dinero al Deutsche Bank).

–No me parece muy inteligente burlarse de la falta de inteligencia del pueblo.

–Tampoco me parece muy inteligente hablar de la inteligencia del pueblo sólo cuando lo elige a uno.

–Prefiero a gente trabajadora con ganas de sumarse a un proyecto trascendente que a ese empresario, Staudt, que habló en nombre de no sé quién, de sus intereses, supongo.

–Esos empresarios son peores que los judíos, cuando uno se descuida le clavan el puñal.

–Por lo general *son* judíos, como ese austriaco que fabrica armas.

–¿Mandl? Pero él dice que no es hijo de su padre, que era el converso, sino que su madre lo tuvo con un cura.

–Antes bastardo que judío, me gusta esa actitud, pero no se lo creo.

–Leí por ahí que mandó a sus empleados a votar por el *Anschluss*.

–Desde su exilio preventivo en Suiza. En cualquier momento lo tenemos por acá.

Así como nada me cuesta reconstruir este diálogo, que no debe haber tenido lugar de esta manera, pero tampoco de una muy diferente, nada me costaría menos que, juntando otra vez lo que oí por esos días, asegurar que estuve en el Luna Park y, por ejemplo, dar por terminada la discusión de si fueron diez o veinte mil los asistentes, según la fuente que se consulte. De hecho, me resulta tan poco natural admitir mi ausencia que la transformo en una declaración de principios, para así perdonarme no haber aprovechado la oportunidad de difundir un testimonio que podría aspirar a ser el decisivo, por figurar en un libro de memorias y no en el periódico.

Soy demasiado consciente, sin embargo, de que no asumir el costo de mentir deja expuesto el suceso a un perjuicio mucho mayor, y es que para las generaciones futuras termine predominando la visión del *La Plata Zeitung* o del *Argentinisches Tageblatt*, cuyos corresponsales en el evento parecen haber ido a asambleas diferentes y aun contrapuestas, unos encomiando la profundidad del discurso de Ott y los otros asombrados de que se pudiera no decir nada usando tantas palabras. Por ni hablar de quedar en manos de las versiones de los agentes de inteligencia británicos o norteamericanos, en el peor de los casos ignorantes del idioma alemán. A lo que voy es a que hay una responsabilidad en quien pudo haber sido verosímilmente testigo de un evento, aunque no lo haya sido. Si no la estoy asumiendo es sólo a regañadientes, a modo de sacrificio con vistas a reforzar mi credibilidad. Cosa que apunto, a su vez, con el único objeto de dejar en evidencia lo próximas que se hallan la verdad y la mentira cuando involucran un hecho político. Y que alguien me explique si alguno de esos lados de la moneda, cuando realmente cuentan, se mueven muy lejos de este ámbito del quehacer social.

En su momento sí que elegí mentir, en dos tiempos. La primera mentira fue literaria, como queda dicho y aun transcripto. Frustrado por la falta de reflejos de los legisladores argentinos frente a la evidente propagación del nazismo en su territorio, me puse a escribir lo que supuse que debía ser el paso siguiente, tanto en la fantasía expansionista de Hitler como en los miedos de la población local. Me inspiró a ello una novela que me cayó en las manos por esos días, *¡Guerra en Malvinas!*, donde un tal Ubaldo López Cristóbal fantaseaba con la reconquista de lo que los argentinos llaman Malvinas y reclaman para sí, con justa razón. El realismo con que se describe allí la acción militar me dejó impresionado; el autor no sólo sabía de armas, sino también lo suficiente de política y psicología como para idear un plan factible, aunque luego lo arruinara con una historia de amor entre el líder de la misión liberadora y la hija del gobernador británico de la isla. Sin haber tenido de antemano la menor idea sobre Malvinas, me sentí transportado a esa causa nacional y leí la novela como si fuera una crónica, o en todo caso una guía de acción, en la que se enmendaba la realidad que los políticos (y los militares) preferían ignorar.

Pero lo cierto es que la literatura no enmienda nada, apenas si lo *enmierda*, como me dijo Paul Zech, a quien cada vez falta menos para que llegue el momento de conocerlo. No sé si fue por darme cuenta de esto tras varias jornadas de escritura, o como consecuencia del poco respeto que le tengo al ejército alemán (y el nulo interés por la Patagonia o cualquier otro sitio libre de humanos y sus hermosas maquinaciones), pero en algún momento el relato se me fue de las manos también a mí, aunque no para el lado del amor sino del mucho más insalvable del ridículo. Tal vez no sea cierto que de ahí no se vuelve, pero digamos que el camino se hace empinado y ciertamente resulta menos tentador seguir escalándolo que dejarse caer hacia atrás. Quiero decir que hubiera podido recortar el final en desbandada y poner a los soldaditos en contacto con la importante comunidad de alemanes que ya vivía en Comodoro Rivadavia, para que juntos fomentasen la explotación del oro negro y el oro blanco –las ovejitas–, completando de ese modo la misión colonizadora.

Frustrado este intento de canalizar artísticamente mi frustración, decidí, en un segundo momento, aplicar la mentira a la realidad, con el papel ya no como catarsis sino como disparador, o sea, convirtiendo fines en medios. A fin de que dejara definitivamente de ser arte debía además ser rentable, por lo que compartí el plan con mi amigo Jonas, mediante el viejo truco de hacer que me lo propusiera él a mí.

–Los argentinos no se van a asustar en serio hasta que no los invadan –dije, en alguna de nuestras conversaciones en las que volvíamos al tema de la celebración en el Luna Park, de la que Jonas siempre tenía algo nuevo que contarme, como si nunca hubiera podido irse de allí.

–Quizá baste la amenaza de invadirlos –dijo Jonas.

–Ya lo deben haber hecho –dije yo, cauteloso, para ver si también él había leído en el diario al presidente de no sé qué Junta por la Autonomía de los Territorios Nacionales diciendo que un agente teutón le había revelado el plan secreto de fundar en Patagonia, de ambos lados de la cordillera de los Andes, unos Estados Unidos Totalitarios del Sur gobernados desde Alemania, para lo que al parecer sólo faltaba la aprobación del Führer.

–¿Te referís a lo que contó el radical ese, Grasa?

–Grassi, sí.

–Ya quiso separar La Pampa y no pudo, quién le va a creer que se encontró con no sé quién que le dijo no sé qué cosa. Por más verdad que sea.

–El primer mandamiento de una amenaza es provenir de una persona creíble, sea ella la fuente original o no.

–Exacto. Exactísimo. ¿Tenés una persona creíble? Porque yo tendría la fuente original.

7.
LA VERDAD SOBRE LA PATAGONIA

La fuente original que poseía Jonas era la firma de Hjalmar Schacht, el ministro de Economía del Reich. Se trataba entonces de copiarla al pie de un cable interno, fechado algunos años atrás, donde se aludiera a los recursos naturales de la Patagonia con indisimulada avidez, y hacerle llegar una fotografía furtiva de ese cable a los socialistas. Eso fue lo que hice, cobrando de un lado y del otro por los servicios. Lo que me debe la República Argentina por ponerla, si bien con falsedades, sobre aviso de un peligro real, lo inscribo en el haber de los honores no redituables.

El tema fue tratado en sesión parlamentaria y motivó un viaje de inspección al sur, por parte del diputado Dickmann. No haber podido corroborar la presencia de núcleos activos de sedición no le impidió declarar, a su vuelta, que había percibido un inquietante espíritu separatista en la colectividad alemana de la zona. Era más de lo que habíamos esperado, pero el efecto resultó nulo.

–Como si fuera un fantasma hecho con una sábana blanca –reflexionó Jonas en nuestro encuentro de evaluación.

Su ingenuidad me descolocó. A fin de cuentas, ambos sabíamos que no era más que eso, y no hay peor falsario que el que se cree sus propias falsificaciones.

–Necesitamos un fantasma de verdad –dije a mi vez, faltándole en no menor medida el respeto a la coherencia interna del enunciado.

–Pensé que la firma de un alto funcionario del Reich iba a alcanzar, ahora pienso que el problema estuvo en que se trataba de un cable interno en Alemania.

–Tiene que ser algo que haya partido desde acá –dije yo, divertido con la idea de que Jonas creyera estar haciéndome decir lo que él quería y no lo que yo lo había empujado a querer hacer en primera instancia.

–Y más elaborado.

–Dalo por hecho.

Fácil decirlo, pero no tanto hacerlo. Por segunda vez no podíamos equivocarnos, si no queríamos terminar como en el cuento de Pedro y el lobo, sin el lobo, o sea, al revés que el cuento, con lo que quiero decir que el ruido debía ser tan grande que directamente reemplazara a la nuez, si se me permite tergiversar otro dicho. Era clave insinuar un conocimiento bastante profundo del terreno que se pensaba invadir, tal vez como resultado de una orden impartida desde el corazón del régimen, algo así como una continuación de aquel cable interno, aunque sin el eslabón intermedio, ya que no teníamos los originales, ni del papel ni de los sellos, que correspondían a las comunicaciones que llegaban desde Europa.

El otro avance estaba en profesionalizar la firma, ya no imitarla a mano alzada, sino ensamblarla por medio de un fotomontaje, de modo que nadie pudiera probar que no fuera la verdadera, como habían amenazado hacer los que dudaron de la anterior (no porque notaran la diferencia, sino por contraataque reflejo). Y no debía tratarse de una fotografía del original, sino de una copia mecanografiada en el papel oficial de la embajada, que por lo tanto valdría tanto como una copia legalizada de aquel. Lo más difícil, y lo que seguramente más efecto tuvo, fue escribir con errores y agregar enmiendas, algo a lo que mi afán de perfeccionismo se resistía a condescender.

El resultado constituye, hasta hoy, la impostura mejor plasmada y con mayor trascendencia de la historia política de la República Argentina, cuando no de todo el continente. Lamento tener que ser yo el que lo diga, pero en este rubro nadie quiere emitir una opinión desprejuiciada, por miedo a ser acusado de falsario él también. Nunca hasta entonces, ni nunca después, al menos hasta ahora, a más de veinte años de los hechos, un documento fraguado, un artificio maquillado de oficialidad, desató tal escándalo en el ambiente local y aun internacional, ni tuvo consecuencias más gravosas para la vida política de un país, que el papel que apareció el 20 de marzo de 1939 en el escritorio del presidente de la nación, Roberto Marcelino Ortiz.

Digo el papel, pero en realidad fueron cuatro, uno por cada mes de trabajo invertido en su confección. Fechado en enero de 1937, con despacho desde la embajada alemana en Buenos Aires, se dirigía a la Oficina de Política Colonial en Múnich, haciendo referencia en su encabezado a los escritos recibidos desde aquella central del Partido el año precedente, ya respondidos en su momento y que el actual documento venía a completar, al modo del último capítulo de una novela.

> Como oportunamente fuera anunciado en nuestro escrito del 9 de agosto de 1936 y corroborado por reportes parciales de fechas posteriores, hemos dado curso inmediato a la orden de comenzar con los preparativos para la recopilación de amplios informes concernientes a los territorios señalados –Pampa, Neuquén, Rio [sic] Negro, Chubut, Santa Cruz y *Feuerland* [Tierra del Fuego]–. Puesto que al momento de ingresada la orden el material a disposición o accesible se hallaba [sobreañadido: en parte] vetusto, en parte incompleto, nos abstuvimos deliberadamente de utilizar el mismo como fuente del resumen requerido. Empleando medios especiales, nos vimos obligados entonces a tomar caminos propios, a fin de llegar a informaciones estipuladas únicamente para uso interno de las autoridades civiles y militares del país, así como de los emprendi-

> mientos industriales, y que por su eminente relevancia se guardan bajo el más estricto secreto.

A continuación, el funcionario de la embajada, Von Schubert –lamentablemente las fechas no me cuadraban para ponerlo a Von Thermann– y el presidente del Partido en Argentina, Alfred Müller –era importante que la conspiración abarcara ambos bandos internos–, especificaban la subdivisión del trabajo que se había decretado con el objeto de que cada uno de los informantes recabara noticias frescas de su sector específico. La embajada, con ayuda del consulado de Comodoro Rivadavia, debía aportar el detalle de las unidades militares en los territorios puestos bajo lupa, así como las defensas existentes o planeadas para un futuro cercano sobre las costas de la Patagonia y los emprendimientos petrolíferos o de explotación de minerales que se encontraran en funcionamiento o en proceso de ser puestos en práctica. La Cámara de Comercio Alemana debía constatar los movimientos de importación y exportación de materias primas industriales (excluida la lana); el Deutsche Bank informar sobre las inversiones en la zona de capitales ingleses y franceses (excluida la lana); la Asociación para la Protección de Inmigrantes Germanos aportaría un catastro razonado (léase: *razanado*), con hincapié en la población "que habla el idioma alemán, lo entiende o es de ese origen" y las debidas investigaciones tendientes a establecer “las posibilidades colonialistas futuras en el hipotético caso de que toda la zona resulte anexada al espacio vital y económico de Alemania”. En cuanto al Frente de Trabajadores Germanos, se comprometía a enlistar el número de asalariados alemanes o de sangre alemana que se desempeñaran en dichas provincias, sobre todo en el sector comercial y técnico (excluida la lana), así como un sumario sobre condiciones laborales y sociales, presencia de sindicatos marxistas y posicionamiento político de los diferentes periódicos.

A esto le seguía la lista de lo obtenido, que comprendía seis mapas sustraídos del Estado Mayor del Ejército Argentino, cuatro planos de las unidades de artillería diseminadas por la costa, un álbum con fotos aéreas y quince informes individuales por sector, resumidos en uno general preparado por los abajo firmantes para beneficio de los burócratas con pocas ganas de leer (esto no lo puse, naturalmente, pero fue lo que me hizo pensar en que, sin ese informe unificador, se perdía la fuerza independiente de los otros). Por las dudas, agregué las diversas fuentes de todo este material, básicamente los ministerios, Yacimientos Petrolíferos Fiscales y el Banco de la Nación Argentina, cuidándome de dejar esa parte en castellano, para que la entendieran los argentinos a los que les llegara el papel (los alemanes, en la ficción original, hubieran entendido que les escribía alguien que sabía español, incluidas esas raras tildes –eñes lamentablemente no aparecían en los nombres de estas instituciones–, convirtiéndolo en un erudito en la materia).

> En el resumen (Adjunto 27) [remata la misiva, atenta a que esos adjuntos no eran parte de la filtración que llegaría a Ortiz, que por otro lado tampoco se hubiera tomado el trabajo de leerlos, ni siquiera en forma resumida] se concluye que unos territorios con un promedio de un habitante cada 5 km² deben ser tomados, desde el punto de vista natural, como tierra de nadie, a pesar de que en el caso presente, según conceptos jurídicos anticuados, la República Argentina aún pase por ser la dueña de los mismos. Ningún gobierno argentino cumplió hasta el momento con el deber natural de poblar el territorio que posee por derecho, poniéndolo al servicio del bien común. Ni el actual ni los futuros gobiernos de Argentina estarán en condiciones o tendrán la voluntad de cumplir con las obligaciones que les incumben, por lo que, siguiendo los criterios más actuales, no tienen absolutamente ninguna legitimación para hacer valer de veras sus derechos de propiedad sobre estos territorios.
>
> Heil Hitler!

No es del todo exacto decir que este documento desató el escándalo. Si hubiera sido por el presidente Ortiz, lo habría dejado sobre su escritorio hasta que se lo comieran las polillas. Cinco días antes de aquel 20 de marzo, las huestes del saludado aquí con un *Heil!* habían ocupado lo que quedaba de la República Checoslovaca (y sus diplomáticos locales, la embajada correspondiente en Buenos Aires); tres días después, otros batallones tomaban el control del río Niemen, que el Tratado de Versalles había declarado de navegación libre; tanto en Brasil como en Chile se habían registrado subversiones de corte nazi; pero Ortiz dejaba pasar el tiempo sin informar a la opinión pública sobre los planes que tenía ese mismo ejército con Argentina. Una vez más, lo tuve que hacer yo.

Noticias Gráficas sacó el facsímil de mi carta el jueves 30, como para asegurarme el fin de semana completo de réplicas en todos los periódicos del país, a ver si de ese modo lograba despertar al presidente de su modorra. Todo sucedió, ahora, mucho más rápido de lo que imaginé; miente quien diga que se puede exagerar el poder de la prensa para precipitar los acontecimientos. Ya el viernes al mediodía se procedió a la detención de Müller, que por ser nada más que el representante del Partido carecía de inmunidad diplomática. La embajada se vio obligada a demostrar lo contrario, a pesar de que Müller sólo les traía problemas con sus métodos extorsivos de recaudación, entre los miembros de la colectividad alemana, para la célebre *Winterhilfwerk* o Acción de Socorro Invernal, cuyos fondos nunca llegaban más allá de las oficinas bien calefaccionadas de los burócratas. Ese trabajo insano y vergonzoso debería haberlo asumido el barón Von Thermann, pero estaba de nuevo de licencia, sospecho que alertado por Jonas, que buscaba arruinar al Partido, no a sus jefes en la embajada, que era con los que habría que negociar una vez derrocado el régimen.

En paralelo a la detención de Müller –que fue trasladado en cadenas al penal de Devoto, donde se le prohibió hasta fumar y leer y le dieron ni una cuchara para llevarse la comida a la boca, nada de lo cual fue orquestado por mí, aunque yo tampoco podría haberlo hecho mejor–, se ordenaron allanamientos en la sede del Partido y en varias instituciones afines, tanto en Buenos Aires como en el interior del país, incluida naturalmente la Patagonia. En el documento me había ocupado de excluir la lana de todos los informes, a fin de concentrar el tema en la figura de Hans Lahusen. Este zar de aquella materia prima había cometido el error de rechazar repetidas veces un emprendimiento editorial que le propuse, en el que planeaba unir las noticias de la producción lanífera con las novedades del sector de la alta costura, abarcando así todo un arco de lectores de gran poder adquisitivo. Ya bastante tenía con donarle a Müller, que se lo pidiera a él, me respondió, o, peor, me hizo responder a través de una de sus secretarias. De modo que me alegró especialmente leer que también él había sido detenido y se procedería a su interrogatorio bajo sospecha de espionaje.

Lo llamarán venganza, yo lo llamo justicia. El mismo nombre que también hay que aplicarle a la detención aparentemente exagerada del camarógrafo Hans Ertl, que venía de filmar en Chile una película para Bavaria-Film. Si había alguien a quien yo no había buscado perjudicar con mi *plot* patagónico era a la gente de la cultura, de ahí que no pude evitar reírme (es decir: creer por un momento en la existencia de un Dios que hace justicia), cuando unos años más tarde vi la película respectiva, una versión alemana de *Robinson Crusoe*, dirigida por Arnold Fanck. Allí se cuenta, en forma de diario fílmico, la historia de Carl Ohlsen, un marinero sobreviviente de la batalla de las Falklands, que tuvo lugar al principio de la Primera Guerra Mundial y en la que los ingleses hundieron un buque capitaneado por Maximilian Graf von Spee. Poco después de esa contienda, Ohlsen volvía a Alemania, el día mismo en que esta dejaba de ser una monarquía para convertirse en la República de Weimar –9 de noviembre de 1918, una fecha que yo recuerdo bien porque fue en la que me dieron el diagnóstico definitivo de mi herida de guerra–, se peleaba con los demócratas y decidía volver al sur, a refugiarse en la misma isla frente a la costa de Chile que habita el personaje de la novela de Daniel Defoe. Allí se alimentaba casi exclusivamente de crustáceos, vale decir, de eso que no comen los judíos, y sólo regresaba a su país cuando lo pasaban a buscar en un buque de la nueva marina, lista para defender la monarquía de Hitler. O sea, que aquel inocente camarógrafo, del que más tarde supe que había trabajado para Leni Riefenstahl, había estado contribuyendo a la propaganda nazi, por lo que su detención en el marco de una campaña de cuño contrario como la mía no pudo haber sido más atinada.

Lo irracional, en cambio, fue que me hayan detenido a mí. La masiva repercusión del documento, con todos los periódicos tratándolo en tapa –la Patagonia como *tierra de nadie* resultó ser la frase clave, pegó como una bomba no sólo en Argentina, sino en el resto del continente y aun del mundo, ni yo me lo esperaba, cosas de la inspiración artística–, no me dejó más opción que salir como garante de su autenticidad.

Primero declaré que había tenido la chance de ver el original con mis propios ojos y hasta de fotografiarlo cuando aún vivía en Alemania y trabajaba como archivista del régimen. En una segunda instancia de los interrogatorios, siempre en la oficina del comisario, que antes que nada me ofrecía su inmensa calabaza cargada casi de tanta yerba como de cáscaras de limón, dije que a los documentos me los había traído un amor de juventud, con quien me había casado de urgencia dos años antes (de ahí que no hiciera a tiempo de divorciarme de mis otras dos esposas), cuando arribó a Buenos Aires proveniente del campo de concentración de Dachau, donde la habían tenido encerrada casi un año por haberse negado a dar información sobre mis actividades en el Frente Negro, es decir, por no creerle que no estaba enterada de nada.

–Pero si le trajo esos papeles es porque algo sabía –me cuestionó el comisario, de manera bastante más amable que la Gestapo a mi esposa, que por eso se me había muerto a los pocos meses de llegar.

–Me trajo los papeles porque yo se lo pedí, y mis deseos eran órdenes para Käthe –dije y, recordando de pronto los cuadernos azules, como me ocurría con alguna frecuencia en las circunstancias más disímiles, añadí–: También yo suelo transportar papeles de los que desconozco el contenido, obedeciendo a las órdenes que me da mi intuición de periodista.

–Müller dice que en el documento se usa una palabra que no corresponde en este contexto y que justamente significa eso, obedeciendo órdenes –me mostró en una copia de mi carta el subrayado bajo la palabra *befehlsgemäß*, ciertamente redundante (¿qué cosa hacía un renacuajo como Müller que no respondiera a una directiva previa?), pero no por eso fuera de lugar.

–A ver si entendí bien –adopté un tono petulante, que es el único que respeta un policía–. Müller redactó un documento comprometedor y le agregó una palabra impropia para poder decir, en caso de que lo detuvieran por espionaje, que él jamás hubiera puesto esa palabra, con lo que queda demostrado que no lo escribió él.

–Él dice, en efecto, que nunca escribió esa carta.

–Se limitó a firmarla.

–Él dice que no la firmó tampoco.

–¿Alega que la firma está falsificada?

Llegamos al meollo del asunto.

–No, eso no –cedió el comisario, y le dio al mate un sorbo que le llegó hasta las cejas–. Dice que la firma es auténtica, pero que no corresponde a ese documento y que la deben haber puesto ahí mediante algún procedimiento técnico de fotomontaje.

Para demostrar lo fácil que es hacer eso, el abogado de Müller le presentó al juez que entiende en la causa un documento firmado por él, el juez, que el juez nunca firmó.

–¿En serio hizo eso? –sentí el cuchillazo en el orgullo–. Qué audaz.

–Sí, al juez no le gustó nada –admitió el comisario con una sonrisa amarga, o cínica–. Lo consideró una falta de respeto y ordenó su destrucción inmediata.

–Y claro, a quién le puede gustar que le usen la firma sin su permiso.

–Es lo que dice el señor Collman, el gerente de la empresa holandesa Albetan, ¿lo conoce?

–Cómo no lo voy a conocer, si le hice juicio –me mostré ofuscado, nunca pensé que me investigarían tan a fondo–. Le envió una carta calumniosa contra mi persona al presidente del Frente Negro.

–Pero Collman alega que se trataba de una falsificación, igual a esta otra, por lo que el proceso no llegó a realizarse.

–Llegamos a un acuerdo extrajudicial –informé.

–Muy juicioso de su parte.

–Como dice mi abogado, mejor un mal arreglo que un buen pleito.

–El abogado de Müller dice que el documento que publicó *Noticias Gráficas* está notablemente mejorado respecto al original, que son dos hojitas de tamaño postal, una con membrete y otra no, sin ninguna referencia que acredite la relación de continuidad entre ambas.

–Que se lo reclame a su cliente, que fue el que las confeccionó –repliqué.

–Su cliente dice que por la época en que está firmado, él no era el jefe del Partido, sino un tal Küster.

–Lo conocí a Küster, un perro inmundo; créame que si hubiera querido cargarme a alguien, lo habría elegido a él –dije.

–¿Entonces no tiene nada contra Müller?

–Tengo algo, incluso mucho, contra cualquier nazi.

–Alega Müller que tampoco corresponde que un documento de estas características lleve dos firmas.

–¡Que se lo diga al secretario consular Krebs! –terminé de hacer como que me quebraba, tal como me había indicado que hiciera Jonas, a sabiendas de que no podrían citarlo a declarar, por muy pinche que fuera, gracias a la inmunidad diplomática–. Él fue el que me pasó el documento que yo me limité a copiar y mostrarle al presidente, en vista de su relevancia.

–¿Y el original dónde está? –El comisario llegó a lo que él creía que era el meollo del asunto–. Porque nos dijo que en la caja fuerte de un amigo suyo en el Banco Boston, del que no quiso revelarnos el nombre para no comprometerlo, así que procederemos a abrirlas una por una hasta dar con el documento.

–No puede estar hablando en serio–me asusté genuinamente–. Ahora que lo pienso, es probable que allí sólo se encuentre una versión manuscrita, el original debe haber quedado en Santiago de Chile, tengo que preguntar.

Finalmente me soltaron, cansados de mis idas y vueltas, cuyo objetivo era dejar en claro lo que hubiera tenido que quedar a oscuras: que yo no podía haber actuado sin el apoyo de los servicios secretos de algún país –cosa paradójicamente cierta, aunque en ese momento ni yo lo sabía– y que, para averiguar de cuál se trataba, lo mejor era tenerme libre y vigilado.

La vigilancia, como lo esperaba, resultó tan torpe que sólo sirvió para que pudiera seguir pasando la información que creía conveniente, en lugar de revelar la que ellos buscaban. Nadie quiere hacerle de sombra a una persona el día entero, de modo que ese trabajo insalubre suele recaer en principiantes, que además han entrado en la policía para lucir el uniforme, no para esconderlo. Como el cuidado de niños, la cocción de alimentos y la construcción de edificios, se termina delegando en el personal menos calificado y se les da peor pago a las cosas que en el fondo tienen la mayor importancia, al menos si se las mide según todo lo que depende de ellas. Para el momento en que el agente ha aprendido a espiar, también ha aprendido a ascender dentro de las fuerzas y pone todo su empeño en conseguirse un escritorio desde donde dirigir a los que se paran en las esquinas a leer periódicos al revés.

Lo que yo tampoco sabía –pero Jonas seguro que sí– era que por esos meses Alemania estaba a punto de cerrar con Argentina uno de los intercambios comerciales más grandes de su historia, no sé cuántas locomotoras y vagones a cambio de no sé cuántas miles de toneladas de granos y de lanahusen, si se me permite repetir el juego de palabras que le oí usar al propio Hans Lahusen al referirse a su emporio lanero. Un negocio de más de tres millones de dólares que mi cartita de otoño dejó en suspenso el tiempo suficiente como para que llegara la primavera y con ella la guerra, dándolo de baja para siempre. El daño no sólo fue puntual, también arruinó los planes alemanes de superar a Gran Bretaña y Estados Unidos como mayor inversor en el país, con miras a asegurarse la producción agropecuaria del territorio para alimentar a sus tropas. Considerando lo que después hicieron los alemanes con sus trenes, tal vez no hubiera estado mal esperar con la carta a que llegara el envío y sacarla a la luz en agosto, durante el campeonato mundial de ajedrez, para de paso arruinárselo a quien ya se perfilaba como el país favorito (y que, de hecho, acabó ganando). Pero es fácil hablar con el diario del lunes, como se decía entre aficionados al *football*, y nadie nos asegura que, de haberse consumado aquel intercambio comercial, el sistema ferroviario alemán hubiera quedado desabastecido, y eso derivara en la suspensión de las deportaciones masivas.

En lo que sin duda el *timing* resultó perfecto fue en que los feriados de Pascuas entorpecieron todas las maniobras de la embajada para liberar a Müller, al que por eso interrogaron más veces que las que toleraba su infinita arrogancia, incapaz de moderarse ni cuando le convenía a los fines del Partido. Aunque dejó en claro que nadie en Alemania pensaba que la Patagonia fuera tierra de nadie, o sea, de ellos –"Los alemanes locales no son tan tontos como parecen y, si bien crean clubes de cualquier cosa, aman marchar como patos y someten a sus niños a los entrenamientos más absurdos, nunca fantasearon con arrebatarle la Patagonia a los argentinos para entregársela a Hitler", según lo formuló luego el *Buenos Aires Herald*–, de sus respuestas también fue fácil deducir que las instituciones alineadas con el Reich violaban todas las leyes que daban marco a las actividades extranjeras dentro del país. Sus estatutos estaban en alemán y cualquier litigio interno era dirimido en Alemania, al modo de embajadas paralelas; sólo permitían el ingreso a los arios, con lo que se segregaba, por un lado, a los anfitriones nacionales y, por el otro, se pasaba por alto (o se pasaban por las partes bajas, como preferían expresarlo en castellano) la libertad de culto; recaudaban dinero de manera ilegal para fines poco claros, aunque alegaban ser organizaciones sin fines de lucro (*sin fines de locro*, decía el gordo resentido de Zech, en alusión a que manejaban sumas bastante más apetitosas y él nunca había podido sacarles ni un guisante); por último, presionaban a los jóvenes para que hicieran el servicio militar en el país de origen de sus familias, en vez de alentarlos a completar su integración argentina en ese ambiente tan nivelador como es el ejército. En una palabra, la del procurador fiscal Dr. Paolucci Cornejo, en su dictamen sobre la causa abierta contra Alfredo Müller: "La reunión de extranjeros en 'colonias' que introducen un conjunto de odios, desigualdades y diferencias que carecen de razón de ser significa una rémora para todos los ideales argentinos de independencia, de libertad y progreso". Por eso exigió a los otros poderes del Estado que resguardaran los principios fundamentales del país frente a quienes "ni los comprenden, ni los valoran, ni sienten, siquiera, la gratitud que ha debido inspirarles la hospitalidad con que se los ha acogido".

A la semana siguiente –y esto sin que en Alemania llegaran a detener a un par de argentinos al tuntún, como me enteré más tarde que estuvieron a punto de hacer a modo de represalia, tras recabar una lista de posibles víctimas en el Instituto Iberoamericano–, Ortiz decretó una serie de medidas regulatorias y restrictivas de las asociaciones extranjeras, todas ellas dirigidas exclusivamente contra el Partido Nacionalsocialista alemán, con lo que se lo dejaba al borde de la ilegalidad o de la inocuidad, que vendría a ser lo mismo. Más tarde se crearía la Comisión Investigadora de Actividades Antiargentinas, especialmente abocada a descular las estrategias nazis de infiltración cultural y política. Y, en paralelo a estos decretos (y a toda legalidad), se lanzó un boicot inoficial de los productos de origen germano, desde automóviles hasta cerveza, que causó estragos no sólo en las grandes compañías, sino también en los pequeños comerciantes y en la gente así llamada común, de esa que, si no llevó a Hitler al poder, al menos se ocupó luego de legitimárselo con su apoyo o su indiferencia.

Poco importa que Müller haya quedado absuelto por falta de mérito y que a mí me iniciaran juicio por falsificación. Tampoco importa mucho que, pese a la prohibición de facto, el Partido siguiera operando bajo el disfraz de sociedades de beneficencia. Lo significativo es que eso que parecía impensado en un país tan orgulloso de su neutralidad haya tenido lugar, aun antes de que estallara la guerra, y todo gracias a mi intervención. Como me dijeron que le oyeron decir a Charles Dodd, un funcionario de la Embajada

Británica, y lamento una vez más tener que ser yo el que lo cite: "Fuera cual fuera la motivación de Jürges, los partidarios de la democracia debemos estarle agradecidos por lo que hizo contra los nazis".

8.
LA VERDAD SOBRE JORGE LUIS BORGES

La noticia me sorprendió en el bar de mi edificio, sobre la esquina de Thames y Güemes en el barrio de Palermo, que también frecuentaba Jorge Luis Borges y otros poetas ultraístas, o exultraístas devenidos incluso antiultraístas (un poco como yo me había vuelto antinazi, aunque no dejaba de creer en los ideales del movimiento, como ellos en el ultraísmo, quitando los ultrajes). Con Borges, que vivía a la vuelta, en la casa de su madre sobre calle Serrano, y al que conocí en principio no como poeta, sino porque pedía las mismas facturas que yo, las que venían rellenas con dulce de membrillo, de las que nunca había más que un par, por su poca salida, de modo que si él llegaba primero yo me quedaba sin, y viceversa; con Borges nos hicimos amigos, no sólo de tanto vernos (y robarnos las facturas), sino también porque él amaba el idioma de Goethe, como llamaba también al mío, y no perdía oportunidad de practicarlo, ya fuera sentándose a mi mesa o invitándome a la suya.

La tarde de la que cuento habíamos coincidido otra vez en el bar y, tras repartirnos de manera ecuménica los bollos rellenos con el único dulce argentino suficientemente amargo como para satisfacer un paladar europeo (la definición es de Borges, que se ufanaba de los años que había vivido en el viejo continente), departíamos sobre un texto de su autoría que me había atraído por el título, *El impostor inverosímil Tom Castro*. Contaba la historia de un hombre que había logrado hacerse pasar por otro, ya muerto, a pesar de no guardar con aquel ningún parecido. La insensata ingeniosidad del impostor, se leía allí, residía en haber entendido que forzar las similitudes sólo hubiera puesto de relieve las inevitables diferencias, por lo que mejor era apostar a las virtudes de la disparidad. Así de flagrante, el fraude demostraba, ya con su propia ineptitud, que difícilmente buscaba serlo.

De más está decir que yo no podía estar de acuerdo con esta tesis, por más que el caso fuera real, como me anotició Borges cuando le reclamé por su inverosimilitud, ella misma inverosímil. Engañado por su calidad literaria y porque había salido en el suplemento de cultura de los sábados (y tal vez, a qué negarlo, por estar demasiado familiarizado con las noticias apócrifas), caí en la ilusión invertida en la que al parecer, otra vez según Borges, habían incurrido en su época los lectores de *Robinson Crusoe*, que tomaron por crónica de hechos verídicos lo que tan sólo era una novela, aunque tuviera alguna base documental.

–No me malinterprete –me apresuré a aclarar–. Nada tiene de malo hacer pasar por verdaderas historias que no lo son, o no del todo, porque ninguna deja de tener algo de verdadero y algo de falso, siempre.

–Y lo que predomina no necesariamente es lo que la define como una cosa o la otra –volvió a su tesis de la inverosimilitud exacerbada, resumida poéticamente en su relato en la escena del reencuentro entre madre e hijo, en la que el exceso de luz fungía de máscara para el reconocimiento improbable.

–Ahí es donde no coincidimos –me planté, con la autoridad que me daba mi triunfo patagónico, del que Borges no parecía haberse enterado–. La impostura siempre debe tener más de verdadero que de falso para imponerse, por algo el caso de ese tarambana que logró hacerse pasar por señorito se hizo tan famoso y sucedió en Inglaterra, país de gente crédula si la hay.

Una cosa era la exageración, el toque fantástico que confiere brillo e interés, seguí diciendo, y otra muy distinta la payasada de tintes farsescos, por muy imbécil que fuera el público. En el caso de la víctima de esta estafa en particular, la imbecilidad quedaba explicada por su dolor de madre. El único mérito de los impostores había estado en carecer de escrúpulos –o sea, ser ellos mismos una especie de imbéciles sociales– y sacar provecho del aturdimiento mental que sólo conoce una huérfana o viuda de hijo.

–Tan profunda es su pérdida que ni tenemos palabra para nombrarla –rematé, con algún exceso de patetismo.

–No tenemos una palabra para eso porque hasta hace no mucho tiempo era de lo más común que una madre perdiera uno o más hijos –dijo Borges, esperó a que yo comprimiera los labios admitiendo mi error y añadió, como si recién se le hubiera ocurrido–. A la vez, es de lo más común estar huérfano de esposa antes de casarse, y, sin embargo, tenemos una palabra para eso, y hasta dos o tres.

Intenté vender cara mi cara, mientras pensaba en cuáles serían esas otras palabras para soltero, de seguro lunfardas:

–Al menos se podría haber inventado una para la madre que se queda sin su heredero, como le ocurrió a esta lady Tichborne.

–Bueno, justamente ella hubiera sido la primera en cuidarse mucho de hacer uso de esa definición –volvió Borges a dejarme en ridículo, su deporte preferido con quienes lo rodeaban, ya fuera por su erudición, por su inteligencia o, combinada con aquellas, su simpática malicia–. Todos querían endilgarle ese título, para quedarse con sus propiedades, pero ella insistía en ignorar lo que no pasaba de ser un juicio inductivo, mientras no apareciera el cuerpo del náufrago. Tom Castro le dio la razón y ella se murió tranquila, por más que después al pobre lo condenaran por estafa.

Aproveché para expresarle la infinita ternura que me había inspirado el afecto con el que él trataba a los personajes del cuento, que más allá de sus intenciones pecuniarias (una cosa no quita la otra, ni en esta ni en ninguna profesión, como creo haber dicho ya) se habían ocupado también de mitigar la pena de una madre que no se resignaba a aceptar su destino, a lo que Borges me repitió que no era un cuento, sino el juego irresponsable de un tímido que no se animaba a escribir ficciones y se distraía falseando y tergiversando historias ajenas.

–Si me apura un poco –agregó–, hasta puedo llegar a confesarle que tengo mis dudas sobre si Tom Castro no era realmente Roger Tichborne.

Me burlé ahora yo de la incredulidad del autor respecto de su propio texto:

–¿Me está diciendo que lo ficticio es entonces reproducir la crónica de los hechos reales?

–Hay un tema que no pude mencionar en mi escrito, por una cuestión de decoro –prosiguió Borges, haciendo caso omiso de mi definición, que ahora sobre el papel me parece aún más atinada que cuando la pronuncié en aquel bar, haciendo un dramático alto en el movimiento de llevarme la taza de café a la boca–. Como prueba de que Castro es Tichborne, se habla en mi texto, que es y no es mío, como todo lo que escribo, de dos lunares ubicados en la tetilla izquierda. Otros autores mencionan el dedo pulgar, o los agujeros en las orejas, que Tichborne tenía, porque usaba aros, y Castro no. Pero lo que se comenta, y esto fue constatado por el médico de la familia, es que la anagnórisis ocurrió en realidad por una deformidad en... –y, poniendo los labios en posición de silbar, y hasta silbando bajito, bajó la mirada a su entrepierna–. No sé si me explico.

Asentí, herido en mi propia intimidad. Una marca de ese tipo no sólo saldaba cualquier diferencia que hubiera impuesto la más de una década que mediaba entre el naufragio del hijo frente a las costas de Brasil y la reaparición del hijo pródigo desde los confines de Australia, sino que también justificaba una desaparición previa, con o sin naufragio. Lo cual coincidía con lo que me había contado Borges acerca de la historia del noble inglés, que en su texto había omitido de manera deliberada para centrarse en la del impostor, o en la que se suponía que era la del impostor, porque el impostor mismo siempre la había negado (al menos hasta que salió de la cárcel y condescendía a confesar su impostura a cambio de dinero). Sir Roger Tichborne había huido de su casa, soltero aún a los veinticuatro años, después de que fracasara su intento de matrimonio con una prima, la misma que luego oficiaría de testigo estrella en el juicio contra el usurpador, donde se había reído frente a los jueces de las hipótesis de un embarazo no deseado.

–Una resentida con su primo impotente –dije, resentido con ella como si la hubiera conocido.

–Eso parece –aprobó Borges, que debía rondar los cuarenta años y tampoco se le conocían hijos, ni aun mujer–. El otro dato en el nadie hace hincapié, además de que ambos pasaron por Valparaíso, es que Tichborne no gozó de una educación mucho mejor que la de Tom Castro. Hasta los dieciséis años vivió en París sin asistir a la escuela y recién de regreso en Inglaterra pasó una breve temporada en un internado de jesuitas, en donde no creo que haya aprendido más que rudimentos de religión.

Aproveché la referencia para festejar la genialidad del sirviente de Tichborne, al que se le ocurre publicar en los diarios cartas en contra de su amo firmadas por jesuitas, de modo de hacerlo quedar como víctima de un complot abominable de los miembros de esa orden. Borges festejó conmigo la impostura dentro de la impostura –lo que en mi caso patagónico había sido discriminar a Lahusen de entre todos los supuestos espías, estuve tentado de contarle–, aunque luego aclaró que ese pasaje de magia negra no había sido idea del sirviente sino de un servidor, o sea, él

–Bogle existió, pero lo considero casi una creación mía –dijo, con una jactancia que pedía disculpas, una suerte de falsa inmodestia–. La idea de que una persona de esa raza pueda tener una idea genial se corresponde con la otra interpolación que me permití en mi divertimento, que fue la de hacer que en una tarde de enero en París brille un sol enceguecedor.

–¿Lo ve? –dije, e hice una pausa, de esas que le dejan al otro determinar si la pregunta fue o no retórica, de paso dándome tiempo a mí a pensar qué era lo que había para ver, más allá de la coincidencia entre mi genialidad y la de ese escritor en vías de consagrarse, que quizá habría podido ser yo mismo si me hubiese faltado esa timidez de la que hablaba Borges, ese miedo pánico a operar sobre el mundo real–. Con esas cartas falsificadas usted le confirió a la historia lo que le faltaba para que podamos creerla.

–La gente cree lo que quiere creer –volvió a rebatirme, o a estar de acuerdo conmigo en forma de refutación preventiva–. Cuando fue el juicio, una agrupación obrera se puso del lado del impostor alegando que la familia Tichborne, al rechazar aceptarlo como un noble, estaba despojando a un obrero de sus derechos. O sea, que creían que era un barón y a la vez un proletario, como se cree que Jesús fue un hombre y a la vez hijo de Dios.

–Es muy interesante esto que dice.

–No lo digo yo, sino George Bernard Shaw.

En ese momento entró el canillita blandiendo el diario de la tarde al grito de "¡Llegó la guerra al Río de la Plata!", con lo que naturalmente agotó las existencias de su faltriquera de cuero en un abrir y cerrar de ojos. La información, confusa como lo es siempre al principio, cuando los periodistas deben hacer que saben lo que aún no comprenden ni los protagonistas (después, cuando realmente tienen demasiados datos, la tarea es simular ignorancia de lo que sus empleadores, formales o políticos, les ordenan no divulgar), era que un acorazado alemán había tenido que atracar de urgencia en el puerto de Montevideo, luego de perder una inesperada batalla con tres buques ingleses que lo habían sorprendido a la altura del Río de la Plata. Lo que en cambio me sorprendió a mí fue el nombre de ese acorazado "de bolsillo": Graf Spee. Era el mismo que el del capitán del buque que había sido hundido en la batalla de las Falkland al comienzo de la Gran Guerra, también en aquella ocasión (¡cuándo no!) a manos de los piratas. Más que una ironía de la historia, esto parecía una fatalidad, como si el barco hubiese bajado por voluntad propia hasta este extremo del planeta para visitar la tumba de su capitán simbólico y ahora corriese riesgo de compartir sepultura.

Le pasé el diario a Borges, que no lo había comprado, supuse que para ahorrar, pero me pidió que le hiciera el favor de leerle yo, alegando que tenía la vista cansada. En realidad, no cansada, sino débil, me admitió cuando terminé la lectura, más preocupado por haberse expresado de manera imprecisa que por el suceso bélico, el primero de tipo marítimo que tenía lugar en esa guerra extraña, *en ciernes o en cierre*, como había leído que alguien definía el inverosímil pacto entre Hitler y Stalin, casi un Tichborne-Castro de la política. Su padre se había quedado ciego de joven; de hecho, la familia se había mudado después a Europa para intentar una cura, pero en vano, y ahora nada le preocupaba a él más que la posibilidad de terminar igual, como demostraba ese relato que acabábamos de discutir.

–Ahora publiqué otro, que también es una historia sobre la ceguera –dijo–. Se trata ahora sí de un cuento, aunque escrito como si fuera un ensayo, y se mencionan dos ediciones del mismo libro, idénticas entre sí, que se interpretan de manera diferente según se lea la una o la otra. Dos cosas que no podrían ser más diferentes resultan idénticas, en aquel relato, y una cosa igual a sí misma resulta que son dos, en este. Esos son los escenarios que más teme el que no puede ya distinguir con precisión y, por miedo a ser engañado, inventa diferencias hasta donde no las hay.

–También el escenario del que ve con demasiada precisión –dije, pensando en los que, como yo, percibimos cosas más allá de lo que se fija el común de la gente, ya sea reales o ficticias, si además estamos en condiciones de hacer que la ficción ingrese a la realidad.

Sus ojos moribundos de pronto brillaron de entusiasmo.

–Es muy interesante esto que dice usted ahora.

–No lo digo yo, sino Ireneo de Lyon –repliqué, por molestarlo.

Le dejé ese diario argentino que igual no hacía más que reproducir comunicados oficiales y me fui a mis antiguas oficinas para recabar más información. Ninguna noticia de semejante trascendencia internacional llegaba hasta las redacciones del *La Plata Zeitung* o del *Argentinisches Tageblatt* –donde la deformaban para un lado o para el otro– sin pasar antes por la embajada, poco de eso sin que se enterara Müller a través de sus espías allí o en la Transozean –la agencia oficial del régimen– y sólo contadas cosas, más allá de las inventadas, sin que el primer eco resonase en el Frente Negro o entre los compañeros del *Reichsbanner*; en eso residía nuestra ventaja respecto a los socialistas y otras instituciones alemanas, nuestra ventaja y también nuestro descrédito.

9.
LA VERDAD SOBRE EL GRAF SPEE

Me asombró encontrarme a Fricke en su supuesto lugar de trabajo, pero más me asombró la liberalidad con que accedió a informarme sobre el tema sin antes requerir su paga, también en informaciones, de las que por eso yo siempre guardaba algunas de reserva, ni tan reveladoras como para que alguien me las retribuyese en metálico, ni tan perogrullescas como para que no me las aceptaran al menos como moneda de cambio. Por lo general, había que aportar dos o tres datos por cada uno de los que se recibían, así es como hacen sus fortunas los traficantes de información, no sólo en cantidad sino también en calidad, porque la sumatoria les permite establecer conexiones novedosas, generando así material inédito, de riqueza a veces incalculable. En este esquema, hasta las noticias falsas resultan bienvenidas, en parte porque revelan las fantasías del enemigo, es decir, sus aprehensiones y sus lagunas de conocimiento, y en parte también porque pueden ser revendidas con ese sello, el de apócrifas, lo que les da casi el valor de una verdadera. Como me lo graficó una vez un colega periodista fanático del balompié: una información veraz es como meter un gol, pero una falsa ya desenmascarada semeja una gran atajada del arquero propio.

De las elucidaciones de Fricke saqué en limpio que los hitleristas estaban desesperados por hacer pasar la derrota naval por una victoria, destacando que el Graf Spee se había enfrentado a tres buques cuyo tonelaje, sumado, superaba ampliamente el propio, y hasta había logrado dejar a uno de ellos fuera de combate, antes de buscar refugio para la reparación de averías menores. Sin embargo, ya estaban en Montevideo Müller y Von Thermann (en ese orden), negociando que los uruguayos les extendieran el plazo de gracia, lo que equivalía a admitir que el daño era bastante más importante que el que habían dejado trascender a la prensa. A Fricke, sin ir más lejos, le constaba que las bombas del enemigo habían destruido los depósitos de víveres y el sistema de filtrado del Diesel, además de agujerear la proa (por sobre la línea de flotación). Descontando una negativa a la prórroga por parte uruguaya (la presión diplomática de los ingleses era mucho más efectiva), el plan ahora consistía en arreglar lo que se pudiera a toda prisa y zarpar lo antes posible, para al menos no darles tiempo a los ingleses de traer buques de apoyo.

–Se agradece el resumen –dije, sacando la billetera del bolsillo, tal vez para pagar algo más que el café.

–Sería bueno que no llegara a los ingleses –me reveló Fricke el precio de su liberalidad–. La vida de más de mil jóvenes alemanes está en serio peligro. Cuarenta ya la perdieron en una batalla imposible de ganar.

Al día siguiente, viernes, los artículos del *La Plata Zeitung* supuraban un triunfalismo repugnante. Se anunciaba allí la pronta reparación de "nuestro buque de guerra más exitoso de todos los tiempos" y su disposición a enfrentar otra vez al enemigo que acechaba afuera, al que sin duda vencería antes de emprender el camino de regreso a la patria. Fotos de tamaño cinematográfico intentaban demostrar que el Graf Spee lucía casi intacto y que los arreglos que se le estaban haciendo, de la carcasa hacia el interior, eran exclusivamente de mantenimiento, pura rutina en un buque que ha estado cuatro semanas en alta mar. Los agentes del régimen disfrazados de periodistas llegaban incluso a revelar las opciones estratégicas una vez que volviera a levar anclas, entre ellas la de emprender una maniobra de evasión a lo largo de la costa argentina. Del capitán, Hans Langsdorff, no se citaba una sola palabra, como si al barco no lo comandara él. Y es que, en efecto, ya debía estar en manos de Müller, siempre dispuesto a hacer todos los sacrificios necesarios por el Führer, empezando por los que implicaran la vida de los demás.

Algo olía a podrido, más allá de las manos que lo habían macerado (incluyo las de Fricke), así que decidí acudir a mi contacto en la célula regional del MI15, Ernesto Quesada, el tallerista preferido del chofer del número dos de la agencia. Lo que no significa que yo trabajara para la inteligencia inglesa, como se rumoreaba y a todas luces había llegado a oídos de Fricke. Precisamente por esa época, Quesada me hizo llegar el ofrecimiento de sumarme al ejército de alcahuetes que estaban contratando los británicos para difundir lo que en el argot del rubro denominamos "propaganda gris", gente de diferentes edades que se pasaba ocho horas por día (o por noche) en bares y peluquerías, colectivos y trenes, que iba a las carreras y al *football* o que simplemente se sentaba en la plaza a comentar noticias y trascendidos, de modo de generar el boca a boca que por cierto constituye la mejor difusión que puede pretender un producto o un artista, por ni hablar de una facción política. Me tocó cruzarme con algunos de estos proyectos de generadores de opinión o solapados Goebbelcitos, y hay que decir que estuvieron muy bien seleccionados, recién se les veía la hilacha (o al menos se las veía yo) cuando habían regado dos o tres veces la plantita de la desinformación de ese día y se despedían precipitadamente con algún pretexto cualquiera para ir en busca de otras macetas. No sé cuánto cobrarían, ni pregunté, la verdad es que no estaba para ser bocaboquero de nadie y me mostré más bien ofendido de que hubieran pensado en mí, por muy buena que hubiera sido la intención.

Siempre trabajé para mí y en el marco de mis convicciones, aunque eso significara entrar en alianzas temporales más o menos patentes con los enemigos de mi patria. Al igual que Jonas (el que yo creía que era Jonas, ¿verdad?), en medio de todo el caos no olvidé ni por un segundo que mi origen y mi sueño era ver liberado a mi país del yugo de un tirano que nos había usado a nosotros, los verdaderos nacionales y socialistas, como trampolín para su megalomanía. Y la liberación, como sabemos todos los que alguna vez rondamos la política, nunca se logra sin el pueblo, aunque luego no siempre llegue hasta sus estrados más bajos. Las naciones extranjeras, de las que los servicios secretos (entre los que naturalmente debemos incluir la prensa y las estaciones radiales) se han convertido en una especie de armada invisible, pueden colaborar con ese proceso, pero nunca ponerlo en movimiento ni llevarlo a buen fin.

Quesada, cuyo apellido materno era Doyle y por eso era el preferido de McDoughlin, el chofer, al que habían contratado a pesar de ser irlandés, como para mostrar que ellos no tenían resentimientos y apostaban a una Bretaña cada vez más grande, la inocencia les valga; el rengo Quesada sólo aceptaba pago por adelantado y en especies, esto es, cocaína (tengo entendido que él a su vez le pagaba a McDoughlin mediante sobrefacturación de las reparaciones). En toda cadena de informadores se llega tarde o temprano al eslabón que exige una compensación constante y sonante, por no tener acciones en la bolsa informática o no creer en ellas, que es lo mismo. Hay quien calcula que ese polvo –tengo la teoría de que ese es el origen de que al término se lo use en Argentina también para el acto sexual–, traducido a billetes si se quiere, constituye el valor real de un dato o de un documento, su digamos patrón oro. Yo soy de los que estiman que ese será en todo caso su costo de producción, por llamarlo de algún modo. Nuestra tarea, la de los periodistas y los servicios y demás infotraficantes, es ponerle a esa materia prima el valor agregado que la vuelva un verdadero bien, y un negocio aún mejor. Como el mismo nombre de nuestro oficio lo indica, la clave está en saber mover las novedades de un lado al otro, como ocurre con la cadena de valor de casi cualquier producto. Mover y almacenar lo que consideramos bienes, sean tangibles o no tanto, con eso hacemos los hombres nuestro capital y también lo gastamos, al menos desde que no nos contentamos con vivir de lo que tenemos a la mano.

La información que me pasó Quesada, y la rapidez con que la consiguió, hubiera valido por lo menos tres paquetes más que el que le dejé a cambio, si por ejemplo se la hubiese vendido de inmediato a Jonas. Pero nunca necesité tanto estímulo químico, quizá porque me sobraba del ideológico. Lo que hice, en cambio, fue tomarme el avión que salía los sábados a la mañana a Montevideo, una ciudad que de todos modos siempre había querido conocer. También me daba curiosidad, descubrí al sentarme en mi butaca, montarme a uno de esos híbridos que se elevaban como cisnes, lentos y haciendo mucho ruido, y que lograban cruzar el charco –como lo llamaban los rioplatenses para aparentar una cercanía que, al menos del lado uruguayo, como me tocó comprobar más tarde, cuando tuve que volver a exiliarme dentro de mi exilio, se preocupaban bastante por desmentir–, en un tercio del tiempo de lo que precisaba una embarcación.

Igual tuve el suficiente como para repasar mis apuntes con la descripción de la batalla que había enviado W. E. Parry, el capitán del Achilles, a sus superiores en Londres. Cuando llegamos al aeropuerto –en esa época tenía sentido llamarlo así, no sé por qué no le cambiaron el nombre desde que estas máquinas no tocan el agua si no es para caer de punta– ya tenía en claro que el Graf Spee no sólo había dejado fuera de combate a uno de los buques ingleses, sino que había tenido por lo menos dos momentos para decidir la contienda en su favor, si hubiera sabido aprovechar el alcance de su artillería. Como esos boxeadores de brazos largos cuando se enfrentan a uno más morrudo, se trataba de generar la lejanía suficiente para golpear mejor y, sobre todo, estar a salvo de los golpes del contrincante. Dicho para intelectuales, a los que un match de box y una batalla naval deben parecerles expresiones apenas distinguibles de un mismo fenómeno y, por lo tanto, incomparables en el sentido más ceñido del término (aunque Borges seguramente me hubiera convencido de que una cosa puede compararse incluso consigo misma sacando alguna ganancia conceptual de la ecuación): el Graf Spee debería haber aprovechado el grado menor de alfabetización de su interlocutor inglés y responder a su llamado al diálogo bélico cara a cara marchándose a otra parte, a fin de mantener el coloquio de modo epistolar. Nada de esto había hecho el capitán Hans Langsdorff, ni siquiera cuando la constelación casi que lo había hecho por él, sino que había optado por replegarse en zigzag, escondido tras reiteradas nubes artificiales, pero que por no llegar hasta los altos mástiles revelaban su rumbo, dejándolo expuesto al fuego cruzado de las naves enemigas. "Probablemente no pasó al ataque por creer que se enfrentaba a destructores", había deducido el capitán inglés en su informe confidencial, con esa mezcla de dolor y alivio que evidencian los militares, de todas las fuerzas pero quizá con mayor ahínco en la marina, por los errores de sus colegas del bando enemigo.

Pretextando ser de la embajada (es asombroso como el alemán abre todas las puertas reservadas a ese idioma entre los nativos, ninguno de los cuales parece considerar la posibilidad de que existan distinciones entre sus hablantes, sino que prefieren creer que hasta un niño puede ser diplomático si se mueve con soltura en ese galimatías) llegué hasta la cabina del capitán Hans Langsdorff, que se negaba a abandonar el barco.

Era un hombre de unos cuarenta años, pero lo que le restaba de vida parecía haberse echado por la borda. Tenía el rostro lívido de quien ya mira el mundo desde el mismo ángulo que las raíces de los árboles, y en esa mirada, una impotencia que dejaba a la mía, por mucho más real que fuera, en un plano casi especulativo.

–Estos cerdos nos están mandando a la muerte, a mí y a todos mis muchachos –se sinceró conmigo después de que yo presentara mis credenciales de activista de la resistencia revelándole los entretelones de algunos conocidos hechos de sangre, como la muerte del general Werner von Fritzsch, al que primero habían llevado a juicio por homosexual (aprovecho para preguntarme quién hubiera quedado en las altas esferas si ese crimen se perseguía de verdad) y luego la SS había asesinado a traición para hacer pasar el cadáver como uno más de los que producía a diario el frente de batalla–. Prefieren la muerte heroica que la rendición sensata.

–Pero usted pudo haber ganado antes, según tengo entendido –dije, en tono casi severo, el que probablemente hubiera utilizado el barón Von Thermann de haberse tomado el trabajo de indagar un poco y de haber tenido, luego, los conocimientos suficientes para interpretar lo hallado.

–Pude, pero no quise. –Me miró por primera vez con un destello de vida en los ojos–. Lo que sí quise, y me alegro haber podido, es que alguien entendiera que no ordené el repliegue por cobardía.

–Tampoco porque creyera que enfrente tenía una pequeña armada de destructores.

–¿Quién le sugirió esa patraña? –El enojo lo terminó de devolver al mundo de los vivos con la intensidad de quien despierta, ya erguido en la cama y a los gritos, de una pesadilla espantosa–. ¿El oligofrénico de Müller? ¿O el taimado de Von Thermann? Cuando veo la gente que está a cargo del país, me dan ganas de navegar bajo otra bandera. No la de otra nación en particular, pero ciertamente una diferente a la negro-rojo-oro.

–Es lo que hizo Sonja Graff, nuestra mejor jugadora de ajedrez –le comenté, no porque creyera que le pudiera interesar ese deporte, menos si lo practicaba una mujer, sino para darle a entender que su fantasía era una posibilidad concreta–. Se confeccionó una bandera blanca que decía *Libertad* y salió segunda de la olimpíada que se jugó en Buenos Aires hace unos meses. La primera fue una inglesa, que en realidad era rusa.

–Para salir segundo, prefiero no jugar.

Fue entonces cuando le sugerí la idea de que hundiera su barco. Si lo dejaba en puerto, terminaría tarde o temprano en manos del enemigo, y él en un campo de concentración. Su renuncia a dar esa batalla perdida sólo podía erigirse en símbolo de sublevación si la presentaba de manera bombástica, como para que la viera, más allá del Führer, el mundo entero, que por cierto se encontraba bastante pendiente del asunto gracias a la propaganda descarada que había lanzado Müller. De este modo, Langsdorff se convertiría en el primer rebelde en atentar contra el déspota, el primero auténtico, a diferencia del que recientemente había simulado en aquella cervecería de Múnich el perverso de Goebbels, remarqué, naturalmente obviando que en este caso el que le escribía el libreto a Langsdorff era yo.

–La revolución del dieciocho también la inició la marina con el levantamiento de Kiel. –Busqué darle profundidad histórica y colectiva a su accionismo individual–. Que la rebeldía provenga ahora de los más altos mandos le asestaría a esta dictadura un golpe de *knock-out* más efectivo aún que el que recibió la monarquía en su momento.

No fue así, como sabemos. El tiro salió por la culata, como se dice, aunque sea materialmente imposible que eso ocurra. Por eso uno nunca termina de asombrarse de cuánto más poderosa es la propaganda que los hechos en los que supuestamente se basa. Ni siquiera los que estamos del lado seguro de la ecuación, por así llamarlo, dejamos de caer una y otra vez en la trampa que también sabemos armar, tal vez porque, al no tenderlas por cinismo, en el fondo estamos convencidos de que hay una verdad, aunque rara vez se imponga.

El domingo a primera hora de la noche, cuando todos en la costa (todos menos uno) esperaban ansiosos el segundo asalto de la contienda, el Graf Spee estalló y se hundió sin ser alcanzado por ningún cañonazo enemigo. El grueso de la tripulación había quedado en tierra, en lo que probablemente haya sido la operación más secreta de la Segunda Guerra Mundial, tan contentos estaban los marineritos de no tener que morir ese día que no se filtró ni un indicio del plan. Los ingleses no entendieron ese suicidio. Los alemanes sí, y por eso apresuraron el siguiente.

–Si quedándome en tierra termino en un campo de concentración –me había dicho Langsdorff hacia el final de nuestra conversación en su camarote–, en caso de que decida hundir el barco lo menos que me puede ocurrir es que me maten.

–Un asesinato que harán pasar por suicidio, en efecto. –No me pareció necesario, ni mucho menos honroso, alimentarle otras ilusiones al respecto.

–Yo nunca me suicidaría, y le pido que si eso es lo que dicen, salga usted a desmentirlo en mi nombre.

–Habrá probablemente una carta suya.

–¡Jamás escribiría una carta de ese tipo!

–No dije que la fuera a escribir usted.

–Me comería la mano antes de firmar algo así.

–En castellano se dice que algo está firmado *de puño y letra* cuando se quiere dar a entender que es auténtico. Y, aunque suene redundante, lo cierto es que una cosa es el puño, y otra muy distinta, o muy igual, la letra.

He tenido la oportunidad de ver una copia de la carta –fechada el 19 de diciembre de 1939 y dirigida al barón Von Thermann– en la que Langsdorff declara que el destino del comandante no puede divergir demasiado del de su nave y que espera demostrar con su actitud que los soldados del Tercer Reich están dispuestos a morir por el honor de su bandera. La mención de la bandera, en lugar de la patria (palabra que no aparece ni una vez), da la pauta de que tuvo que escribir la carta él mismo, o quizá dictarla, después de comerse el puño, y encontró ese subterfugio para recordarme que ese no era él. Puede creérseme que si de algo poseo un saber casi imbatible es de cartas falsificadas, y esta lo es de cabo a rabo, aunque de un tipo especial y acaso único, por haber sido escrita y rubricada por su emisario real.

Honré mi palabra y fui con la verdadera historia del Graf Spee al *Argentinisches Tageblatt*, donde se habían hecho eco de las cuatro hipótesis lanzadas por el *New York Times*: la primera, que Langsdorff se había matado como silenciosa protesta contra Hitler porque este le había ordenado hundir su buque (lo que ya eran dos hipótesis en una); la segunda, que no había logrado superar la tristeza por la pérdida de su lugar de trabajo y, además, se sentía responsable por el desprestigio que había sufrido la marina alemana luego de que él perdiera la batalla de Punta del Este (dos nuevas hipótesis en una, no incompatibles con las anteriores); la tercera sostenía, por último, que el suicidio respondía a la psicología autodestructiva de los nazis, tal como había quedado demostrado en el caso del vapor Columbus, hundido frente a la costa este de Estados Unidos por su propia tripulación unos días antes para que no cayera en manos de los ingleses (lo que, una vez más, daba por sentada otra hipótesis, en este caso de corte psicologista). En cuanto a la hipótesis número cuatro, según la cual el Graf Spee poseía como secreto de construcción una tecnología milagrosa que de ninguna manera podía quedar a merced de los ingleses, el *Argentinisches Tageblatt* ya la había descartado explicándole a sus lectores que el único secreto de los *naziotas* –como los llamaban a esta altura casi con cariño– era que no tenían ningún secreto y que su única arma maravillosa era la mentira. A pesar de esta proliferación de teorías, no hubo forma de convencer a Alemann de agregar la mía, lo que a su modo demuestra que es la única verdadera.

Lo demás puede leerse en los libros de historia. Al igual que había ocurrido dos años antes, cuando ancló frente a Mar del Plata el acorazado Schlesien, el primero en blandir la esvástica ante la costa argentina y cuya tripulación fue recibida en tierra con todos los honores, tanto por la colectividad alemana como por el Gobierno nacional, también en esta ocasión los marineros del Graf Spee fueron aceptados de inmediato por las autoridades migratorias y su capitán, una vez que trascendió que lo habían encontrado con la pistola colgando aún de su mano derecha –aunque era zurdo– y el cuerpo envuelto en la bandera –un último deseo, tan natural como críptico, que para su destinatario (yo) constituye una emoción, a la vez que una responsabilidad–, alcanzó estatus de héroe.

Su funeral fue el más multitudinario que conoció el país, por encima incluso del que se le dio a Gardel en el Luna Park. Yo no quise acercarme, por no engrosar con mi presencia lo que no dejaba de ser un acto de propaganda, pero cuando vi la cantidad de autos que formaba el cortejo fúnebre doblando por avenida Lacroze bajo la lluvia de flores que caía desde veredas y balcones –ya por la capilla ardiente parece que habían pasado decenas de miles de personas– la curiosidad pudo más que los pruritos y me sumé.

Lo cual es un decir, ya que no pude llegar ni a la puerta del cementerio de la Chacarita, por ni hablar de ingresar hasta el sector alemán, aunque en rigor todo el camposanto era nuestro (el barrio entero le debe su nombre a la mala pronunciación de mis paisanos del diminutivo de *chacra*). Tanta era la gente que esperaba bajo el calor sofocante de diciembre, al que después de años yo seguía sin acostumbrarme, en parte por su humedad, que no cedía ni bajo el sol directo, en parte por ser época de esperar el trineo de Papá Noel bajo los copos de nieve y no un chaparrón que bajara al menos un par de grados la temperatura ambiente; tal era la multitud aglomerada frente al cementerio que el ómnibus que traía a los muchachos del Graf Spee quedó detenido a quince cuadras, y los azules, como les decimos en alemán a los marineros, tuvieron que recorrer la última parte del trayecto a pie, con lo que llegaron rojos.

La gente lanzaba aplausos y ovaciones como si estuviera en un estadio; un grupo de inadaptados derribó las rejas que separaban el cementerio de las vías del ferrocarril y, pisoteando las tumbas del sector inglés, se acercó por el otro lado a darle su último adiós, con el brazo derecho extendido, al capitán del acorazado que se los había metido en el bolsillo; buena parte de la elite militar y política argentina aprovechó la ocasión para expresar, con acto de presencia, su rechazo a las medidas que había tomado el Gobierno en contra de un país por el que siempre habían sentido admiración.

–Si nos ponemos del lado de los alemanes, tal vez logremos recuperar las Malvinas –le oí decir a alguien cerca de mí, mientras que adentro, al otro lado del océano de gente, bajaban el cajón del capitán del Graf Spee justo al lado del monumento en honor a los caídos, veinte años antes, bajo las órdenes del Graf von Spee.

–¿Y para qué querés vos recuperar las Malvinas, decime, che? –le respondió otro, que parecía estar ahí con otras intenciones que expresar su congoja, un poco como yo.

–¿Para qué las quieren los ingleses? –se metió un tercero.

–¿Y yo cómo carajo puedo saberlo? –dijo el respondón, que se dejaba el cigarrillo colgado de los labios y pitaba antes de responder, como buscando que sus palabras, además de oírse fuerte, también pudiesen verse.

–Son estratégicas –resolvió ambos intríngulis el primero.

–Estratégicos son mis huevos –remató el fumeta, riéndose con toda la boca menos el tramo que sostenía el tabaco–. Y no quisiera perderlos por recuperar lo que, sinceramente, me los chupa bien chupados.

Ni los escépticos, como se echa de ver, quedaron al margen de un evento que podría haberle hecho sombra a la coronación de un rey, al menos en cantidad de coronas. Incluido entre ellos, como tuve la tristeza de comprobar, el propio Ernesto Alemann, que era amigo de la verdad, pero más amigo de llenar bien de comida su plato.

–Se convirtió en el acorazado del corazón. –Al menos se tomó el trabajo de citarme a su despacho para explicarme por qué no quería publicar mi artículo sobre la verdad del hundimiento, hundiéndola así a ella misma junto al barco–. Hablar en su contra sería escupir contra el viento.

–Puedo hacer una nota sobre por qué Von Thermann elevó una carta de queja contra la decisión argentina de aceptar a los marineros en calidad de internados y no de náufragos, como exige Alemania –ofrecí a cambio, o a modo de consuelo, por supuesto que no para Alemann, sino para mí.

–¿Y por qué lo hizo? –Alemann mostró que, detrás del billete, había un interés humano.

–Porque si los definen como náufragos, se tienen que ganar la vida ellos –dije–. Como internados, en cambio, los gastos corren por cuenta del país que los hospeda, que luego le pasará la factura correspondiente al de origen.

–Todo es siempre dinero –reflexionó el suizo, sin una pizca de autoironía.

–Igual espero que las autoridades argentinas no sean tan tontas como para tomarse esa cantidad de tiempo –continué–, sino que simplemente confisquen los cuatro mil millones que hay depositados en el Banco Germánico a disposición de la embajada y del Partido para gastos de propaganda. Cuando caiga Hitler, ningún Gobierno alemán tendrá ganas, ni estará probablemente en condiciones, de cubrir esos costos.

Alemann meneó la cabeza, anonadado por los números que le estaba revelando, pero igual no cambió de opinión. Dijo que a veces había que saber perder, y yo me conformé con haber demostrado que hubiera podido ganar.

10.
LA VERDAD SOBRE LA COMISIÓN INVESTIGADORA DE ACTIVIDADES ANTIARGENTINAS

TODAVÍA se estaba discutiendo qué hacer con los internados del Graf Spee (y cómo frenar su éxodo ilegal, aunque tampoco eran tantos los que se mostraban ansiosos por volver al frente) cuando estalló el siguiente escándalo. Esta vez fue al norte del país, en la localidad de Apóstoles, provincia de Misiones. Movilizadas por una denuncia anónima de actividades nazis en ese poblado ciertamente muy alemán –como el nombre de la provincia lo indica, allí concentraron sus tareas de adoctrinamiento los jesuitas teutones, de lo que aún dan testimonio algunas ruinas de monasterios y la costumbre algo barbárica de tomar mate, pues fueron estos evangelistas de la civilización quienes les enseñaron a los indios cómo plantar la yerba–, la policía allanó varios domicilios y, a diferencia de lo ocurrido un año antes, cuando el disparador de la redada fue mi novela patagónica, ahora sí que encontraron elementos comprometedores. El escándalo no llegó a ser mayúsculo, como en el caso de mi iniciativa, porque demasiado pronto se supo que las armas secuestradas eran antiguas, "casi piezas de museo", como las definió un comisario que evidentemente no estaba al tanto de la situación. Se trataba de trabucos, tal vez aún en funciones –el poder destructivo es mucho más longevo que el constructivo, yo que perdí el primero a temprana edad tengo más derecho que nadie a asegurarlo–, pero que efectivamente habían sido sustraídos unos días antes del museo antropológico. Al parecer, por parte de los mismos periodistas que luego habían difundido la denuncia anónima y reportado el operativo policial justo desde la dirección que arrojó los sorprendentes resultados.

También con estos fraudes se relacionó a mi persona, por eso quiero aprovechar la oportunidad para dejar asentado que no tuve nada que ver con ellos. Demasiado ocupado estaba redactando informes para la Comisión Investigadora de Actividades Antiargentinas, quizá mi trabajo más enjundioso, aunque los laureles se los hayan llevado Raúl Damonte Taborda y Enrique Dickmann, los diputados socialistas que contrataron mis servicios. No es una queja, pues nunca me pagaron mejor. Por primera vez desde que llegué al país, pude ir al hipódromo y al casino, no con la esperanza de multiplicar mágicamente mi magro salario o acaso salvarme, sino para disfrutar de unas horas de dispersión lúdica en las que el dinero ganado o perdido no constituía más que una anécdota. Tal vez desde afuera se viera igual, pero lo cambiaba todo. Y lo mismo corre para el alcohol concomitante, que pasó de ser aquello en lo que uno ahogaba sus penas a esa ducha que nos damos cantando de alegría.

Me interesa despegar mi nombre de este chantaje, además, por su carácter escandalosamente aficionado, como si lo hubieran perpetrado con el exclusivo fin de que fuera descubierto. Escuela Goebbels, digamos. En este sentido recuerda otro evento, ocurrido un año antes, en el que un atraco a un taxista develó documentos secretos de un espía nazi que se hacía llamar Halblaub, para colmo Enrique, como yo. El hombre había intentado asaltar un coche de alquiler, el plan había fallado y, al huir, había dejado olvidado en el baúl del automóvil unos maletines con todo tipo de documentos comprometedores: planos y fotos aéreas de Buenos Aires, instrucciones ilustradas para la construcción de ametralladoras y bombas de mano, panfletos que instaban a convertir las locomotoras en armas de destrucción masiva mediante la implementación de veneno de víbora, y correspondencia con diferentes personas, entre ellas Alfred Müller. En este caso, la historia no pasó de *Noticias Gráficas*, al punto de que parecía haber sido inventada por ese medio, que por cierto no traía fotografías del incidente, o al menos de su reconstrucción, sino que se limitaba a unos dibujos, de calidad mediocre, para colmo.

A veces las operaciones de prensa se lanzan sin más respaldo que el dinero que perciben por ellas los medios encargados de difundirlas, al igual que las publicidades de tónicos y digestivos, en las que se invierte más que en la manufactura de los productos promocionados, ya sea porque no hay nada detrás de estos placebos informativos, ya sea porque lo que hay no se corresponde ni un poco con lo anunciado, según comprueba el cliente al instante de abrir el frasco. Esto no significa que no sean efectivas, sino que sólo se hacen prensa a sí mismas. Las embajadas y los servicios necesitan subvencionar a los medios que no son propios y que se limitan a alcanzar a los adeptos, de modo de poder manipular mínimamente la información que consumen los ciudadanos más neutrales o menos ideologizados. Como no pueden girar el dinero de manera directa –el grado de hipocresía que se maneja en el periodismo es proporcional al de la política en la que busca influir, o de la que directamente forma parte, las cosas no se dicen como son ni siquiera cuando se negocia su manipulación entre los que les consta fehacientemente–, deben utilizar de intermediarios estas noticias falsas, porque las verdaderas que podrían ofrecer a cambio carecen de interés. Cuando pasa algo en serio y además resulta que es interesante, el periódico está obligado a cubrirlo sin sacarle mayor rédito, de ahí que acepten de buena gana estos otros informes, por más que constituyan un insulto a la inteligencia de sus lectores.

Una cosa es ser periodista y otra cosa es trabajar para la prensa. Creo que es la prensa la que debe trabajar para uno. Como el dinero que pueda ofrecer rara vez es proporcional al que les genera el aporte que uno le hace, resulta imprescindible cobrarse el trabajo con lo que a ella menos le cuesta y a uno más rédito le da, esto es, la publicación del nombre propio y, si amerita, la fotografía. Con mi historia patagónica logré que *Noticias Gráficas* me sacara de cuerpo entero no una sino dos placas, en pijama y fumando, para contrastar con la rígida foto en uniforme que había salido en el *Argentinisches Tageblatt* cuando denuncié a mi jefe del Frente Negro de ser un espía nazi. También fue idea mía posar con el diario de ellos en la mano, leyendo las noticias que yo mismo había generado, como hacen los boxeadores cuando salen en tapa. Quería transmitir una imagen deportiva, de hombre común que acaba de realizar una proeza y disfruta, casi sorprendido, de su sensacional éxito.

Era un mensaje, a su vez, para todos los mediocres de mi rubro, que lamentablemente abundan, como en cualquier otro. Sobre todo desde que Estados Unidos extendiera sus redes de espionaje a causa de la guerra, se multiplicó la cantidad de improvisados que ofrecían pescado podrido. Poco antes de mi golpe maestro, por citar un ejemplo entre muchos, apareció un documento, firmado por un capitán del ejército argentino y un almirante alemán, en el que se aseguraba que Argentina se uniría al pacto anticomunista al que ya había adherido Japón, a cambio de recibir armas para recuperar las Malvinas. Cuando Jonas me mostró el papel para que le diera una opinión sobre su autenticidad –cómo había llegado a sus manos, no lo sé, aunque hoy sospecho no que llegó, sino que más bien debe haber partido de allí–, demoré dos segundos en desestimarlo. No sólo las firmas estaban fraguadas, como delataba su trazo titubeante (se firma como se bebe, de un trago, eso es lo que equipara al peor aguardiente con el mejor ron), sino que había sido escrito por una persona que no dominaba el alemán, como era el caso de casi todos los argentinos que creían que sí, sencillamente porque para el resto era poco menos que chino. Si existen pseudofilósofos que osan interpretar a Friedrich Nietzsche o a Martin Heidegger sin haberlos leído en su idioma, imagínese la cantidad de falsarios que no tienen empacho en ponerse a redactar en una lengua que en el fondo no creen que sean capaces de entender cabalmente ni sus hablantes nativos.

Pero también había profesionales, gente que se ganaba mi respeto, como en el caso de Karl Rodhin, periodista sin puesto fijo, como yo, y antihitlerista, aunque en su caso por defecto (era judío). A principios de mi gran año, 1939, Rodhin logró venderle a la Associated Press un lote de documentos supuestamente enviados por los nazis locales a la Oficina de Asuntos Extranjeros en Hamburgo, entre los que destacaban algunos informes referidos a la posible creación de una colonia alemana en Tierra del Fuego. Un plan demasiado modesto, como se lamentó frente a mí meses más tarde, al ver el escándalo desatado por el megalómano que había propuesto yo, creyendo que su error había sido ese y no el de preferir los dólares estadounidenses.

Tuvimos una linda charla de colegas, en la que él me llamó la atención sobre el hecho de que Alfred Müller no estaba al frente del Partido al momento de firmar la carta patagónica, y yo me permití señalarle que la *Auslandsorganisation* a la que habían remitido los documentos sus presuntos nazis hacía años que se había mudado de Hamburgo a Berlín. Cada cual había hecho su negocio y no tenía nada que perder por esos pequeños deslices; sólo por deformación profesional nos habíamos visto arrastrados, primero él y enseguida yo, a probar de amenazarnos mutuamente con arruinarle el negocio al otro. No por maldad, sino por quedarse con algo de la ganancia ajena, como nos confesamos luego, ya bastante ebrios, y finalizamos brindando por un futuro promisorio para ambos, al modo de dos mafiosos que, sin llegar a la fusión de sus emprendimientos, convienen en respetarse mutuamente los territorios.

–Los monopolios nunca son buenos –recuerdo que me dijo, con el tono reflexivo de un estadista.

–Sobre todo si el que nos incumbe resulta ser que está en manos de otro –le respondí, para que no olvidara quién era allí el *capo di tutti capi*.

No por nada fui el único seleccionado como colaborador externo de la Comisión Investigadora de

Actividades Antiargentinas. El diálogo al respecto que tuve con el diputado Enrique Dickmann me parece iluminador y quisiera reproducirlo hasta donde me lo permita la memoria, o más allá también, tal vez no recuerde cada palabra de la conversación pero sin duda retuve su recorrido, que por cierto empezó por el medio, sin prolegómenos de ninguna clase.

–Antes que nada, quisiera que me diga, Jürges, por qué debo confiar en usted –me espetó, sin siquiera invitarme a tomar asiento, el hombre de cabellera casi extinta y gruesos anteojos, con rastros aún de su Letonia natal en el acento, desde el otro lado de su amplio escritorio de madera maciza, muy maciza, casi un tronco de secuoya con un pequeño hueco para las piernas que más parecía un túnel de escape, no debían haber sido pocas las ocasiones en que se le abalanzaran por arriba para agarrarlo del pescuezo y él se escurriera por abajo, esta podría haber sido una de ellas, me acuerdo de haber pensado, aunque conteniéndome de pasar a la acción.

–Porque sin mí, estimado Dickmann, esta comisión ni siquiera se hubiera creado, por empezar –declaré, y sin esperar que me otorgara el derecho que creía haberme ganado con mi respuesta contundente, procedí a aliviar mis rodillas, bastante cargadas por las dos largas escaleras que había tenido que subir hasta llegar a su despacho de la Cámara de Diputados por un defecto en los ascensores, perdonable y hasta saludable, si hubiera sido lo único que no funcionaba en esa institución.

–A la comisión la impulsé yo, aunque no niego que su denuncia nos vino como anillo al dedo –concedió Dickmann.

–Se premia al joyero, en ese caso –dije, evidenciando que hacía menos tiempo que él que usaba el idioma y por eso todavía le veía la hechura a sus frases–. Aunque no pienso dormirme en los laureles.

–Eso es precisamente lo que temo, en más de un sentido. –Sacó una caja de puros y no pude no aceptar el que me ofreció, con su fuego, aunque seguía sin recuperar del todo el aliento–. Aspiro a que la comisión trabaje con seriedad.

Aspiré, por mi parte, el humo, junto con el insulto, antes de contestar que yo no conocía otra forma de hacer las cosas, de lo contrario no hubiera sido convocado a colaborar en tan importante emprendimiento, a lo que Dickmann comentó que lo que yo llamaba profesionalismo tal vez no coincidiera, en un ciento por ciento, con lo que podía arrogarse esa denominación en un informe oficial presentado ante las más altas autoridades del país por miembros de esa honorable cámara.

–Le voy a ser franco, Jürges. –Dejó el puro sobre el cenicero, como si fuera incompatible con la sinceridad, y frunció su carota cetrina, que en vivo tenía menos rasgos de mono que los que destacaban las caricaturas en los diarios de derecha, aunque con la mirada contaminada por aquellos dibujos no había forma de ignorarlos–. Acá necesitamos que las cosas tengan sustento en la realidad.

–¿Y si no lo tienen? –lo confronté con el callejón sin salida de su franqueza.

–Por supuesto que lo tienen –ya había empezado a recular–, se trata solamente de encontrarlo.

–Volvemos a estar de acuerdo, entonces –dije–. Que otros busquen, yo sólo encuentro.

–Eso es precisamente lo que no puede ocurrir en este caso –me frenó otra vez–. Una cosa es un diario de la tarde, y otra, la labor legislativa. Acá no necesitamos sensaciones. Con pequeños indicios ya estaríamos bien.

–Tanto más simple para mí –señalé mi compromiso con la causa, cualquiera fuera su tamaño–. Además, no tiene usted por qué tomar todo lo que le traiga, si de pronto no lo considera apropiado.

–Otra de las cosas que no pueden ocurrir –volvió a ponerme los puntos–. Si lo contrato, es para que me resuelva el problema, no para que me cree uno adicional. ¿Me explico?

Creí oportuno pasar al ataque, o al menos salir de la posición netamente defensiva.

–Más o menos. Por un lado, me dice que no puedo trabajar con libertad. Por el otro, me exige que le traiga resultados.

–No veo la contradicción en esas directivas –dijo, poniendo su mejor cara de inocente, que en nada se distinguía, como en todo político, de la de cualquier convicto confeso.

–Déjeme serle sincero yo a usted, entonces –condescendí a hablar en sus términos, porque lo cierto es que nunca había dejado de ser honesto en mis planteos–. Si me llamó a mí, no es para que viaje a Misiones a ver si hay un vecino que izó la bandera alemana en vez de la argentina y haga la denuncia correspondiente.

–¡Pero tampoco para que me haga viajar a mí! –exclamó, primero serio, enseguida con una sonrisa–. No me recupero de haberme ido a la Patagonia al reverendo pedo, Jürges. Terminé mirando si las ovejas cagaban sus bolitas con forma de esvástica. No me haga pasar esos apuros otra vez, se lo suplico.

Al fin nos entendíamos, aunque ni él podía formular claramente lo que quería, quizá porque lo que quería, y que no existe, es que la realidad nos dé siempre la razón. El problema igual no era ese, sino que le costara tanto admitir que a veces es necesario ayudarla o, más aún, que esa ayuda es parte de la realidad misma, como los anteojos terminan siéndolo de la vista, de tanto llevarlos sobre la nariz, o un diccionario puede ser parte constitutiva de nuestro dominio del idioma. Como fuera, le aseguré a Dickmann que, con tal de perjudicar a los nazis, yo era hasta capaz de refrenar mi capacidad de daño.

Al cigarro le siguió su copita, aunque no llegábamos aún al mediodía, y, más distendido, Dickmann quiso saber de dónde provenía ese odio obsesivo contra Hitler, descontando que no podía ser de tipo ideológico o racial, como en su caso, y le conté que la Gestapo había metido en un campo de concentración a mi esposa y asesinado a mi suegra. Alzó las cejas como quien no cree que el otro pueda creer que él se creería eso y agregué que me habían degradado por exceso de creatividad como propagandista del régimen y más tarde mandado a la cárcel por quedarme con unos cuadernos que yo mismo había descubierto durante un allanamiento y de los que ellos no tenían la menor idea de qué contenían.

–Ojo, yo tampoco, porque parecen estar escritos en hebreo –aclaré, y enseguida algo se aclaró en mí–. ¿Usted domina la lengua?

–Me la enseñaron en la escuela, allí en Entre Ríos, pero no he retenido casi nada.

–Así que usted es uno de los famosos gauchos judíos de las colonias del barón Hirsch.

–El más famoso, después de Gerchunoff –se rio–. Pero dígame, cuándo se termine todo esto, cuando ya no tenga contra quién luchar, ¿qué va a hacer?

La pregunta me dejó de una pieza, según dicen en este idioma, nunca entendí ni me supieron explicar por qué, tal vez porque las personas estamos hechas de varias, al modo de un puzle, y el asombro nos desnuda de las superfluas. Lo sorpresivo, como fuera, era que una persona que sabía de estas cosas reprodujera alegremente el difundido sentimiento entre legos de que Hitler, primero, y la guerra, ahora, eran fenómenos pasajeros de inminente anacronismo. No había día en el que el *Argentinisches Tageblatt* no sacara alguna nota sugiriendo que estábamos a las puertas del fin del nazismo; cualquier indicio de flaqueza, empezando por el hundimiento del Graf Spee, daba pie a la conclusión de que estaba por concluir. Una fantasía que no dejaba de profundizarse desde la época en que se reían de ese payaso que jamás podría acceder al poder, como si la concreción, paso a paso, de todo lo que no se creía posible aumentara la incredulidad, en lugar de moderarla o aun suprimirla. No era mi caso, evidentemente, pero no me di cuenta de hasta qué punto era ajeno a ese optimismo contrafáctico hasta que ese político profesional me lo planteó como un dato de la realidad, quitándole las urgencias del deseo. Ni hoy ni mañana, pero la guerra y Hitler iban a acabar, mientras que yo seguía creyendo en un Tercer Reich de mil años, como me había prometido Hitler cuando aún me tenía bajo su hechizo.

Muerto el perro, no significa que se acabe la rabia –confirmé esa visión, desde una óptica igual de optimista que la del *Argentinisches Tageblatt*, aunque desde un ángulo invertido, claro está, cada uno atiende a sus temores y anhelos.

Con el sueldo de la Honorable Cámara se acabaron, como decía, al menos por un rato, mis tiempos de penurias. Lamentablemente el ofrecimiento llegó apenas después de unos intentos infructuosos por sacarle dinero al barón Von Thermann, que el muy pusilánime remitió al Ministerio de Relaciones Exteriores, como se le queja a la mamá un nene al que su hermano le ha pegado. O amenaza con pegarle si no paga, en este caso, porque haber salido en el diario, ser famoso de pronto, no me cubría los gastos de mi nuevo departamento en la calle Thames (el primero, después de una serie de cuartos de pensión), mucho menos los otros gastos que consideraba necesarios para vivir como quería y hasta tal vez tenía merecido.

La gente presupone que la fama y el dinero van de la mano, cuando lo cierto es que muchas veces se excluyen mutuamente, también viniendo desde el otro lado, o que me expliquen si no por qué a los ricos de verdad siempre les resulta más redituable mantener un perfil bajo. El problema para los que adquirimos fama de la noche a la mañana es que después llega el mediodía y la mesa sigue vacía, o sin un vino decente, digamos, por ni hablar de la cena, de la que en el peor de los casos es la última y nos levantamos a la mañana siguiente tan ignotos como veinticuatro horas atrás. Lo que los ingleses llaman *una maravilla de nueve días* puede durar incluso menos, y aun si se sostiene noventa o novecientos días, al fin acaba. El que no supo capitalizarse puede que se halle en peor posición que antes, por ya haber rifado su reputación, véase si no el caso del pobre Tom Castro.

Ya le había escrito al barón Von Thermann antes del escándalo patagónico, no por dinero en aquel caso, sino con un pedido noble: que me dejara remitir a Alemania, por vía oficial, los restos de mi finada esposa, a fin de que pudiera descansar en la bóveda de su familia. También le pedí garantías por mi seguridad, luego de haberme cruzado en el Palace Quick Lunch de la calle 25 de Mayo (los mejores panqueques de Buenos Aires, e incluyo en la contienda a todas las lecherías de la calle Corrientes) al exoficial de reserva Fritz Kuster, que había estado involucrado en la detención y tortura de mi esposa Catalina. Al verlo salté de mi silla, ya con el cinto en la mano, pero se escapó por la cocina, mientras sus acompañantes me retenían en el comedor. Más tarde supe que se había refugiado en la embajada, para la que había venido a realizar tareas de espionaje, supongo que también sobre mi persona. A cambio entonces de que cesara la persecución y repatriara la urna funeraria, vale decir, a cambio de que garantizara la paz tanto para los vivos como para los muertos, yo le ofrecía al barón suspender mis actividades periodísticas tendientes a perjudicar las actividades comerciales de Alemania. En una palabra, un armisticio en el que yo deponía las armas y Von Thermann podía seguir usando las propias, siempre que no las dirigiera contra mi humanidad. Sin embargo, declinó.

Esto había sido en agosto de 1938, casi un año antes del *affaire* patagónico. En octubre del 1939, tras haberle dado pruebas cabales de mi poder de fuego –consecuencia, como también dejé en claro, de su intransigencia en aquel caso meramente humanitario–, le exigí al embajador un resarcimiento por todos los prejuicios que me había causado su Partido desde 1933. Dejé a su criterio cuánto valía en papel moneda un exilio, varios atentados contra mi vida –uno con arma de fuego, en Chile, del que me defendí con la propia y salí ileso, cosa que no puedo asegurar de mi contendiente; otro con una bomba hecha con una piña rellena de pólvora, que denuncié en los medios, lo mismo que el tercero, cuando me quisieron servir carne envenenada– y una esposa muerta. En caso de responder de la misma manera que la vez anterior –es decir: no responder–, lo amenazaba con encargarme, en mi próximo golpe, de que Argentina fuera el primer país de Sudamérica en romper relaciones con Alemania, dejándole a él la tarea de imaginar las derivaciones catastróficas que eso traería para el abastecimiento de sus soldaditos.

El imbécil de Von Thermann, como decía, remitió esta carta confidencial a las autoridades argentinas, junto a una que yo le había enviado al capitán del Graf Spee, antes de decidirme a visitarlo en persona, y que no sé cómo llegó a sus manos (no quiero pensar mal de los difuntos). Por supuesto que a todo esto yo respondí con una carta a la misma dirección local explicando que mi firma había sido falsificada (por mí mismo, me faltó aclarar, pero ni falta hacía, pues una falsificación no deja de serlo porque la víctima coincida a largo plazo con el victimario). También decía allí que estaba siendo blanco de una campaña difamatoria para hacerme pasar por espía inglés –*El Pampero*, un órgano financiado por el Partido, llegó a publicar un artículo donde se me citaba en el titular declarando precisamente eso, como si además de espía fuera estúpido–, cuando lo cierto es que yo actuaba contra el hitlerismo a cara descubierta, que era seguramente lo que más les dolía. Tanta necedad debía responder al adagio del "mintamos, mintamos, que algo ha de quedar", decía yo en mi misiva, aunque se trata de una frase –y hasta de un concepto de la mentira– que mi superior Goebbels nunca pronunció ni defendió, sólo que se la han puesto tantas veces en su boca que algo de ella ya le quedó pegada, con lo que funciona de prueba práctica de lo que pregona, dificultando cada vez más su refutación. Si se me permite recordar aquel escrito una última vez, decía yo allí: "Nada es más difícil de probar que lo inexistente".

En teoría. Porque en la práctica claro que se puede –yo mismo lo he logrado, o casi– y a raíz de ello fui condenado, en abril del año siguiente (1941) a dos años de prisión *en forma condicional*, el tiempo o modo verbal que uno al fin aprende en estas circunstancias (yo al menos nunca más volví a tener dudas de rección, ni por escrito ni al hablar). Por esa época le llegó al príncipe Stephan zu Schaumburg-Lippe, a la sazón consejero de la embajada, una tarjeta exigiéndole quince mil pesos en billetes de cien y de cincuenta (unos míseros cuatro mil dólares, para que se entienda), que debían ser entregados en el domicilio particular del extorsionador, en sobre sellado. La nota se permitía sugerir de qué cuenta debitar el dinero y a quién atribuirle el gasto, y cerraba con un *Heil Hitler!* seguido de mi (supuesta) firma.

A esta provocación me permití responder felicitando a Von Thermann por los progresos que estaba haciendo en el arte *del bello Hugo* –por Hugo "el bello" Schenk, eximio impostor de la Viena decimonónica, además de uno de sus primeros asesinos seriales–, en especial el que implicaba haber redactado la tarjetita extorsiva en un papel sustraído de mi vivienda, probablemente en el allanamiento policial que me hicieran por el caso patagónico y en el que también me confiscaron por un tiempo mi máquina de escribir. "Le aconsejo por eso –le sugería, generoso– que la próxima vez copie mi firma auténtica, que verá estampada al pie de esta carta, como modelo para seguir mejorando en sus intentonas. También le aconsejo que se apure, porque según mis estimaciones no le queda mucho tiempo a la inmunidad diplomática de la que abusa para acosarme ante las autoridades argentinas con denuncias basadas en documentos fraguados".

Y tal cual. En diciembre de ese mismo año, tras la publicación del primer informe de la Comisión –al que aporté, entre otras cosas, las pruebas de los subterfugios que habían encontrado los cabecillas del Partido para evadir la proscripción de facto, sancionada por el Congreso a raíz de mi novela patagónica, para seguir recaudando por medios extorsivos entre sus coterráneos un dinero que luego utilizaban en labores de propaganda antiargentina–, el barón Edmund von Thermann fue declarado *persona non grata* y tuvo que abandonar el país.

Lo fui a despedir al puerto, por supuesto que desde lejos, una mañana soleada de diciembre, y confieso, también a la distancia, que derramé una que otra lágrima. Es decir: una de alegría, por la victoria lograda, y otra de tristeza, porque se me iba mi mejor adversario, al que en definitiva le debía la motivación para mis mejores piezas literarias. Muy en el fondo sabía que ambos combatíamos a un monstruo que también lo superaba a él, que como buen diplomático hubiera sido leal a un Gobierno de cuño exactamente contrario.

Yo con la esvástica, a la izquierda, y, a la derecha, mi documento con el número de miembro del partido (319 225). Todos hemos sido jóvenes alguna vez y cometido los errores propios de esa edad. Sólo pocos, en cambio, logramos luego subsanarlos con creces, como en mi caso.

SPEZIAL-AUSWEIS

SA.-GRUPPE
Berlin-Brandenburg

Der Spezialausweis für den Nazispitzel Marinus van der Lubbe

El documento especial que me tocó entregarle a Marinus van der Lubbe, el agente nazi encargado de prender fuego al Reichstag, tal como se publicó en el *Argentinisches Tageblatt* del 1 de abril de 1936 (nunca me devolvieron el original).

Abschrift.

DEUTSCHE BOTSCHAFT

Buenos Aires, den 11. Januar 1937

Geheim !

Durch Kurierpost über M.

An das

Kolonialpolitische Amt der Reichsleitung der NSDAP
z.Hd. des Herrn Reichsstatthalters Pg.Ex.Ritter von Epp

Durchschlag für AO.

München
Braunes Haus

Betrifft: A.F.III Arg./36 Gebiete: Pampa, Neuquén, Rio Negro, Chubut, Santa Cruz und Feuerland.
Dortseitige Schreiben vom 25.Juli, 18.September und 5.Dezember 1936
Diesseitige Schreiben vom 9.8, 30.9, und 22.12.1936.

Wie von uns bereits am 9.August 1936 gemeldet und in unseren späteren Zwischenberichten bestätigt, sind hier befehlsgemäss sofort nach Erhalt des dortseitigen Schreibens vom 25.Juli 1936 die Vorarbeiten zur Sammlung aller die betreffenden Gebiete umfassenden Informationen in Angriff genommen worden. Da aber das uns zur Zeit des Befehlseinganges zur Verfügung stehende bezw. erreichbare Material teils veraltet, teils unvollständig war, wurde diesseits bewusst davon Abstand genommen, dasselbe als Quellenmaterial für den angeforderten Bericht zu benutzen. Unter Aufwendung besonderer Mittel mussten eigene Wege beschritten werden, um in den Besitz von Informationen zu gelangen, die nur zum internen Gebrauch der hiesigen zivilen und militärischen Behörden bezw. Industrieunternehmen bestimmt sind und ihrer erheblichen Bedeutung wegen streng geheim gehalten werden.

Um unter Ausnutzung bereits bestehender Verbindungen und vorhandener Sachkenntnis ein möglichst allumfassendes Material neuesten Ursprungs zu erhalten, wurde hinsichtlich der Berichterstattung folgende sachliche Unterteilung vorgenommen:

1) Botschaft (mit Konsulat Kom.Rivadavia) und Landesleitung NSDAP:

a) Erlangung zuverlässigster Angaben über die militärischen Einheiten in den genannten Gebieten und die bereits vorhandenen oder

D523706

- 2 -

oder für die nächste Zukunft geplanten Küstenverteidigungsanlagen.

b) Genaue Feststellungen über die bereits im Abbau befindlichen und durch Sondierungen schon festgestellten, aber noch nicht in Angriff genommenen Ölvorkommen.

c) Feststellungen über Art, Umfang und Abbaufähigkeit natürlicher Mineralvorkommen.

2) Deutsche Handelskammer: Berichterstattung über den Anteil der genannten Gebiete am gesamten Ein- und Ausfuhrhandel Argentiniens unter besonderer Berücksichtigung der Produktion und Ausfuhr von industriellen Rohstoffen (ausgenommen Wolle).

3) Banco Germanico und Banco Aleman Transatlántico:

a) Feststellungen über die in diesen Gebieten investirten ausländischen Kapitalien.

b) Besondere Untersuchungen über Produktion, Absatz und allgemeine Handelstätigkeit derjenigen Unternehmen, die mit englischem und französischem Kapital arbeiten (ausgenommen Wolle).

4) Lahusen y Cia Ltd.: Spezialbericht über die Wollproduktion in Patagonien.

5) A.M. Delfino y Cia:

a) Informationen über See- und Flußschiffahrt, Hafenanlagen, Eisenbahnanlagen, Flughäfen und Verkehrsstraßennetz.

b) Bericht über die klimatischen Verhältnisse in den genannten Gebieten.

6) Deutscher Volksbund und Verein zum Schutz germanischer Einwanderer:

a) Anzahl und rassische Zusammensetzung der Bevölkerung.

b) Zahlenmäßige Feststellung desjenigen Bevölkerungsteils, der die deutsche Sprache spricht, versteht oder aber deutschen Ursprungs ist.

c) Abgrenzung derjenigen Bezirke, in denen der deutschblütige Bevölkerungsteil verhältnismäßig dicht angesiedelt ist.

d)

D523707

-3-

d) Untersuchungen über zukünftige Kolonisierungsmöglichkeiten bei theoretischer Annahme, dass das gesamte Gebiet dem deutschen Lebens- und Wirtschaftsraum angeschlossen wird.

7.) Deutsche Arbeitsfront:

a) Wieviel Deutsche oder Deutschblütige in den betreffenden Gebieten arbeiten in staatlichen und privaten Betrieben. Namhaftmachung derjenigen, die sich in leitender kaufmännischer oder technischer Stellung befinden.

b) Untersuchungen über 1.Arbeitsbedingungen, 2.Allgemeine soziale Verhältnisse (Lebensniveau der ländlichen und industriellen Arbeiterschaft), 3.politische Schichtung, 4.marxistische Gewerkschaften, 5.Presse.-

In der Anlage übersenden wir 6 Generalstabskarten, 4 Pläne von Küstenartillerieanlagen, 1 Album mit Luftphotos, 15 nach Sachgebieten gesonderte Einzelberichte sowie einen zusammenfassenden Bericht, die auf Grund des eingegangenen Materials in Zusammenarbeit Botschaft-Landesleitung angefertigt wurden. Das Material stammt aus folgenden Quellen:

I. Ministerio de Guerra, Estado Mayor General del Ejército und der Dirección General del Instituto Geográfico Militar.

II. Ministerio de Marina, Dirección General de Defensa de Costas.

III. Ministerio de Agricultura, Dirección de Meteorologia, Geofisica y Hidriologia und der Dirección de Minas y Geologia.

IV. Yacemientos Petroliferos Fiscales; Diadema Argentina Soc. An. und der Standard Oil Company.

V. Banco de la Nación Argentina.

VI. Diverse.

Im zusammenfassenden Bericht (Anlage 27) ist bereits die Schlussfolgerung dahingend gezogen worden, dass Land, in dem ein Verhältnis von 1 Einwohner auf 5 qkm besteht, vom natürlichen Standpunkt aus als Niemandsland zu betrachten ist, wenn auch im vorliegenden Falle nach überholten juristischen Anschauungen die Republik Argentinien noch als Besitzerin gilt. Bisher ist aber noch keine argentinische Regierung der dem Besitzrecht gegenüberstehenden

D523708

-4-

gegenüberstehenden natürlichen Verpflichtung nachgekommen, diese Gebiete zu besiedeln und in den gemeinnützigen Dienst der Menschheit zu stellen. Weder die gegenwärtige noch zukünftige Regierungen Argentiniens werden fähig noch willens sein, dieser ihnen obliegenden Verpflichtung nachzukommen, wonach sie nach neuesten Gesichtspunkten keinerlei Berechtigung haben wirklich begründete Besitzrechte an diesen Gebieten xxx geltend zu machen.

Heil Hitler !

von Schubert
Legationsrat

Alfred Müller
stellv.Landesgruppenleiter der NSDAP in Argentinien.

27 Anlagen
Zusatz für AO. Gesamtkosten ℳ 47.884,- belastet auf Konto I/BG.

D523709

Copia facsimilar del documento que prueba (o probaba) los planes de Hitler de invadir la Patagonia.

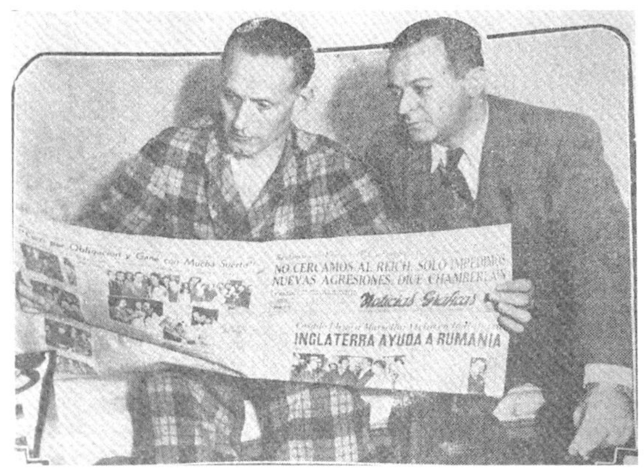

Jurges en su Domicilio ★ Ya en Libertad

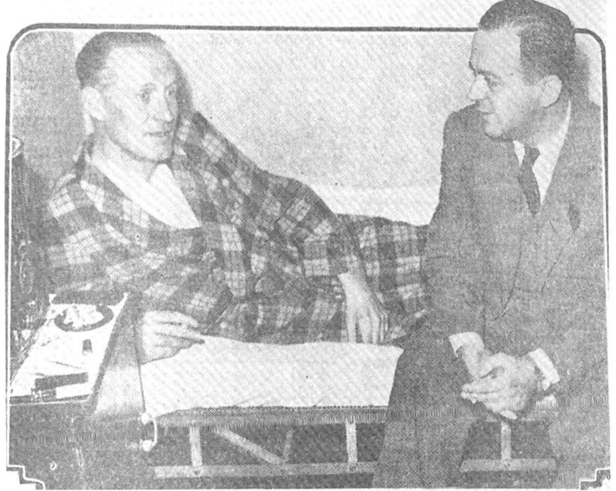

Abril de 1939, en mi domicilio de la calle Thames (o en *Noticias Gráficas*, uno de los "diarios asfálticos", como los llamaba la inteligencia nazi por su supuesta superficialidad), tras haber padecido unos días de encierro en represalia por haber ayudado a difundir la verdad.

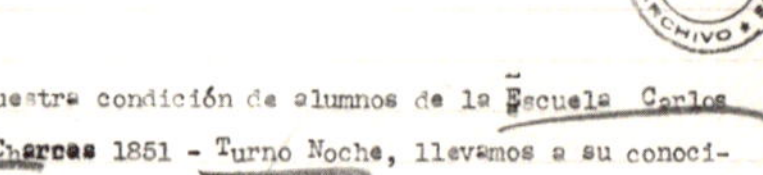

En nuestra condición de alumnos de la Escuela Carlos Pellegrini - Charcas 1851 - Turno Noche, llevamos a su conocimiento y a los demás miembros de esa Comisión las ideas facistas de nuestro Director Dr. Benjamin Harriague.

Su nombramiento data del Gobierno del Gral Justo a pesar de haber sido de los Profesores mas faltadores que tiene la Escuela.Hoy siempre que ello es posible trata de conseguir adiptos entre los alumnos inculcandoles en grupos y en forma privada las ideas totalitarias,tratando muchas veces en forma mas o menos vedada en sus clases.

Cuando por razones de nuestras ocupaciones nos vemos obligados a llegar un poco tarde nos impide la concurrencia a clase en forma por demas intolerable,sin tener en cuenta que que la mayoria de los alumnos de dicho turno son empleados que asisten con devoción a dicha Escuela en procura de una mayor ilustración.Bueno seria que se le vigile de cerca

y se controle sus actividades - pués no sería dificil que sea un verdadero agente nazi facista y que por sus actividades edu... casionales pase hasta ahora desapercibido,su nombramiento y f... arbitraria de proceder con sus alumnos nos obligan a señalarlo esa Comisión.-

Una de las tantas denuncias, tan absurdas como anónimas, que recibió la Comisión Especial Investigadora de Actividades Antiargentinas.

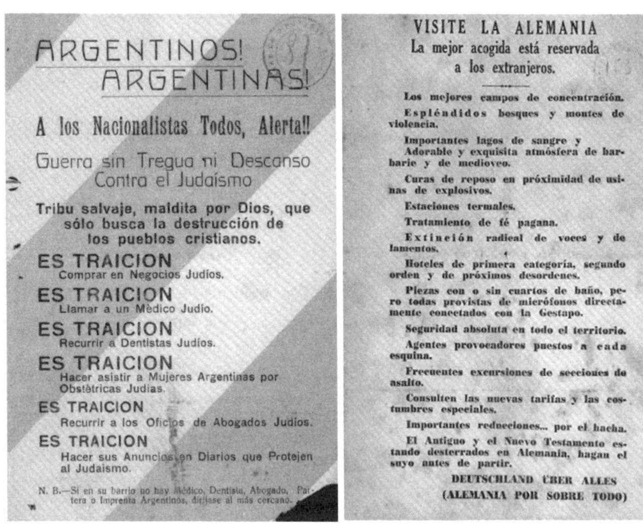

ARGENTINOS!
ARGENTINAS!

A los Nacionalistas Todos, Alerta!!

Guerra sin Tregua ni Descanso
Contra el Judaísmo

Tribu salvaje, maldita por Dios, que sólo busca la destrucción de los pueblos cristianos.

ES TRAICION
Comprar en Negocios Judíos.

ES TRAICION
Llamar a un Médico Judío.

ES TRAICION
Recurrir a Dentistas Judíos.

ES TRAICION
Hacer asistir a Mujeres Argentinas por Obstétricas Judías.

ES TRAICION
Recurrir a los Oficios de Abogados Judíos.

ES TRAICION
Hacer sus Anuncios en Diarios que Protejen al Judaismo.

N. B.—Si en su barrio no hay Médico, Dentista, Abogado, Partera o Imprenta Argentinos, diríjase al más cercano.

VISITE LA ALEMANIA
La mejor acogida está reservada
a los extranjeros.

Los mejores campos de concentración.

Espléndidos bosques y montes de violencia.

Importantes lagos de sangre y
Adorable y exquisita atmósfera de barbarie y de medioveo.

Curas de reposo en próximidad de usinas de explosivos.

Estaciones termales.

Tratamiento de fé pagana.

Extinción radical de voces y de lamentos.

Hoteles de primera categoría, segundo orden y de próximos desordenes.

Piezas con o sin cuartos de baño, pero todas provistas de micrófonos directamente conectados con la Gestapo.

Seguridad absoluta en todo el territorio.

Agentes provocadores puestos a cada esquina.

Frecuentes excursiones de secciones de asalto.

Consulten las nuevas tarifas y las costumbres especiales.

Importantes reducciones... por el hacha.

El Antiguo y el Nuevo Testamento estando desterrados en Alemania, hagan el suyo antes de partir.

DEUTSCHLAND ÜBER ALLES
(ALEMANIA POR SOBRE TODO)

Algunos de mis aportes a los tesoros de la Comisión Especial Investigadora de Actividades Antiargentinas. Como dicen los argentinos: “Una de cal y una de arena”.

Regierung der
Deutschen Demokratischen Republik
Ministerium für Staatssicherheit

GVS
Nicht durch das Sekretariat

000615

Verwaltung Land
Abtlg. (Krsdst.) II
Sachbearbeiter I/Fe.
Tagebuch-Nr.

Berlin, den 29. 11. 1952

An das
Ministerium für Staatssicherheit - der DDR -
der Verwaltung des Landes
— Abteilung XII —

Es wird gebeten festzustellen, was gegen den/die
Name Jürges
Vorname
Geburtstag und -ort
Arbeitsstelle und ausgeübter Beruf
Wohnadresse Bln.-Pankow, Kissingenstr. 40 vorliegt.
Hinweise zur Person:
(auszufüllen bei mangelhafter Angabe der Personalien)

Der Leiter der Verwaltung Land
(Unterschrift)
oder der Abteilung (Krsdst.)
(Unterschrift)

Mi legajo en el Ministerio de Seguridad Interior de la República Democrática Alemana, con las fotografías que entregaron a quienes tenían orden de vigilarme.

11.
LA VERDAD SOBRE *LA MARQUESA DE O.*

–CUIDADO con hablar bien del barón Von Thermann, que quiso evitar por todos los medios el viaje de Damonte Taborda a Estados Unidos, para que no pudiera presentarle el informe a Roosevelt, y después le ordenó a la prensa afín involucrar al diputado en delitos sexuales con menores –me reveló Jonas, días más tarde, cuando le conté mi llanto, mientras festejábamos la expulsión del barón, bebiéndonos un vermú, en el café Alemán de la calle Reconquista.

El vermú es mi hora preferida del día, porque permite beber a lo grande simulando que es apenas una introducción, además de serlo, en el mejor de los casos, y este fue uno de ellos, como se verá enseguida.

–Pobre Edmund, ya estaba desesperado –me reí–. Hasta ese momento, nunca se había metido con la vida privada de las personas.

–Salvo, quizá, en los intentos de extinguirla, o quién cree que organizó los atentados contra su persona –Jonas volvió a defender la culpabilidad de quien yo intentaba inculpar de inocencia.

–Qué lindo ambiente de trabajo debe haber en esa embajada –comenté con igual displicencia, decidido a que no me arruinaran la fiesta, en la que Von Thermann era el invitado principal.

Pero enseguida hubo otros. El primero fue un jovencito que se acercó a saludar a Jonas y al que este, tras presentármelo, invitó a sentarse. No retuve su nombre, sólo que era hijo de un dramaturgo conocido, Georg Kaiser. Conocido por todos menos por mí, porque a los pocos minutos vino a saludarlo otro dramaturgo, de nombre Zech, Paul Zech.

–Alemania los cría y los echa, y el café Alemán vuelve a juntarlos –dijo, para enseguida aclarar que era una variante de un dicho español surgido del título de una obra de teatro, de cuyo autor se mostró abiertamente envidioso precisamente por haber logrado colocar en el habla popular una frase de cuño propio, lo máximo a lo que podía aspirar cualquier escritor que se preciara de producir para el gran público.

Aunque en su caso nadie lo había invitado a sentarse, arrimó una silla y acomodó su inmenso cuerpo sobre ella, pasando sin solución de continuidad a hablar de la puesta en escena de una obra suya, *Tan sólo una mujer judía*, un título cuyo potencial de trascendencia parecía inversamente proporcional al que había dado pie a aquel axioma.

–La dan en un pequeño teatro de la calle Pasteur, teatro ídish, como el que le gustaba a Franz Kafka

–dijo, mirando al jovencito, para ver si el nombre le decía algo.

–Mi padre lo visitó en su lecho de muerte –respondió el hijo, inmutable.

–Yo lo conocí cuando estaba bien vivo, trató de loca a una amante mía porque se puso a gritar en medio de la calle –dijo Zech, primero ofuscado, aunque enseguida, advirtiendo la descripción somera que había hecho del evento, y que ya no había lugar para expandirla, levantó una ceja en señal de tibia complicidad.

–Mi padre lo fue a visitar por pedido de Max Brod, que ahora le está publicando sus escritos inéditos desde Palestina –dijo Kaiser hijo.

–¿Brod, el de *La mujer anhelada*? –intercedí, para no quedar afuera de la contienda de saberes literarios.

–El mismo –me dedicó una sonrisa cómplice, quizá intuyendo que de la película yo no recordaba tanto la cara redonda de Marlene Dietrich como el gabán de cuero negro que usaba su galán, y al galán mismo, aunque no su nombre–. Mi padre lo invitó a exiliarse en Suiza, pero él no quiso. Cuando le sugirió venirse a Argentina conmigo, respondió que prefería algún país donde la gente anduviera vestida.

–Conozco a una pianista de Praga, Anne Hous, no sé si la habrá sentido nombrar – Zech volvió a darse importancia, esta vez con éxito, porque nadie conocía ese nombre–, que, teniendo la posibilidad de irse a lo de una tía en Boston, prefirió Buenos Aires, porque había leído en el *Prager Tageblatt* que acá los inmigrantes eran recibidos de maravillas, sobre todo si se trataba de artistas, como si estuvieran esperando que los extranjeros les cubrieran sus desnudeces en ese ámbito. No supo decirme el nombre del delincuente que publicó eso.

Kaisersohn sumó su testimonio en contra del prejuicio de Max Brod y del cinismo de Paul Zech:

–A mí, efectivamente, me han recibido de maravillas. Estoy negociando la filmación de *Un día de octubre,* con sonido y protagonizada por una muchacha muy talentosa que se llama Mirtha Legrand, la futura Marlene Dietrich de Sudamérica, según me aseguran.

Al ver que la competencia se planteaba desleal, Zech se unió a quien no iba a poder vencer y se puso a hablar de Kaiser padre como si fuera otro hijo suyo, uno desheredado y resentido, pues recordó que años atrás a Kaiser lo habían acusado de ladrón y, en lugar de rechazar la denuncia, el dramaturgo había reivindicado su accionar delictivo.

–Fue así, ¿verdad? –buscó confirmar la maledicencia con el hijo verdadero.

–Salió en todas partes –le restó importancia Kaiser Jr. a la importancia que dejó de darle Kaiser Senior.

El caso efectivamente había mantenido entretenida a la prensa alemana durante meses, nos aseguró Zech a Jonas y a mí, que ni nos habíamos enterado. Un amigo rico le había prestado a Kaiser su mansión para que se instalase con su mujer y sus hijos, entre ellos el presente ("¿Verdad?", lo miró fijo, hasta que el otro confirmó con un golpe de nuca), porque las regalías de sus obras ya no le alcanzaban para solventarse una morada propia. La inflación siguió comiéndole sus ingresos, hasta que en algún momento se le ocurrió empeñar y vender los objetos que decoraban la villa. En el juicio que luego le inició su ahora examigo rico, Kaiser se defendió diciendo que él era un gran artista y, como tal, tenía derecho a apropiarse de lo ajeno si lo consideraba conveniente para el desarrollo de su obra.

–Una sentencia que yo estaría dispuesto a atar en mi brazo y llevar en mi frente como una señal –declaró Zech, eufórico.

–Se refiere a los tefilin que se colocan los judíos en esas partes del cuerpo –aclaró Kaiser, con todas las señales de no aprobar la alusión y hasta de hallarla de mal gusto.

Tampoco se había privado de comparar su destino de judío perseguido con el de Lutero, siguió contando Zech sobre Kaiser, ni de exigir que, en caso de ser condenado, las banderas de Alemania se izaran a media asta. A la opinión pública, que le había criticado haberse gastado el dinero mal habido en ostras y trajes de seda, en vez de limitarse a alimentar a su familia, Kaiser le respondió que el estómago que ha pasado hambre digiere mejor el caviar que el pan y que, si era por estar comparando, el millonario que lo había llevado a juicio ni debería haberse percatado de los faltantes, que en nada mermaban su fortuna, dos ocurrencias que Zech festejó alzando su vaso de cerveza. La sentencia había sido finalmente de un año de cárcel, aunque lo más grave fue que bajaron todas sus obras de cartel. De todo esto hacía ahora más de quince años, entretanto la persecución religiosa se había vuelto un hecho y las producciones de Kaiser habían tenido que buscarse nuevos horizontes donde prosperar.

–Me alegra que con tan buenas perspectivas –cerró su historia Zech con un reconocimiento ambiguo, porque si bien era cine, quedaba en el futuro, mientras que su obra de teatro, por muy menor que fuera, al menos ya se había estrenado.

–El contrato ya tiene firma. –El niño Kaiser dejó en claro que no había nada de lo que alegrarse, si el deseo era más bien que todo quedara en el aire–. El único problema es que me pusieron de guionista a un compositor de letras de tango, de nombre Homero, qué pedantería, ¿no? Homero Manzi.

–En realidad se llama Manzione –acotó Jonas–. Lo cual no deja de ser curioso, porque suena igual de italiano uno que otro.

–Claro, si al menos se hubiera llamado Manzionivsky –hice yo la broma obligada, aunque no sé si ante el público correcto.

–Un tipo untuoso como lo que se pone de a toneladas en el cabello para mantenerlo aplastado –comentó Kaiser.

–¿Y qué problema hay con eso? –quiso saber Zech, que si no usaba gomina debía ser porque sudaba tanto que no le hubiera hecho ningún efecto.

–Con eso, nada, sino con que quiere cambiar demasiadas cosas, empezando por poner de protagonista a un pianista en lugar del subteniente, con lo que se pierde la referencia a Kleist –explicó Kaiser, o más bien abrió la puerta a la explicación, que pasó a desarrollar una vez que terminó de encenderse su cigarro.

En la obra en cuestión, un subteniente era convocado a una estancia luego de que la sobrina del dueño mencionara su nombre al parir un niño del que hasta entonces nadie sabía quién era el padre. El subteniente negaba no sólo ser el padre, sino siquiera conocer a la muchacha, y cuando se barajaba la posibilidad de someterlos a un careo, aparecía el proveedor de carne para extorsionar al tío rico a cambio de no pedir la mano de la sobrina ni hacer público su desliz.

–O sea, ¿que el verdadero padre era el carnicero? –pregunté, exagerando un poco la sorpresa, como un cleptómano que al abandonar un sitio descubre que lleva encima un objeto que no le pertenece.

–Un carnicero violador, qué cosa nunca vista –comentó Zech con un asco infinito, y no por el crimen.

–Un carnicero violado –lo corrigió Kaiser Jr. con regocijo–. Porque en la obra no es él quien fuerza el encuentro íntimo, sino ella.

–La idea ya está en ese cuento de Kafka sobre el fogonero –insistió Zech en enterrar el argumento en la fosa del lugar común–. Ahí una empleada doméstica se monta al joven de la casa y queda embarazada.

–No es un cuento, sino el primer capítulo de la primera novela que publicó Brod después de la muerte de su amigo –rectificó Kaiser, como si eso aplacara la falta de originalidad de la obra de su padre.

–La publicó un editor que también hizo imprimir cosas mías –se jactó Zech.

Kaiser no quiso ponerlo en duda, aunque tampoco parecía darlo por confirmado:

–Como sea, la referencia en *Un día de octubre*, que acá quieren cambiar por *Como tú lo soñaste*, que admito es mejor título, no es esa novela de Kafka, sino naturalmente *La marquesa de O.*

Así como la marquesa de O. quedaba encinta sin saber de quién, en esta obra era ese procreador enigmático el que dejaba encinta a una muchacha de alcurnia sin haberse enterado, de ahí que todo se desdibujara si en lugar del subteniente, de nacionalidad rusa en Kleist, de nacionalidad francesa en Kaiser ("Me parece significativo que los dos apellidos sean con K", comentó el hijo; "Los tres, contando el de Kafka", retrucó Zech); si en vez del militar, ese tanguero engominado de nombre grecolatino elegía poner un artista, quedaba opacado el juego con el famoso guion largo de Kleist, aquel que ocupaba en su relato el lugar donde debía haberse contado la violación.

–En la obra de mi padre, el *Gedankenstrich* se vuelve *Gedankenstreich*. –Kaiser acudió a un elaborado juego de palabras entre "guion mental", como se llama también al guion largo, y "jugarreta mental" o, por jugar también en castellano, "guion guionado".

–De todos modos, se sabe que el verdadero escándalo de la novela de Kleist es que el padre de la criatura es su abuelo, el marqués, como discutí en su momento con Kafka –dijo Zech, fluctuando entre la pedantería de atribuirse la interpretación a sí mismo o de reforzar su vínculo con el autor que parecía sobrevolar toda la charla–. En esa escena incestuosa en la que el padre besa en la boca a la marquesa como si fuera su amante está la clave de toda la historia.

–Precisamente eso, que mi padre habló por su parte con Brod –dijo Kaiser–, es lo que pone en evidencia su obra, al hacer que el subteniente asuma la paternidad de ese hijo que no es suyo.

–No entiendo nada –dije, como para cortar de un tijeretazo los sobreentendidos entre esos dos eruditos que nos habían invadido la velada.

–Es muy simple –Kaiser Jr. se dio vuelta hacia mí, sin la menor inflexión didáctica en la voz–. La fantasía de la muchacha, que creía haberse casado y acostado con el subteniente, se vuelve realidad, gracias a que él confirma que así fue, aunque sea mentira.

Alcé la copa para festejar tanta sensatez:

–Eso sí que lo entiendo.

–Pero al transformar a nuestro subteniente en un artista e inventarle toda una historia que justifique su cambio de posición, este Homero romano –prosiguió el hebreo teutón– sólo consigue que se pierda el verdadero motivo de su accionar, que es explicarle al mundo cómo debe ser leída la obra de Heinrich von Kleist.

–Me supongo que la propuesta de cambio tendrá que ver con que no todos los espectadores argentinos estarían en condiciones de entender la referencia –sugerí, proyectando mi propia ignorancia de la obra mentada.

–Tal vez entiendan instintivamente que hay dos padres en simultáneo, el subteniente violador y el marqués depravado –propuso Zech.

–Justamente esa posibilidad se resuelve en la obra cuando el subteniente mata al verdadero padre –no cedió Kaiser, que mal no le iba a venir hacer lo mismo con el suyo, simbólicamente, se sobreentiende, si algún día creía conveniente dejar de ser su mera sombra.

–Freud para principiantes –atacó Zech por ese flanco–. Además, me parece polémico hacer morir a un carnicero en el país de la carne. Asesinar a un cura sería menos pecaminoso.

–La genialidad de mi padre radica en haber puesto al carnicero en el papel del hombre irresistible, como si ya intuyera que su obra, escrita hace tantos años, iba a ser filmada aquí –elogió Kaiser a Kaiser–. Claro que tiene su explicación, y es que mi padre ya había recalado en Argentina a principios de siglo, cuando salió a recorrer el mundo como fogonero, justamente. Se pescó malaria, y al volver se pasó ocho años en cama, por eso no quiere saber nada más con este país. Afortunadamente, yo no heredé sus miedos.

–Me parece increíble que no exista una forma fehaciente de saber quién es el padre de una criatura –comentó Zech, masticando su cigarro apagado, con el que entretenía los labios como los compadritos con sus escarbadientes.

–A la vez, si existiera un método como el que usted pide, quedarían obsoletas las intrigas de la mitad de las obras de la literatura universal –reflexionó Kaiser, seguro que adjudicándole a la de su padre un gran espacio conceptual dentro de aquella porción.

–No sé, pensábamos lo mismo con las huellas dactilares, y la literatura policial no deja de expandirse –dije yo.

–Quizá la naturaleza nos quiere indicar que en el fondo carece de importancia –dijo Jonas.

–¿Es importante quién tocó un picaporte, pero no quién dejó embarazada a una mujer?

La mesa se partió en dos, porque Kaiser perdió la paciencia y se puso a discutir con Jonas lo que había venido a decirle en un principio, y a Zech le tocó entenderse conmigo, aunque lo que le interesaba a toda costa era entrar en la órbita de Kaiser. Según me dijo sin vueltas ni bien le indiqué que podía pedirse lo que quisiera, yo pagaba (que fuera el invitado de piedra no quitaba que siguiera siendo mi fiesta), sus colegas ya lo habían abandonado en Alemania y ni hablar desde que se mudara a Argentina. Aquí se había exiliado años antes un hermano suyo, al que la mujer había abandonado para irse con un indio a Montevideo y que ahora se había casado con una polaca, o más bien la había rescatado de la mala vida, como se la llamaba en el idioma de ese país a la que llevaban las muchachas que trabajaban de mejorársela a los hombres.

Gracias a esta judía de la Galicia de los Cárpatos, Zech había tenido llegada a la colectividad, no a la parte alemana, que en poco se distinguía de la no judía ("No quiero decir que sean nazis, pero prefieren hacer la vista gorda ante una esvástica que ser confundidos con un hermano oriental"), sino a la parte sefardí, nucleada en el único barrio de la ciudad que en lugar de nombre usaba un número, Once, indicando que allí tenían menos valor las palabras que las cifras. Al igual que el autor checo del que venían hablando toda la tarde, Zech se sentía unido a esta gente extraña como a nadie en el mundo, decía entenderlos a pesar de no hablar mucho el ídish y percibía que ellos lo entendían a él, por más que de Alemania sólo sabían que era un país donde no había lugar para los de su raza.

–Quieren a toda costa que sea uno de ellos. –Levantó muy alto las cejas, con genuino asombro de que existiera gente que lo creyera más importante de lo que ya se creía él mismo–. Supongo que tendrá que ver con que en mí se nota, muy a las claras, la misma cualidad inquieta y fugitiva que hay en ellos. Ya no estamos de aquel lado, pero tampoco hemos llegado aún a este. En tanto personas profundamente derrotadas, los sefardíes son mis iguales.

Me caía bien, este Paul Zech, y decidí quedarme con él cuando los otros se levantaron, cada cual alegando diferentes compromisos. A él le caía bien que yo invitara, y parecía tener tan pocas ganas como yo de volver a su casa, sea lo que fuera que llamara con ese nombre. Los expatriados sólo tenemos un lugar al que regresar, y cuando ese lugar está prohibido, da un poco lo mismo dónde pasemos las noches, si la llegada del día nos va a encontrar tan lejos del hogar como al momento de despedirlo.

Una vez solos, nos presentamos como correspondía a dos hombres de nuestra edad; es decir, empezando por nuestra participación en la guerra, de la que resultó que también Zech había salido herido, aunque no en su capacidad amatoria, como sí amenazaba con hacerlo ahora el volumen descomunal de su abdomen y sus dificultades para respirar, que combatía fumando un cigarro tras otro. Había tenido dos hijos con una mujer que no era la que ahora llamaba su esposa, aunque tampoco él se había acordado de cortar su compromiso con la anterior.

–Acá facilitan el olvido: ni existe el divorcio –dije.

–Es lo que pienso de este país –respondió Zech–. Parece atrasado, pero es el futuro. ¿Caminamos un poco?

12.
UNA AMISTAD VERDADERA

Salimos al calor tropical de la noche, rumbo a la Plaza de Mayo, bajo un cielo cargado de tormenta, aunque aún sin ruidos o luces que la anunciaran, sólo los nubarrones grises escondidos en su horizonte vertical, como espías que le allanan el territorio al ejército por venir. La imagen no era mía sino de Zech, basado en las circunstancias de nuestro encuentro, sobre lo que a su vez reflexionó que, cuando la mente deja de comparar lo que hacemos con lo que hace la naturaleza para pasar a explicar la naturaleza según acciones de nuestra vida cotidiana, el mundo está patas para arriba.

–Durante la guerra, que por lo visto ahora vamos a tener que llamar primera, me pasaba también de ver las paredes quebradizas de nuestras trincheras como el ruedo de un pantalón que todo el tiempo se cae –contó, mirándose los dobladillos, o haciendo como que se los miraba, porque se lo impedía la panza, que en el intento de esconderla dentro de los pantalones estos no le llegaban más que hasta mitad de las pantorrillas.

Quizá advirtiendo mi sostenida sorpresa ante su figura –yo nunca he podido acumular grasas por más que las ingiriese en cantidad, a mi cuerpo puede ingresar un kilo de carne que después no se ve reflejado en la balanza, igual que esos gordos en quienes se multiplica mágicamente lo poco que a veces comen, cosa que podía descartarse en el caso de mi incipiente amigo– me contó que de joven había estudiado para panadero y se había especializado en la creación de confites, que más tarde había seguido fabricando para consumo personal, sobre todo mientras escribía. Cuantos más dulces consumía, más amargos le salían los versos, explicó; por eso sólo se abstenía de su vicio cuando quería escribir cosas insulsas, o le alcanzaba con la sal de la indignación, como en los casos de sus críticas teatrales o las cartas a sus detractores.

–Hay algo en esa ansiedad alimenticia que tiene que ver con que no terminé mis estudios y, por lo tanto, me siento indigno de la tarea de escritor –me confesó–. Más tarde me hacía llamar *doctor*, me inflé el título como me inflé el abdomen, y eso terminó arruinándome la salud también laboral.

Al parecer, había estado a punto de ser nombrado vicedirector de la Biblioteca Pública de Berlín, en la que hasta entonces había tenido un puesto subalterno, de no haber sido por las sospechas que despertó ese título en su hoja de vida, aun cuando lo detentaba en su variante más dudosa, aplicado a las humanidades, y lo había aliviado a *honoris causa*, que era como haberse presentado como domador de leones, ya castrados, y después aclarar que en realidad eran de peluche. Por las dudas, había atribuido el honramiento a una universidad norteamericana, descontando que nadie se tomaría el trabajo de confirmar su procedencia y que, aún si se lo tomaban, aquel país era lo suficientemente grande como para que pasaran años antes de que registraran cada rincón.

–Nada es más difícil de refutar que lo que no existe –me parafraseé, o me cité, en el sentido que también quería saber interpretada aquella frase mía al ministro del interior.

–El problema es la facilidad con que uno puede ponerse un título; ni bien ha construido un verosímil para ello publicando algunos libros, basta con adornarse la tarjeta de presentación –dijo el doctor honoris causa (*et ignominiae consequentia*)–. En mi caso, llegué al extremo de desarrollar en paralelo, igual de públicamente y sin que nadie notara la contradicción, la carrera de un Zech proletario que tuvo que dejar sus estudios para ir a trabajar a las minas carboníferas. También esa experiencia tuve que agrandarla un poco, doctorarla, por así decirlo, para que mis libros al respecto resultaran más creíbles. Unos necesitaban la autoridad que dan los claustros, los otros la que presta la llamada universidad de la calle, en este caso subterránea. Son dos formas del mismo esnobismo, basadas en el miedo que sienten los lectores frente a la imaginación.

–No hay nada peor que los lectores –dije, como si yo también trabajara para ellos.

–Hay algo peor, créame, y es dejar de tenerlos –reflexionó Zech.

Habíamos llegado a una de las pocas pulperías que quedaban aún en la ciudad, entre las calles Independencia y Estados Unidos, que curiosamente corrían paralelas, y Zech propuso recuperar fuerzas echándonos unas cañas al gaznate. Cosa que también hicimos, acodados en el mostrador y en silencio, por respeto al que guardaban, interrumpido por breves palabras que sonaban como latigazos, los cuatro compadritos que, sin haberse sacado los sombreros de la cabeza ni, supongo, los facones de la cintura, jugaban al truco en la única mesa ocupada del establecimiento.

Al principio de mi estadía en el país me habían insinuado que se llamaba así, el juego, porque en él la mentira valía tanto como la verdad, pero yo había comprobado, al jugarlo, que en realidad nunca se mentía, a lo sumo se alardeaba de tener cartas mejores que las que a uno le habían tocado en suerte, como en el póker, con el fin de amedrentar al adversario. Esa verdadera ostentación (con buenas cartas cualquiera *se hace el canchero*, como llaman los argentinos a los fanfarrones, claro que irónicamente, pues los encargados de mantener en forma los campos de deportes no les llegaban ni a los botines a quienes tenían el privilegio de correr tras la pelota) sólo triunfaba por omisión, cuando el desafiado se acobardaba y las cartas se perdían en el mazo sin que nunca se supiera si hubieran estado o no a la altura de las amenazas proferidas por su dueño. Pero si el desafío era aceptado, lo que triunfaba finalmente era siempre la verdad.

–El único verdadero truco sería doblar la apuesta frente a una carta que yace sobre la mesa, como si pudiéramos ganarle con facilidad, e irse al mazo cuando el otro acepta el desafío, aun cuando efectivamente teníamos una carta más alta y hubiéramos ganado la mano –dijo Zech, cuando comentamos el asunto al salir de la bodega–. Jugar a perder un par de veces hasta que el otro piense que siempre mentimos y, cuando lo que esté en juego sea la partida entera, caerle encima con todo el peso de una carta imbatible.

En la mano derecha llevaba una damajuana de cinco litros, ya destapada y vuelta a tapar a medias, que yo le había comprado después de que la señalara en la estantería diciendo, por lo bajo, aunque la germanidad se nos debía notar hasta en el peinado, que nunca había bebido de esos bidones grotescos, pantagruélicos, pensados para acompañar los trozos de carne que se servían preferentemente en platos de madera porque, suponía él, los de losa corrían serio riesgo de partirse bajo su peso. Como dos chicos con un juguete nuevo, o con un tercero que juegan a secuestrar, apuramos el paso por las calles aún con gente, aunque ya no tantos coches y, por lo tanto, menos bulliciosas, más íntimas, como pasajes internos de una ciudad semihundida en la tierra. Recién nos detuvimos en el Parque Lezama, al que Zech usaba de jardín botánico desde que se había mudado del Once a San Telmo; al parecer había sido diseñado por el mismo arquitecto; yo nunca había ido ni al original, a pesar de tenerlo a dos pasos de mi casa.

–El que ama los libros también ama los árboles –declaró frente a un jacarandá, que yo no habría reconocido ni si hubiera estado en flor–. Escribí un libro sobre árboles de la zona, pero no le interesó a nadie.

–A mí me interesaría –dije, ya algo tomado, evidentemente–. Para mí los árboles no son más que cosas que dan sombra en los días de calor.

–O frutos al hambriento –agregó.

–Frutos que no ha de comer, a veces, porque terminan costándole el paraíso –dije, con un resentimiento extraño, vegetal.

Nos sentamos sobre un banco de piedra junto a un ombú, a falta de palos borrachos, como bromeó, explicándome que eran esos árboles de troncos gordos y lleno de espinas, como él, volvió a bromear, porque si uno se acercaba mucho, pinchaba. Parecía ser *habitué* de ese rincón del parque, o haberlo tenido en vista para un bacanal como el que ahora prosiguió destapando el botellón con los dientes, mientras yo sostenía los vasos de vidrio que el pulpero nos había dado en préstamo, aunque tengo para mí que incluyéndolos en el precio de la damajuana, porque descontaba que nunca recuperaría ninguno de los tres envases.

–Es tal cual lo plantea, mi amor por los libros me costó la expulsión de mi país natal, aunque ya era todo menos un paraíso. –Me invitó a alzar los vasos cuando estuvieron ambos llenos y la garrafa firmemente custodiada entre los dos cuerpos como un botín de guerra a ser repartido poco a poco a lo largo de la noche, lo cual casi no es una comparación, esa bota de vidrio era casi todo lo que efectivamente podíamos rescatarle de bueno esa noche a la guerra.

Durante años, siguió contando Zech, en parte a mí, en parte al cielo nocturno, ahora sí que iluminado de cuando en cuando por algún fogonazo, había abusado de su puesto en la Biblioteca de Berlín, donde lo habían contratado para catalogar las colecciones que la institución compraba a privados. Desde un principio, sus actividades habían estado condicionadas por su amor a los libros antiguos, un amor que a su vez había entrado en conflicto con sus estrecheces económicas. El total de volúmenes que había desaparecido, primero de la biblioteca pública y después de la suya rumbo otra vez a una privada, había ascendido con los años a unos dos mil quinientos, un número asombroso incluso para su traficante, que seguía sin entender cómo la sustracción de uno que otro librito, un día sí y el siguiente no, podía sumar con el tiempo una cifra inconcebible para ser transportada en un portafolios o incluso varios. El problema había sido, más allá de la relación algo demasiado posesiva de Zech con la literatura, la renovada facilidad para salirse con la suya, como ya le había ocurrido con el título de doctor. En este caso, bastaba con despegarle el *ex libris* al volumen de gran valor y pegarle en su lugar el de otro cualquiera para ya poder sustraerlo sin despertar mayores sospechas.

Defendí la habilidad que esconde todo hurto y que rara vez es justipreciada, o sólo lo es por la justicia y entonces su precio es la cárcel:

–Pero para eso hay que saber primero qué libro tiene valor y cuál puede reemplazarlo sin que desentone demasiado.

–Y despegar un *ex libris* sin que queden marcas tampoco es tan sencillo –se entusiasmó Zech con la oportunidad de poner en valor su quehacer delictivo, más allá del bien y del mal–. Por ni mencionar borrarle las señales a un libro que ya ha sido catalogado. Hay que saber tanto de encuadernación como de química.

Recordé su pedido de unas huellas dactilares para saber fehacientemente quién es el padre de una criatura y me pregunté en voz alta si los ladrones no son en el fondo los primeros en reclamar un sistema que dificulte o impida sus fechorías, los únicos sujetos morales en un mundo de inútiles y cobardes que sólo se abstienen de cometerlas por falta de destreza y miedo al castigo.

–Yo también trabajé en un archivo y he sabido llevarme cosas a mi casa –agregué, para que no se tomara a mal mis palabras, a nadie le gusta que lo acusen ni de cosas que en el fondo quizá hablen bien de él–. Y estoy seguro de que en su caso, tanto como en el mío, ese material está en mejores manos que si hubiera quedado donde estaba antes.

Amplió su declaración, como si enfrente estuviese sentado un notario:

–De eso no tengo dudas, ni de que jamás me habrían descubierto si los nazis no hubieran subido al poder. Fueron ellos los que se percataron de que se había pagado demasiado por una biblioteca privada y acusaron al que era mi jefe de haberla sobrevalorado con el explícito fin de quedarse con un retorno. Entonces mi jefe, revisando el catálogo, se dio cuenta de los faltantes y se abocó a probar mi culpa, a fin de salvar su pellejo.

El problema de fondo había sido, con todo, que se trataba de la biblioteca de un judío, por eso le habían puesto el ojo las nuevas autoridades, que ni como donación gratuita la hubieran aceptado entre las adquisiciones de la biblioteca. Zech no salía de su asombro de cómo una cadena de injusticias, primero contra el dueño de la biblioteca, después contra su jefe, hubiera terminado azotando al único que no había hecho nada demasiado malo, como demostraba el hecho de que hasta entonces nadie se había dado cuenta, o que incluso había hecho algo muy bueno, como había sugerido yo, porque, si él dejaba los ejemplares más costosos en la biblioteca, ahora serían ceniza.

–Me siento como esos arqueólogos que han salvado mundos remotos, trayéndolos a la civilización, y ahora deben soportar que los traten de cacos –declaró con la voz tomada, en varios sentidos.

Por reciprocidad con la confianza que me estaba demostrando ese hombre en el fondo desconocido, o por connivencia con esa garrafa, de la que se podía beber sin pruritos porque parecía que no se vaciaría nunca, le hablé a Zech sobre los cuadernos en hebreo, lo que equivale a decir que lo puse en autos sobre mi trabajo para sus persecutores, aunque aclarando que también habían terminado persiguiéndome a mí y que en ese sentido ambos éramos sus víctimas. Sin prestarle atención aparente a este detalle, se puso a especular sobre quién podía ser el autor de esos papeles que estaban bajo mi resguardo y, basado sobre todo en el dato de que los había reclamado una persona de la embajada checa, o porque ese era el nombre que había resonado la noche entera, concluyó que debían pertenecer a Franz Kafka.

–Habría que traducirlo –dijo, con la sobriedad de quien no olvida su misión en la tierra ni cuando busca anegarla en alcohol.

–¿Usted sabe hebreo? –pregunté, no sin sorpresa, porque había creído entender que a su obra en ídish se la habían traducido.

–Tampoco sé castellano, y sin embargo traduje una novela ecuatoriana que se llama *Huasipungo*.

Saber el idioma original era lo menos importante a la hora de traducir, me advirtió a continuación. Hasta podía ser un impedimento, debido a que el lector no lo sabía ("Y si lo sabe, pues que se ponga a traducir él"), y por eso si uno lo seguía a pie juntillas sólo provocaba tropiezos en la lectura. Leer un libro era como hacer un viaje, en este caso a un sitio exótico, al que el lector difícilmente iría, por lo que había que acercarle esa experiencia con las herramientas de lo que teníamos en común con él, como para que sintiera lo que sentía el viajero. Algunos preferían llamarlo "versión libre" o "reversión", pero a Zech le disgustaban esos circunloquios, por condescendientes y por servirles en bandeja el título oficial de traductores a los literalistas, que se restringían a pasar un texto por el tamiz de un diccionario. El verdadero traductor –siempre según Zech, aunque suscribo sus palabras al ciento por ciento y sólo me abstengo de hacerlas mías *sotto voce* porque entre gauchos no nos vamos a pisar el poncho, o como impostores no nos vamos a cobrar impuestos, si se me permite una traducción bastante libre de aquella máxima argentina– era como el buscador de oro, todo lo de valor que encontraba era precisamente lo que no pasaba por ese cedazo.

–Y después está la cuestión política –dijo, y entonces lo vi: tenía la cara de Winston Churchill–. A veces la tarea del traductor radica en traducir lo que el autor debería haber dicho, lo que el mundo estaba esperando de él.

Era lo que había hecho él, sin ir más lejos, con Emil Verhaeren, el poeta belga, del que dijo descontar que yo lo habría sentido nombrar, seguro que descontando lo contrario. Zech había traducido algunos poemas de él y aprovechado su muerte para publicar en un periódico alemán una carta suya en la que deponía sus sentimientos contra nuestro país y se declaraba pacifista. Había sido en medio de la guerra, cuando el mundo necesitaba un gesto del lado enemigo.

–Pero la carta nunca existió –dije yo, en tono casi acusatorio, con esa ingenuidad que a veces mostramos los profesionales de alguna disciplina cuando nos topamos con su producto desde el otro lado del mostrador.

–Yo prefiero decir que Emil se olvidó de mandármela –dijo Zech, repitiendo mi sentir al respecto, a fin de cuentas qué es un dato agregado a la realidad más que algo que la realidad se ha olvidado de hacer explícito, o que expresa precisamente a través de quien se lo recuerda, como si también ella tuviera su inconsciente, y nosotros, los falsarios, fuéramos sus terapeutas.

–Pero ¿se conocían? –insistí, sin embargo, no por desconfiar, sino por saber qué grado de sofisticación había implementado.

–Murió antes de que el destino así lo permitiera –volvió a formularlo de la manera en que hay que hacerlo para que se entienda que uno nunca actúa solo en un asunto, ni siquiera cuando es el único que lo conoce–. Para ese entonces yo ya había usado el nombre de Léon Deubel, de quien descuento que no lo conoce, para publicar como traducciones del francés versos eróticos que en realidad eran míos. Pero la repercusión que tuvo la carta de Verhaeren me asustó. Nunca más volví a meterme en política.

A mí esa repercusión había sido lo que me alejó de aplicar mi talento a cuestiones meramente literarias, dije a mi vez, o más bien pensé en voz alta, no sin cierta melancolía, quizá la misma que emanaba de la declaración de Zech, ahora que se había convertido en un mero literato, tras perder la oportunidad de quizá llegar a canciller, como si cada cual hubiera tomado un rumbo diferente en la bifurcación de una sola vida.

–Son pecados de juventud –dijo mi otro yo.

–Que seguramente siguió cometiendo de grande –añadí, como si realmente hablara conmigo mismo.

–Es la idea de calificarlos con ese nombre, ¿verdad? –torció la boca–. Por un lado, disculpa haberlos cometido en su momento, y por el otro, insinúa que no mucho ha cambiado desde entonces.

Pasó un marinero inevitablemente nórdico, del brazo de una chica que podría haber sido su hija, al menos por edad, aunque también un poco por aspecto, y que se balanceaba sobre zapatos de tacos dos a tres talles más grandes de lo que calzaba, seguramente pertenecientes a una compañera que ese día estaba de franco, si es que alguna podía darse ese lujo, o heredados de su madre, ya retirada, si es que alguna podía darse ese lujo antes de fallecer, tras haberle hecho de esposa, entre otros, a este padre del norte, que acaso no era tan postizo entonces, quién hubiera podía saberlo con seguridad hasta que no se descubriera cómo leer las huellas dactilares del dedo sin uña.

Los seguían, a pocos pasos, y pese a la hora ya avanzada, una pareja de personas demasiado mayores y elegantes para la zona, él incluso con galera y bastón, a los que un mendigo que surgió de la nada les pidió una moneda y, al recibirla, una más, aunque esa ya no la movió la caridad sino el miedo, me temo, para enseguida sumergirse otra vez, el mendigo, en un tramo de parque no alcanzado por la luz de los faroles.

Buenos Aires. Ciudad de luces y sombras. O sombras y luces. O sombras, nada más.

Por entre el murmullo de las hojas subía desde la calle, de cuando en cuando, el quejido del adoquinado ya dormido bajo las llantas de un vehículo o las ruedas de un carro insomne, tan distinto en su textura al tumulto diurno que reverberaba de una fachada a la de enfrente en las calles céntricas, donde prácticamente no había por dónde circular de manera segura a pie;

estos eran ruidos puntuales, desmenuzados, como instrumentos que se han quedado sin orquesta.

Había olor a puerto y también a pasto quemado, agua dulce, alquitrán, todo en rápida sucesión, porque el aire no paraba de moverse, violento y cálido a la vez, entre la cachetada y la caricia.

Por entre el pasto, algo elevado de una de las lomas del parque asomó y avanzó la cola erguida de un gato como la nariz de un submarino. Apoltronadas en sus ramas las palomas la miraron con un recelo adormilado, muelle.

Zech inclinó apenas sus gruesas ancas para soltar un pedo largo y sonoro, por el cual no se disculpó. Pero yo tampoco me había disculpado por el eructo que acababa de escapárseme y que vendrían a ser lo mismo por el otro extremo.

–Mi mejor poema lo ha escrito François Villon –dijo, con la modestia de quien dona sin decir su nombre, aunque enseguida adoptó su voz más pedante para recitar–. *Tu boca de fresa me vuelve loco. / Tengo de gritar los pulmones rotos / por el blanco cuerpo de tu ser, mujer.*

–Potente –dije, bastante conmovido.

–¿Oyó hablar de Thomas Chatterton? –Me miró, emocionado por sus propios versos–. Un poeta inglés del siglo XVIII que se hizo famoso haciendo pasar sus versos por los de un monje del siglo XV. El siglo de François Villon, ¿me explico?

Chatterton había sido un autodidacta, como Zech, y había puesto fin a su vida a los diecisiete años por mano propia, como también había intentado él ya varias veces, sin éxito hasta el momento, como se podía ver, o no, porque literariamente se consideraba un muerto en vida. Él, que había ganado el Premio Kleist (con Heinrich Mann como jurado) y cuyas obras se habían puesto en los mejores escenarios de Alemania, ahora tenía que mendigar becas en Estados Unidos para escritores exiliados en apuros si no quería morir de hambre en ese país caído del mapa. Por eso no se arrepentía de haber hurtado libros ni de haber malversado, antes, los fondos de un servicio de propaganda para la creación de una República Socialista, al que sirvió con toda su creatividad por el bien del país después de la Gran Guerra ("Si todavía se la puede llamar con su apellido de soltera") y del que se sirvió, a su vez, junto a las ganancias de los incunables, para comprarse a crédito una casa con acceso a un lago en las inmediaciones de Berlín. No se arrepentía de nada de eso, sino más bien de lo contrario, es decir, de no haberse quedado con más para ahora no hallarse sin nada.

–Tenía razón Kaiser en haber estafado a ese amigo que le prestó la casa, los artistas debemos asegurarnos nuestro modo de subsistencia a como dé lugar –dijo, y alzó el vaso, como brindando con el colega *in absentia*–. Y lo mismo con nuestros medios de trascendencia. Si debemos vestirnos con las ropas de otros para que nos presten atención, pues nos las ponemos sin problema alguno. O quién va a acusar de falsario a Chatterton otra vez, ya no es falso lo que se confunde con los otros fantasmas.

El plagio era parte de esa cruzada, me siguió explicando, no como si estuviera ante un confesor, entendí de pronto, o un psicoanalista, o un juez, sino como si yo fuera un ángel que lo escucha en el cielo, al que ha ido a parar por acumulación de suicidios fracasados, o, más verosímil, como si estuviéramos en la décima fosa del octavo círculo del infierno, la que Dante les reservó a los falsarios, una estación antes del círculo último, el de la traición. Mil veces lo habían acusado de plagio literatos mucho menos conocidos que él, sencillamente porque no entendían que él publicaba como propios textos ajenos no por falta de ideas o talento, "como lo tengo demostrado con muchos libros libres de esas libertades", sino con el explícito fin de renovarlos y multiplicarlos, como una abeja que liba de diferentes flores para que todas tengan la dulce dicha de verse convertidas en miel.

–No es que siempre lo haya sabido –aclaró–. Es una conclusión a la que llegué recién aquí, cuando me descubrí tomando de libros de viaje el material para mis propios libros de viaje, incluidos algunos que efectivamente he realizado. Creo que soy un cleptómano literario, como en el fondo lo son todos los escritores, sólo que la mayoría se ocupa de disimularlo antes, y yo, después.

Uno de sus métodos preferidos en ese sentido, atento a la máxima de que la mejor manera de defenderse es atacar, consistía en crearles antepasados propios a sus textos, de modo de poder acusar a sus acusadores de ser ellos los ladrones. O bien alegaba que la publicación denunciada en realidad era una reedición de algo que ya había salido a la luz antes del que ahora se presentaba como original o, cuando estaba inspirado, directamente fabricaba *ex post* aquella publicación, antedatándola. Fue el caso de su novela *Alemania, tu pareja de baile es la muerte*, que tomaba su título de una canción sobre Berlín que conocía hasta yo. Antes de que se lo recordara su autor, o el público en general, Zech se había tomado el trabajo de componer una balada que contenía esa frase en uno de sus versos, la fechó el año previo al de aquella melodía y agregó una copia al ejemplar personal de uno de sus primeros libros publicados.

–Por ahora ni pude publicarla –dijo, decepcionado–. A veces pienso que copio para ser descubierto y justificarme, como si la verdadera literatura ocurriera en ese momento de inventarle un pasado al texto, de crearle una biografía. ¿Quieren un original? Pues aquí lo tienen, imbéciles. Y así hasta que se den cuenta de la verdad: en todo este asunto, el original soy siempre yo.

Por supuesto que también le había pasado al revés, me siguió contando, tras una nueva pausa para beber, si es que a esta altura las pausas no eran las de hablar. En un matutino de hacía ya quince años ("Todos los éxitos que tengo para contar son de aquella época, mi inexistencia literaria ya está en edad de festejar su entrada a la adultez"), se había publicado un artículo sobre poetas de manicomio, entre los que destacaban los versos de un cerrajero de una de esas ciudades perdidas del Este que habían cambiado de país por segunda o tercera vez en lo que iba del siglo. La publicación había llegado a Karl Kraus, el célebre crítico literario vienés (del que descontaba que yo había oído hablar, insistió en hacerle precio a mi erudición), que no demoró en declarar al cerrajero como la llave de la nueva poesía alemana, cuando no el ojo de cerradura por el que se podía ver, completa, la historia lírica de la nación. Algún memorioso notó, sin embargo, que el poema correspondía en realidad a Paul Verlaine ("De quien descuento...", "Si sigue con esa generosidad, al final terminará pagando de su bolsillo por todo lo que yo no sé"), aunque en la traducción alemana de Zech, que tenía una relación más bien laxa con su original.

–Todos le cayeron a Kraus, a quien ya se la tenían jurada, por haber confundido a un cerrajero esquizofrénico con Verlaine, o en realidad conmigo –dijo–. ¿Y qué hizo Kraus? No se dejó amedrentar por esa horda de resentidos y volvió a declarar que el autor de esos versos representaba lo más raro que existía en este mundo: un alma lírica. Así como a veces el poeta no sabe que plagió a otros, a veces tampoco sabe que es el verdadero autor de algo que presenta como mera traducción. Eso dijo Kraus, y yo lo aplaudo.

Las confesiones de un falsario se reconocen en que siempre terminan tomando forma de panegíricos, así como las alabanzas que ensayan de sí mismas las personas llamadas *de bien* acaban tarde o temprano en confidencias más o menos delictivas. Por supuesto que no le creía a ese gordinflón desarrapado todas estas cosas que me contaba, pero era precisamente eso lo que, en lugar de generarme desconfianza, me afianzaba en la admiración que sentí por él desde un principio. En su mitomanía, aún si no hubiera tenido sus éxitos rutilantes –en algún momento que ahora no logro hilvanar dentro de una conversación razonada, probablemente porque no lo fue, me dijo que había publicado la primera biografía de Rainer Maria Rilke, en la que había incluido cartas dirigidas a él que nunca le habían llegado y que luego le copiaron otros biógrafos–, había algo que reivindicaba nuestro oficio al punto de hacerlo parecer digno de un trato al menos igualitario respecto a los que involucran cierta creatividad. Oír a ese apóstol de los impostores daba ganas de fundar un sindicato que se ocupara de defender los derechos de quienes ponemos en riesgo nuestra honra y nuestra vida sencillamente por no ser dueños de nuestros medios de producción, si se le permite a un anticomunista hurtarle a Marx sus conceptos (y si no, también). Porque lo que estaba en juego no era la verdad sino, como siempre, la propiedad privada, es decir, la verdad como si fuera privativa de unos pocos, incluso de uno solo, y la propiedad privada como si fuera lo único axiomático, o en todo caso lo jerárquicamente más elevado.

–A Karl Kraus le hubiera interesado saber que en mi familia no faltan los locos. –Zech seguía pensando en los nueve maravillosos días de fama a los que esa noche les festejábamos su cumpleaños de quince, como se estilaba hacer con las jovencitas argentinas–. Tengo una hermana a la que tuvieron encerrada en un manicomio durante años, lo último que oí de ella era que la habían trasladado a un destino desconocido, así que temo lo peor, ya sabemos lo que les pasa a los locos desde que nos gobierna el rey de todos ellos.

Haciendo un puchero de tristeza, me dijo que él igual no se hacía cargo de esa herencia, mientras esperaba que la herencia tampoco se hiciera cargo de él, la genética era como una condena en suspenso y quedaba en uno aprovechar mientras no se ejecutara. En realidad, tampoco se hacía mucho cargo de su propia biografía, o de sus biografías, porque sus repetidas estancias en clínicas psiquiátricas lo obligaban a mentir que andaba mucho de viaje, expandiendo la vida propia al tiempo que hacía sentir miserables a quienes nunca se movían de su ciudad. Estaba convencido de que en cada contexto había que presentarse con el currículum que más conviniera, pues si uno respondía genéticamente a sus antepasados de manera más o menos necesaria entonces el pasado debía como mínimo ocuparse de cubrir a su vez nuestras necesidades presentes. Zech no le encontraba respuesta a la pregunta de por qué se esperaba de un escritor que fuera ingenioso en el contenido de un libro, en el título, incluso en la portada, pero no también en la solapa, o donde fuera que los editores decidieran acomodar las líneas biográficas de rigor.

–Me recuerda lo que me contó Hanno Jonas –recordé– sobre cómo se inventaba pasados cuando escapó del orfanato, para que la gente no sospechase que en el fondo no tenía ninguno.

–El problema de Jonas no es que se invente pasados, sino que haga lo mismo con el presente –dijo Zech.

–¿En qué sentido lo dice? –Se encendió una pequeña alarma en mí, irreversiblemente tarde, al modo de esos picores en la piel, tan comunes en esta ciudad, y de los que Dios aún nos debe una explicación de para qué sirven, si el mosquito ya escapó.

Zech volvió a distraerse con el pasado:

–¿Le contó de cuando trabajaba de guardavía en las estepas rusas, a varias horas del pueblo más cercano, completamente solo en una cabaña de madera con piso de tierra, salvo por las ratas y por el inspector del ferrocarril que lo visitaba todos los meses para revisar sus registros, emborracharse a su costa y dormirse en su cucheta?

–No, ni sabía que había estado en Rusia –dije–. En realidad, sólo me contó hasta que conoció al médico ese que le enderezó la espalda.

–¿Tampoco le habló del año que pasó encerrado en un establo con una yegua llamada Eleonor, reproduciendo con ella la cotidianidad de un marido con su esposa? –Zech siguió reproduciendo algo en lo que a todas luces no creía, pero a lo que ese escepticismo parecía conferirle entidad, como si en ese mundo que en definitiva sólo existe en nuestras mentes (el pasado) la mayor consistencia estuviera dada por eso que tampoco existe en ningún otro sitio (la fantasía), sin la subvención desfavorable, por demasiado concreta, de elementos probatorios como ser unas ruinas arcaicas o un documento de antigua data–. Quería convivir con alguien que no hablase, no al menos en un idioma como el nuestro, según él, que me juró nunca haber leído a Jonathan Swift, como si eso fuera algo de lo que estar orgulloso.

–Es muy joven para haber vivido tantas cosas –atiné a razonar.

–Pero tiene cara de haber vivido el doble, en eso es como el reverso de Kafka, que con cuarenta y enfermo seguía pareciendo un adolescente –dijo Zech, a quien la gordura también le quitaba años, aunque enseguida devueltos, con creces, por la escasez de pelo sobre el cráneo.

Una vida corta como su estatura, la de Jonas, siguió diciendo Zech tras un par de sorbos, pero evidentemente de lo más agitada. De Japón, donde había sido la historia con ese caballo, Jonas pasó a Estados Unidos, donde había hecho varias cosas, hasta caer en un burdel de Oklahoma, en el que oficiaba de detective interno, a las órdenes de la mujer que lo regenteaba, Brunelda, un nombre que al parecer coincidía otra vez con uno que aparecía en Kafka, aunque la madama de Jonas no estaba tan entrada en carnes. Como fuera, Zech me recomendó que, cuando lo viera a Jonas, le pidiera que me contara los favores sexuales con que sus espiadas intentaban sobornarlo, convirtiéndolo en el trabajo más gratificante del mundo.

–No entiendo por qué se dejó reclutar ahí mismo para el ejército –cerró su relato.

–¿Qué ejército?

Por un momento, me bajó el grado de alcohol en sangre a cero.

–Y, el japonés no va a ser… –se burló Zech, patinando en cada sílaba.

–Pero si trabaja en la embajada alemana –dije, estúpidamente, y enseguida, más estúpidamente todavía–: ¿Es un espía?

Zech me miró con lástima, pero no por mí sino por él mismo, según me explicó al bajar la damajuana, suficientemente liviana ya como para poder alzarla y tomar del pico; el vaso se le había caído en algún momento, había vidrios esparcidos a sus pies, al menos así reconstruyo la secuencia ahora, en ese momento lo que vi fue que el vaso se había agrandado hasta tener forma de damajuana y que cuando la bajó después de un largo trago se le hizo trizas contra el suelo.

–Le envidio la inocencia –dijo–. Yo la perdí de chico, vivíamos en una casa tan pequeña que oía a mis padres fornicar.

–Mis padres no fornicaban –dije yo–. O sea, no entre ellos.

–También vi a mi madre pariendo hijos, tuvo mil, de los cuales se le murieron novecientos noventa y siete –dijo Zech–. Una vuelta perdió mellizas al poco de nacer; de nombre les había puesto Anne Martha y Martha Anne, respectivamente.

–Mis padres nunca tuvieron hijos –dije yo–. Ni siquiera a mí.

–A mí de chico me pegaban –dijo Zech–. Después me crio una abuela.

Cayeron las primeras gotas, o las segundas, ya más intensas, dejando en evidencia que las primeras, esporádicas, tentativas, habían caído hacía unos momentos ya y estábamos en plena lluvia, aunque ninguno de los dos atinó a moverse, a fin de cuentas resultaba refrescante después de una jornada bochornosa. En los tórridos veranos de esa ciudad, las precipitaciones siempre parecían ser la respuesta colérica que daba el cielo cuando se hartaba de las preguntas del calor, la cachetada del padre al hijo para que dejara de molestar, aunque eso era lo primero que volvía a hacer el crío ni bien su progenitor volvía a alejarse.

–Me apena mucho lo que me cuenta.

Entendí con retraso que no era sólo de esa agua que se había cubierto el rostro de mi compañero de borrachera y le apoyé una mano en el hombro, a la que le siguió otra en la cabeza, contra la que terminé inclinando la mía también.

–Son cosas que pasan, aunque nunca terminen de pasar, como dice mi amigo Stefan Zweig –dijo, tomándome por la cintura, tal vez para no caerse, tal vez para que no me cayera yo; en cualquier caso, terminando de conformar conmigo una suerte de carpa india, aunque más redonda que en punta, con la damajuana en el medio, como un animalito que ha buscado un refugio, más simbólico que efectivo–. Mentira, nunca dijo eso, sólo quería ufanarme de tenerlo de amigo.

Cuando Zweig había venido a Buenos Aires, casi no se habían visto, de modo que no sabía si tenía derecho a llamarlo con ese nombre. Quizá nunca habían sido más que colegas, reflexionó Zech. A veces pensaba que todo era una mentira y que sólo al agregarle otras, a consciencia, la vida de uno adquiría algo de verdad, de cosa real. Una y otra vez se descubría siendo inexacto sin que eso le reportara ninguna ventaja, sólo por el placer de no decir la verdad, el placer o el deber, porque, al no decirla, la ponía a resguardo de este mundo tramposo. Ni bien uno decía una verdad, quedaba contaminada de mentira, por eso había que mentir y mentir, para que algo quedase, no de las mentiras, sino de su opuesto.

–¿Conoce el tango?

Se desabrazó de mí y se puso de pie, arrojando el botellón en el movimiento, que cayó sobre la grava rojiza del camino con un ruido hueco, aunque sin romperse, y dio unas vueltas sin perder ni una gota de su oscuro líquido, puesto que el que quedaba no llegaba a la altura del cuello.

–*Cuando estés bien en la vía, / cuando no tengas ni fe, / la indiferencia del mundo, / que es sordo y es mudo, / recién sentirás* –cantó, imitando a Gardel, aunque con la erre alemana–. *Y verás que todo es mentira, / verás que nada es amor, / que al mundo nada le importa, / yira, yira...*

Me puse a aplaudir con admiración rabiosa. No sé si era verdad que durante una época había tenido que tocar el piano en bares del puerto para sobrevivir, según me contó en algún momento previo de esa noche, pero de lo que no cabían dudas era de su formación musical, si hasta se parecía un poco a otro cantante de tango, Aníbal Troilo; se ve que tenía una de esas caras que, forzándola un poco para un lado o para el otro, coinciden con las de media humanidad.

–*Aunque te quiebre la vida, / aunque te muerda un dolor, / no esperes nunca una ayuda, / ni una mano, ni un favor* –siguió cantando bajo la lluvia, no sé si con el ritmo que correspondía, tampoco si siguiendo la letra a su pie, que ahora copio deliberadamente en desorden de un cuadernillo con canciones para tocar en la guitarra que me llevé del país en su momento–. *Cuando manyés que a tu lado / se prueban la ropa / que vas a dejar, / te acordarás de este otario / que un día, cansado, / se puso a ladrar.*

Y entonces me paré yo también y volvimos a abrazarnos como si estuviéramos en un escenario y juntos ladramos, a voz en cuello, en la noche pasada por agua:

–*¡Verás que todo es mentira! ¡Verás que nada es amor! ¡Que al mundo nada le importa, yira, yira…! ¡Verás que todo es mentira! ¡Verás que nada es amor! ¡Que al mundo nada le importa, yira, yira…!*

Hasta que los que empezamos a yirar fuimos nosotros, tomados de los hombros y de la cintura como bailarines de tango, no sabría decir quién haciendo de mujer y quién de hombre, aunque en un boliche del puerto lo había visto bailado sólo entre varones, el Gobierno había prohibido la prostitución y por pasarse de disimulados en los bares ni mujeres dejaban entrar, parece que así era también muy al principio del baile, o sea, antes de que se instalara la mafia judía y con sus polaquitas convirtiese la ciudad de Buenos Aires en un inmenso burdel. No sé la imagen que debemos haber dado aquel Hardy y este Laurel danzando al ritmo del agua que golpeaba contra las hojas de los árboles y los postes de luz y los tachos de basura y los guijarros y el botellón –el que verdaderamente marcaba el compás–, supongo que la imagen de dos personas que tenían algo para festejar, juntas o por separado, y aunque ese era el caso –yo, la partida del barón Von Thermann y Zech, según me había dejado deslizar, la promesa de una habitación en Belgrano R–, en el fondo no había mucho que ameritara celebraciones, lo que a su vez volvía a cuadrarle a la situación, qué hay más tanguero que esa alegría triste o tristeza alegre con que se canta y se baila y se vive esa música de gente perdida y encontrada, gente encontrada en su perdición.

Tarde o temprano, alguno iba a tropezarse, y eso fue lo que al fin ocurrió, trastabillamos y rodamos por el suelo como había rodado antes la damajuana, y cuando nos frenamos, ya sobre el pasto, sentí un golpe en la cara, supuse que por la inercia del movimiento y el embrollo de los cuerpos, pero cuando le siguió un segundo y hasta un tercero no me quedó más opción que concluir que Hardy estaba trompeando a Laurel, o queriendo trompearlo, porque el gordo no coordinaba muy bien sus movimientos, a lo que enseguida respondió el flaco con golpes dirigidos a la cara que sin embargo caían sobre el cuerpo fofo, tampoco él tenía sobre sus extremidades el pleno dominio que hubiera deseado. En algún momento nos dimos una pausa para recuperar la vertical y proseguir el combate de manera un poco más ordenada, pero el mareo y las ropas pesadas y el suelo resbaloso y los ojos velados por la lluvia impidieron un intercambio decoroso de opiniones tangibles, como llamaba Fricke a los golpes de puño, antes de agregar que el pueblo pedía menos palabras y más hechos y proceder a darlos en perfecto silencio.

No sabría decir cuánto duró esta lucha desigual, ni si en el medio no hubo más momentos de reconciliación que de verdadero pugilato, en los que ambos buscábamos recuperar el aire abrazados al cuerpo rival como hacen los boxeadores sobre el ring, el que nunca pegó no sabe lo que se consume de energía en ese ejercicio, agota más que todo el dolor que puedan provocar los embates ajenos. Y esto incluye los casi letales, que de tan agudos hacen que el sistema nervioso los rechace, apagándose, como me pasó precisamente a mí luego de que un manotazo del gordo, que lanzó medio cayéndose encima de mí una vez más, me alcanzara justo en el mentón y me pusiera a invernar sobre la grava, vuelvo a no saber por cuánto tiempo; sólo recuerdo que cuando regresé a la conciencia ya no estaba acompañado y casi había dejado de llover.

En el largo camino a casa, horas de andar ensopado y embarrado por las calles desiertas de esa jungla de cemento, el buen ritmo como único garante de no enfermarme, intenté descular cuándo habría sido que Zech se dio cuenta de que yo era el exvicepresidente del Frente Negro, al que él se había encargado de denostar en las páginas del *Argentinisches Tageblatt* años atrás, advirtiéndoles a las otras agrupaciones antinazis que ni se les ocurriera colaborar con quienes habíamos sido exactamente eso que combatían ("Un nazi, aunque se vista de seda, nazi queda", había reversionado el dicho local). Pero fue como escupir en el viento, porque a Alemann le interesaba más que siguiéramos produciendo el diario del Frente Negro en su imprenta que el origen ideológico del mismo, apenas más oscuro que el de ese literato fracasado, que al verse expulsado del *Tageblatt* quedó más resentido todavía. Quizá sabía quién era yo desde un principio, alertado por Jonas, y había usado las confesiones y el vino para primero embaucarme y después embocarme. Quizá el espía yanqui era él, pienso ahora, en que termino de reconstruir la escena aún sin detectar en qué momento empezó su desenlace, del mismo modo que no detecto exactamente cuándo empezó el mío como impostor, ahora que siento acercarse el *uppercut* definitivo desde el fondo de estos pulmones arruinados por el tabaco.

YO, YO, QUÉ GRANDE SOY

[FRAGMENTO INÉDITO DE LA AUTOBIOGRAFÍA DE JUAN DOMINGO PERÓN, ESCRITA EN EL EXILIO]

ANTES de proseguir la fiel narración del segundo mandato como presidente de la Nación con que el Pueblo Argentino tuvo la gentileza de honrarme y que yo tuve la dicha de asumir, aunque no de llevar a término, por la sangrienta intromisión de las fuerzas reaccionarias antiargentinas, quisiera detenerme por un momento en lo que tal vez haya sido el hecho más controvertido de esa presidencia extendida. Me refiero, como se sospechará, a la frustrada obtención de energía atómica en la isla patagónica de Huemul.

Hace unos años apareció un libro titulado *Técnica de una traición*, firmado por el diputado radical Silvano Santander, en el que se me acusa de haber sido un agente del nazismo. Y no sólo a mí, que estoy acostumbrado a estas necedades y puedo defenderme, sino también a mi difunta segunda mujer, Eva, que al momento de la publicación de este libelo infame ya no se encontraba entre nosotros para desmentir las calumnias.

Ni falta le hizo, puesto que se desmentían solas. Se habla allí, por dar un solo ejemplo y pasar a cosas más importantes, del collar de brillantes que el teniente coronel Wilhelm Faupel habría mandado a entregarle "a nuestra amiga Eva", como agradecimiento por haber actuado de enlace en Buenos Aires para su visita clandestina en plena guerra mundial. Eva habría recibido el collar y se habría encargado de transmitirle al que por entonces se desempeñaba como director del Instituto Iberoamericano de Berlín sus "cordialísimos y agradecidos saludos".

Ahora bien, la visita y la entrega del collar habrían ocurrido en 1943, es decir, un año antes de que yo siquiera conociera a la que sería mi compañera de vida y de política. En su afán por desprestigiarla, este esbirro de la CIA con nombre de ciudad española –o de banco– le inició la carrera política cuando aún no había terminado la de actriz. Para el resto de las incongruencias –la más alevosa es tal vez la mención de aviones nocturnos trayendo tesoros nazis desde Madrid a Buenos Aires con una velocidad y una autonomía de vuelo imposibles, salvo que se admitiera que sí habíamos logrado cargarlos con la energía atómica de Huemul– remito al lector a *Técnica de un papelón*, de Walter von Simons, y a *Destrucción de una infamia*, del general Carlos von der Becke, donde se refutan todas las sibilinas sandeces de Silvano Santander. Y se demuestra, de paso, que en materia de calumnias sucede lo contrario que en materia de columnas: mientras que estas son más fáciles de tirar abajo que de erigir, aquellas demandan el doble de esfuerzo, por lo menos, para borrarlas del mundo, si eso resulta posible alguna vez.

Calumnias que en realidad no son del nada santo de Santander, vale aclarar, sino de un personaje de cuyo nombre no quisiera acordarme, pero lo cierto es que tampoco me puedo olvidar: Enrique Jürges. A este falsario le debe el traicionero libro buena parte de los documentos que se presentan reproducidos como facsímiles y que se pretende traducir fielmente, por ejemplo con el detalle del dinero que habríamos recibido yo y otros miembros de mi Gobierno (Eva incluida, por supuesto), con número de cheque y todo.

Me pregunto (y no me puedo contestar) cómo es que ese invento llamado *facsímile*, que no sé si etimológicamente viene de factible o de facineroso, y que, según figura en el diccionario, es por definición la "imitación perfecta" de otra cosa, logró convertirse en una prueba casi más importante que la cosa misma, de la que se descuenta su existencia por el solo hecho de verla copiada en las páginas de un periódico o de un libro. Dicen que una imagen vale más que mil palabras, pero de seguro que no más que esas mismas mil palabras si se les saca una foto y se la pega junto a la transcripción o traducción respectiva, como gustan hacer los traficantes de noticias falsas. Y dicen también que el corazón se deja engañar hasta la insensibilidad cuando los ojos no ven, pero cuando estos se posan sobre alguna cosa, por más flagrante que sea su voluntad de engaño, lo que pasa, por el contrario, es que el corazón siente hasta lo que no existe.

De esta técnica endiablada se valió el incorregible Enrique Jürges, diez años antes, para intentar que yo no llegara a la presidencia del país. Con arte, porque eso no se le puede negar, filtró a la Embajada de Estados Unidos los datos y documentos apócrifos que luego utilizó el embajador de cuyo nombre tampoco quisiera acordarme, Spruille Braden, para atacarme en su *Libro azul*. Se trata ni más ni menos que de los "telegramas cifrados" que él mismo cita como "especialmente notables" en un artículo de su autoría publicado en el pasquín comunista *Die Weltbühne* en 1947. Pero así como no hablé de esto en su momento, tampoco lo haré ahora, porque ya le he tapado la boca con mi libro *Azul y blanco*, y sobre todo con mi rutilante éxito en las elecciones respectivas.

Otros cinco o seis años antes, siempre con la misma metodología –*Técnica de una tradición* podrían llamarse sus memorias, si alguna vez deja el vicio de la propaganda y se sienta a escribir algo veraz–, el mismo Enrique Jürges arruinó las relaciones entre Argentina y Alemania, desatando una inaudita caza de brujas contra ciudadanos de bien cuyo único crimen era haber nacido o hablar un idioma diferente al nuestro. Los cuentos actuales sobre que Hitler y sus secuaces buscaron refugio en la Patagonia tras la guerra también se los debemos a este miembro del *Frente Negro*, nombre asaz preciso para lo que barrunto ha de haber sido una de las asociaciones políticas más oscuras de la historia.

Existe, con todo, una impostura de Enrique Jürges que nunca trascendió y que acaso hago mal en darla a conocer ahora al mundo. Me fastidia especialmente que para defender o al menos matizar mi bochorno no me quede más opción que aumentar la fama de este talentoso canalla. A diferencia de lo que les ocurrió a mis enemigos cuando se valieron de sus mentiras y cayeron víctimas de la cortedad de sus patas, en este caso Jürges decidió actuar sin intermediarios, y cuando me di cuenta del truco ya era demasiado tarde como para no retrucar y seguir hasta el vale cuatro. Pero vayamos en orden, para que se entienda toda la jugada.

Ni bien acabó la gran conflagración mundial, los países centrales se disputaron la cooptación de los científicos, ingenieros y demás cerebros técnicos de excelencia que carecían, en su arrasado país, de las instalaciones y del presupuesto para continuar con sus tareas de investigación. La República Argentina, castigada por su neutralidad, no tuvo acceso abierto y directo a este verdadero botín de guerra, por lo que se vio obligada a bucear en la segunda línea de candidatos, a fin de no quedarse con las manos vacías. Fue así como conseguimos tentar al ingeniero aeronáutico

Kurt Tank, a quien le debemos nuestro Pulqui II y, con él, el verdadero comienzo de la aviación en nuestro país. No lo digo para vanagloriarme en lo personal. Los laureles que supimos conseguir han sido siempre del Pueblo Argentino, que sólo necesita el líder adecuado para encauzar su capacidad y esfuerzo por la ruta del éxito y el progreso.

El ingeniero Kurt Tank, entusiasmado con la posibilidad de propulsar sus aviones con energía atómica, me recomendó en secreto que tentáramos a un físico austríaco de su confianza, Ronald Richter, que llevaba tiempo investigando el problema de la fisión nuclear desde un ángulo novedoso y prometedor. Richter ya tenía arreglada su emigración a Estados Unidos, tras haber rechazado la invitación de Rusia (ese era el orden de importancia, aunque después no veníamos nosotros, sino Francia, Suecia, incluso Brasil), pero nuestra oferta fue muy superadora y decidió unirse a Tank en Córdoba. Cuando me enteré de que había usado como pretexto para rechazar la oferta yanqui el hecho de que no lo dejaran ir con su gato Ípsilon, sentí que había ganado un socio y hasta un amigo. En la primera reunión que mantuvimos, donde ambos nos sorprendimos de nuestro parecido físico y hasta de nuestras similitudes de carácter, pues él también era una persona de conversación abierta y campechana, supe que estaba ante más que eso: Ronald Richter era un compañero.

Córdoba pronto le quedó chica y, buscando el sitio apropiado donde instalar el reactor que necesitaba para sus experimentos, dimos con la isla Huemul, frente a Bariloche, un paraje afín a los teutones porque les hace acordar a los Alpes suizos y en donde siempre hubo, precisamente por esta emigración, buena cerveza y mejor chocolate. Más tarde me enteré de que al huemul se lo define como una imitación del ciervo, no sé cuán perfecta o facsimilar, y ahora me pregunto si, de haber conocido ese dato de antemano, habría sospechado que le estaba confiando a un farsante el proyecto más caro de la historia del país.

Muy pronto, como sea, el Proyecto Huemul se transformó en el agujero sin fondo del presupuesto nacional, no ya para ciencia y técnica, sino también para expendios militares y no sé si alguna otra dependencia. En cierta fotografía publicada hace poco se ve que tras mi derrocamiento pintaron en una de las paredes de lo que iba a ser el reactor principal, nunca terminado, el detalle del dinero que se gastó en construirlo: sesenta millones de pesos.* Lamentablemente, ese número es veraz y hasta diría que se queda corto. Lo que resulta falso e injusto es que al lado del monto consignaran que fue "gastado sin ningún provecho". Eso sí que no lo voy a aceptar. Gracias al intento fallido de Richter, el país cuenta hoy con un instituto de

---

* Unos cuatro millones de dólares. (N. del E.)

energía atómica pionero en la región, dotado de maquinarias e instalaciones con las que jamás hubieran podido soñar sus físicos, si aquel loco no las hubiera pedido y este otro loco no se las hubiera puesto a disposición. No hay mal que por bien no venga, y todo error es en el fondo un ensayo.

Pero vuelvo a adelantarme, y es una lástima, porque eso implica pasar por alto el día en que tuve el honor de anunciarle a todos los argentinos, qué digo, ¡al mundo entero!, que habíamos conseguido generar energía atómica y en breve seríamos capaces de también almacenarla y transportarla.

No creo que nadie me tilde de exagerado o megalómano si afirmo que fue el anuncio más importante que se hizo en la historia de nuestro país. Que luego se haya revelado como quimérico no quita que durante un tiempo se viviera una euforia sin precedentes, por una vez no asociada con el triunfo de un compatriota en alguna gesta deportiva. Nunca como en esas semanas y aun meses el argentino experimentó la dicha de ver plasmado al Hombre Nuevo que le había prometido el Justicialismo, que en rigor de verdad ya caminaba entre nosotros, sólo que sin llamar tanto la atención.

A veces se precisa de un pase mágico para columbrar lo que bajo la luz cotidiana pierde sus contornos, de ahí la tendencia al monumentalismo de los Gobiernos revolucionarios. El que no tenía para comer y de pronto recibe sus tres platos diarios recupera la salud, pero recién recupera también la sonrisa cuando ve asar cien corderos a la cruz, y se sabe entre los potenciales invitados al banquete.

Del mismo modo, son los grandes proyectos patrios los que unen a la ciudadanía en la celebración de sus pequeños progresos personales. Cada gran edificio que surge en la ciudad es un monumento a la casita que pudo construirse el obrero; cada nuevo tramo de carretera, cada puente y cada represa simbolizan el poste de luz que ahora se yergue donde antes estaba la acequia, ya entubada, sobre la vereda que no hace falta barrer a diario porque dejó de ser de tierra.

Se me insistirá con que la alegría de Huemul fue breve e ilusoria, a lo que yo pregunto qué es la vida, si no un breve e ilusorio paso por este mundo. Y qué la política, a fin de cuentas, sino el arte de ilusionarnos brevemente con uno mejor. Lo que esta vez fue ilusión, la próxima será realidad, de modo que tampoco está tan mal adelantarnos en el festejo de quien más tarde se colgará nuestras cucardas sin siquiera mencionarnos. Hemos pagado cara la alegría, admitido. Pero lo único gratis en este mundo es no tenerla.

Llegó, no obstante, el día en que todo lo que yo había interpretado como datos promisorios –los aparatos cada vez más sofisticados que Richter requería para sus pruebas, que, por lo tanto, supuse cada vez más sutiles y precisas; las marchas y contramarchas en la construcción del reactor, incluida la curiosa circunstancia de haberlo mandado a destruir no bien quedó instalado, por fisuras en la pared, y ordenado que se hiciera un profundo agujero en la roca viva, que luego mandó a rellenar otra vez con hormigón, señales todas de que alguien buscaba lo mejor sin conformarse con lo meramente existente ni amedrentarse ante la necesidad de reconocer los propios errores de cálculo; el consumo insólito de energía eléctrica, que sumado a las explosiones audibles y visibles desde Bariloche daban testimonio de un trabajo más que intenso; los constantes conflictos de Richter con sus colaboradores y subordinados, inevitables cuando se está condenado a explorar nuevos terrenos con personal acostumbrado a los antiguos–; todo esto llegó un día en que irremediablemente dejó de significar lo que nos hubiera gustado que significase para volverse señal de improvisación, autoritarismo, inseguridad e ignorancia. Del genio al charlatán hay sólo un paso (hacia atrás, por parte del espectador, para, abarcando el conjunto, darse cuenta), y ese paso había sido dado.

Lo terminé de asumir el día en que murió Eva, que había sido la primera en advertirme que no confiara en ese hombre. La comisión especial que mandé a que hiciera un informe corroborando las sospechas de mi difunta esposa fue en ese sentido el único gasto realmente inútil de todo el asunto.

–Lo que sí me gustaría saber –le dije a Richter, tras comunicarle que prescindiríamos de sus servicios, o de la falta de ellos con que nos había despistado todo ese tiempo– es si usted sabía desde un principio que esto no iba a dar resultado, o si todavía sigue creyendo que es cuestión de tiempo y de continuar probando.

–Nadie puede convencer a otro si no está convencido él mismo –respondió el físico, del que muy tarde se nos ocurrió consultar si había publicado algún artículo sobre sus trabajos, y nos encontramos con que las bibliotecas apenas si conservaban su tesis doctoral.

–Yo he convencido a millones de personas de cosas de las que no estaba tan seguro –tuve que decir, para que se dejara de jugar conmigo al sabio oriental.

–En ese caso, los millones que le creen acaban convenciéndolo a usted. Es un juego de reciprocidades.

–Las decenas de millones que invertimos en usted no son un juego, Richter, y mucho menos recíproco.

–Tengo entendido que no todo lo que salió de las arcas del Estado llegó efectivamente a la isla.

Lo único que falta es que acuse a mi gente de corrupta.

–Lo último que tengo que soportar es que me tilden de charlatán personas que no saben nada sobre el tema.

–Los que no saben sobre el tema se informan con los que sí saben, y los que sí saben dicen que no hay mucho que saber en este caso –dije, aunque me había prometido no perder el tiempo en reproches que a esta altura no servían para nada.

–Por supuesto que habrá cosas que nunca se sabrán, tengo el derecho y aun la obligación de guardar mis secretos –dijo Richter–. ¿Vio la película que le dije?

–¿Esa en la que unos rusos se roban la fórmula de un laboratorio nuclear yanqui?

–No cualquier laboratorio. Se llama *Lakeview*. O sea: Vista al lago. Como la que tengo yo del Nahuel Huapi.

–¡Pero si la película ocurre en California! –me ofusqué.

–El agente que descubre de dónde salió la fórmula se llama Beck, como el Guido Beck que trabajaba en el observatorio de Córdoba y que venía de investigar sobre energía atómica en Francia. Y durante toda la película uno piensa que el malo es el doctor Ritter von Stolb, austríaco, como yo, pero al final resulta que el que filtraba la información era el más indígena de todos.

–¿Y ese quién vendría a ser, de este lado de la pantalla? ¿Yo? –dije, sarcástico.

–No sé. –Se hizo el guapo–. Pero por algo pedí que no hubiera argentinos involucrados en el proyecto. Es imposible exagerar las precauciones que hay que tomar para guardar un secreto en este tema.

–¡Usted y sus secretos me tienen los huevos al plato! –Logró hacer que le diera un puñetazo al escritorio–. Si fuera un subterfugio, hasta se lo perdonaría. Pero usted no sólo es un charlatán. Usted es un necio.

–Y usted un demagogo. Y un nazi –pretendió insultarme.

Le tuve que explicar qué es la política y cómo se la ejerce a ese pelele que no hubiera podido llegar a criminal de guerra ni en el caso de habérselo propuesto:

–Gobierno para el pueblo, en efecto, y si eso implica pactar con una dictadura, se pacta. Lo que nunca olvido es que la realidad cambia y que esa es la única verdad. El secreto, si le interesa aprenderlo, es saber corregir el rumbo en el momento indicado. Por eso su carrera termina aquí, mientras que la mía recién empieza.

Al que verdaderamente debía hacerle reproches era a Kurt Tank, que me había recomendado los servicios de este bueno para nada y con la misma soltura le había retirado luego su apoyo, dejándome completamente sólo con todo el fardo. De parte de la comunidad alemana entera sentí el mismo rechazo. Cuando, por intermedio de Wim Sassen, amigo de mi secretario Rodolfo Freude, al que encargué la organización de lo que ahora quieren llamar *la ruta de las ratas*, cuando la única ruta que abrió el Justicialismo en la Argentina fue la del progreso científico y el avance tecnológico; si además ingresó algún que otro criminal nazi fue sólo como efecto secundario, no voy a ser tan necio como para negar las ratas, lo que niego es la ruta. Cuando por intermedio de Sassen, como decía, me reuní con el Dr. Gregor, que resultó ser este Josef Mengele, al que querían atrapar junto con Adolf Eichmann, o incluso antes que a Eichmann, que en realidad no había sido más que un coronel del ejército al servicio de su país, como quedó demostrado en el juicio que los judíos acaban de hacerle en Jerusalén, apenas menos grotesco que el de los yanquis en Núremberg, con lo que quiero decir que también estoy dispuesto a discutir el concepto de rata, sobre todo cuando se lo aplica a un hombre de armas; cuando, retomo, me reuní con Mengele y le pregunté qué pensaba de nuestro proyecto con Richter, me dijo que para él todo eso de la energía nuclear era una cosa más bien hebrea, y no sólo por venir de Albert Einstein y contar con el apoyo de la sinarquía yanqui, sino precisamente por el secretismo que se había armado alrededor de sus fórmulas, más propio de la cábala que de la ciencia.

Wim Sassen, por su parte, el editor de la revista *Der Weg*, donde no logramos que escribiera ni un artículo sobre el proyecto, fue aún más lejos y me vaticinó que Richter haría conmigo lo que Heisenberg había hecho con Hitler. Al parecer, este físico, que trabajó para Hitler durante la guerra –primero habían querido descartarlo por practicar física judaizante–, había decidido deliberadamente no desarrollar la fórmula de la bomba atómica, para no dejarla en manos de un régimen con el que no congeniaba. Cuánto bien hizo él, o quien fuera, en dejarla en manos de los yanquis, se lo pueden preguntar a los habitantes de Nagasaki e Hiroshima. Como sea, nosotros habíamos intentado traer a Heisenberg –se le pidió justamente a Beck que se ocupara de tentarlo–, y sólo porque él declinó tomamos la opción de Richter.

O sea: la opción que había recomendado Kurt Tank. De la que después no se hizo cargo. Pero porque nunca había sido suya en primera instancia.

No sé cómo me di cuenta finalmente de que su carta de recomendación era falsificada. Tampoco me pude explicar, una vez que lo supe, cómo no me había dado cuenta al momento mismo de recibirla. Con las falsificaciones, creo ahora, pasa lo mismo que con las infidelidades, por la inversa: así como en estas el engañado elige ignorar lo que muchas veces resulta evidente, en aquellas juegan sus ganas de que lo ficticio, por bastante notorio que sea, resulte real. Dicen que se necesitan dos para bailar un tango, y dicen bien, porque es más importante eso que saber bailarlo, o incluso que haya música.

La clave, creo yo, estuvo en el párrafo final de la supuesta carta que me dirigió Kurt Tank "en la máximo de las confincendialidades" –el mal castellano fue la otra clave–. En ese párrafo final se destacaba una última bondad de la energía atómica, que era la de abrir una ventana de esperanza a la medicina mediante los así llamados radioisótopos. Por esa época se le había diagnosticado cáncer de útero a quien era mi compañera, el mismo mal que ya se había llevado a mi primera esposa y que, por lo tanto, yo relaciono con la esterilidad que me provocó el accidente de motocicleta al que ya me referí en el capítulo respectivo de estas Memorias. Mi sensación, para decirlo mal y pronto, fue que yo había enfermado a Eva con mi incapacidad para que ese útero le diera un vástago a la Nación.

Eva fue tratada con radioterapia, sin resultado. Sólo quedaba la medicina nuclear, aunque más no fuera como promesa incierta. Por eso no ha habido en la historia de la ciencia un científico más afortunado que Richter, en lo que se refiere a las condiciones de trabajo. Y no me refiero únicamente al aspecto material. Cuando empezaron los problemas con sus empleados, cansados de sus excentricidades y despotismos, lo nombré amo y señor de su isla, sólo por debajo de mí en la jerarquía de mando. No lo hice por él, ni siquiera lo hice por el país: lo hice por Eva. Con ese reactor que nunca llegó a construirse, con ese anuncio equívoco de que habíamos logrado dominar la energía nuclear, se hundieron las últimas esperanzas de salvar a la Jefa Espiritual de la Nación del único adversario que podía vencer su inquebrantable voluntad de lucha. Sesenta millones de pesos se gastaron en esa gesta, es decir cuatro, cinco pesos por habitante. ¿Qué argentino de bien no hubiera puesto cincuenta o quinientos, aun sabiendo que apenas eran el precio de un deseo y tenían el peso de un mero rezo?

La quijotada no alcanzó para transformar al gigante del cáncer en molinos de viento. Pero fue Richter, y no este caballero desfigurado por la tristeza, el que convirtió aquella isla en Barataria, comportándose como un Sancho Panza. Eva vislumbró la farsa desde el inicio, como ya dije, no por falta de fe, sino por exceso de pragmatismo. Mantuvo los pies sobre la tierra hasta que les tocó ascender al cielo.

En cuanto a Jürges, ¿qué puedo reprocharle? Si su plan era difamarme también frente a mí mismo, por ver frustrados mis deseos de recuperar a mi esposa y madre de todos esos cabecitas negras y descamisados que la adoraban, me temo que no lo ha logrado. Antes bien, creo que fue su propio deseo de ver sanar a la abanderada de los humildes lo que lo llevó a concebir la impostura, que es en primera instancia una expresión de fantasías ocultas del impostor. De todos los mundos posibles, quien se impone (y nos impone) la tarea de mentir uno, por fuerza ha de elegirlo con el corazón, para que sea necesariamente contrapuesto al que estamos obligados a elegir con la mente, que es siempre el real. Con el corazón, pues, Jürges soñó un mundo en el que Evita sanaba y me daba un heredero al que dejarle un país en la cima científica y militar del mundo.

Nada tengo para reprocharle, pues, a quien me regaló un par de años de esperanza. No hay reactor que pueda nuclear la energía que emana de ese tango que bailé y bailaré por siempre con mi amada Evita.

13.
LA VERDAD SOBRE HOLLYWOOD

La carta de Kurt Tank a Juan Domingo Perón recomendándole la importación de Ronald Richter fue mi despedida –me atrevo a decir que en grande– del subcontinente que me dio acogida durante casi quince años. Para ese entonces ya me había mudado a Montevideo, después de que en Argentina se terminara mi colaboración para la Comisión Especial Investigadora de Actividades Antiargentinas de la peor manera posible, o de la única cuando se trabaja para políticos, que primero te reclaman material bombástico, sin importar su origen, y más tarde sufren un ataque de pruritos y denuncian haber sido estafados, justo ellos.

En mi furia, que se potencia cuando enfrente tengo a un socialista, sea del tipo nacionalista o del otro, acusé a mis antiguos empleadores de corruptos –y ellos no se privaron de devolverme el favor demandándome por calumnias–, pero lo que en realidad les debería haber echado en cara era su ineptitud y su peligrosidad. Por no saber alemán, ni ellos ni ninguno de sus informantes, se dedicaron durante años a juntar en sus allanamientos papelitos sin ningún valor subversivo, sólo por el hecho de estar escritos en un idioma que no conocían y que a veces ni era el del enemigo. Dejar en manos de las policías locales ese delicado trabajo hizo que las oficinas de la Comisión se llenaran de material completamente inocuo, que nadie supo luego cómo procesar y que se terminó presentando al peso, como se vende el papel viejo. Si eso ya era suficientemente de temer, por lo improvisado y ridículo, qué decir de la caja de pandora que abrió la Comisión al habilitar y aun invitar a la población a enviar cualquier tipo de sospecha o denuncia, aun en forma anónima.

He guardado copia –porque de lo contrario nadie me lo creería– de una carta mecanografiada en la que los alumnos de la Escuela Carlos Pellegrini (turno noche) denunciaban al director de fascista por no dejarlos entrar a clase cuando llegaban con retraso. "Bueno sería –concluyen– que se lo vigile de cerca y controle sus actividades, pues no sería difícil que sea un agente nazi fascista, su forma arbitraria de proceder con sus alumnos nos obliga a señalarlo a esta comisión". También tengo una tarjeta manuscrita en la que se comunica "de fuente seria" que muchos alemanes nazis "han alquilado y otros tratan de alquilar casas por el Delta para poder reunirse libremente", una información que el vigilante le pasa al presidente de la Comisión "sin más pruebas concretas y para su gobierno particular". Ser espía es evidentemente como ser escritor, algo que cualquiera cree que puede hacer, total a escribir y a maliciar del prójimo se aprende en la escuela.

Desde el exilio dentro del exilio, hasta donde puede considerarse otro país esa copia desleída, malamente falsificada, que hay de Buenos Aires en el lado de enfrente del Río de la Plata, pude trabajar tranquilo contra el régimen del Primer Trabajador (que jamás trabajó en su vida, que sepamos) hasta que los yanquis decidieron pactar con el otrora presidente de facto y ahora presidente electo, el machito de entrecasa, como le decía Silvano Santander, porque primero golpea y después hace votos de perdón. Lo que quedará de esos documentos –además de Perón diciendo, en una supuesta carta escrita a Evita, que "los trabajadores argentinos nacieron animales de rebaño y como tales morirán", una frase que los antiperonistas seguro seguirán repitiendo aunque se lo desmientan mil veces, sencillamente porque es lo que piensan ellos de los trabajadores y de los pobres en general–; lo que quedará de los documentos cuyas traducciones y facsímiles pueden verse en *Técnica de una traición* (el título es naturalmente de mi cuño) será la noticia sobre submarinos alemanes llegando a la Patagonia cargados de riquezas.

"El propósito del viaje, entre otros, era poner a buen recaudo las fortunas nazis y a los criminales de guerra", le hice decir al barón Von Thermann en un supuesto interrogatorio, esa fuente de la que tanto abrevan los historiadores, a pesar de saberla envenenada.

Por supuesto que me inspiré en los submarinos que en efecto llegaron tras la guerra y que traían, como todo tesoro, a unos desafortunados marineros que simplemente no querían caer en manos de los rusos. Antedatar aquella historia a 1943 –el año en que un diario inglés difundió la noticia de que los nazis ya daban la guerra por perdida y habían empezado a evacuar el país enviando un submarino con oro y documentos a la costa Argentina, algo que nadie creyó salvo los propios ingleses, que al buscar la fuente se encontraron con que habían sido sus propios servicios secretos a través de un programa de radio de onda corta que emitían en alemán para desmoralizar a las tropas enemigas– dejó servida la reflexión profunda sobre que la realidad imitó a la ficción, ese tópico tan querido por quienes insisten en creer que se trata de dos cosas diferentes y hasta contrapuestas. Como sea, cada vez que alguien mencione el oro nazi traído en submarinos, entre otros tópicos sobre el tema, me estará citando a mí, a través de los muchos libros que aporté en calidad de escritor fantasma: *América, presa codiciada* (1942), que firmó Juan Antonio Solari; *Campo minado* (1942), que se atribuye Adolfo Lanús, y *Los capitales alemanes en la Argentina* (1945), de Luis Víctor Sommi, por sólo mencionar algunos de los textos por los que me auguro una larga vida en la historiografía sobre esta temática, aunque a paradójica costa de que nunca se los asocie con mi nombre.

Lo que también decían las cartas que le suministré a Santander para su libro, y que para mí resultaba bastante más importante en su momento, es que yo era un traidor y que había que hacer algo para desacreditarme. "Puesto que la aniquilación física de Jürges en las presentes circunstancias desataría efectos contraproducentes –le escribe supuestamente el capitán Niebuhr, adjunto militar de la embajada, al teniente coronel Wilhelm Faupel en Berlín, todo esto en agosto de 1939– debemos concentrarnos en ultimarlo en términos morales".

Faupel se habría encargado entonces no sólo de las joyas para Evita, sino también de inventarme un prontuario criminal. Puesto que para el momento de la publicación de esta carta en el libro de Santander el teniente coronel ya estaba muerto –el muy idiota había seguido el ejemplo de su Führer y se había dado muerte por mano propia–, no había nadie que pudiera desmentirlo. Tampoco creo que ni él mismo lo hubiera hecho, pues en mi novela epistolar era el personaje que siempre había querido ser, tejiendo intrigas por el mundo y cargándose alegremente a los enemigos del régimen, en lugar del burócrata intrascendente en el que lo convirtieron por ponerlo al frente de un instituto cultural que no le importaba a nadie. Como siempre que se escribe basándose en personas de la vida real, hay que proporcionarle a cada una de ellas, aun a las que asuman el papel de las malas de la película, el espejo en el que les gustaba mirarse.

Estos documentos fueron mi visa para que me desnazificaran al volver a Alemania. Ocurrió que, para ahorrarme el pasaje, o más bien por falta de fondos con los que financiármelo, me embarqué en el Marine Marlin, el que una vez terminada la guerra la Marina de Estados Unidos puso a disposición de Latinoamérica para que cada país subiera en él a los inmigrantes alemanes que consideraba indeseables. Ninguno respondió al llamado, sin embargo, por no enemistarse con la comunidad –es sabido, por ejemplo, que el Gobierno argentino alertó a las instituciones alemanas antes de que confiscaran sus edificios como botín de guerra, a fin de que pudieran salvar todo lo que no estuviera ensamblado al piso o a las paredes–, de modo que al final sólo viajamos algunos voluntarios, cada cual con su motivo específico para querer regresar.

El mío era la intuición de que en una ciudad ocupada por cuatro países no podía faltar trabajo para un traficante de información con mi experiencia, en el sentido positivo de mi *expertise*, pero también en el negativo de que sabía lo poco que podía durar la confianza de un empleador y lo importante que es siempre tener a otros lo más a mano posible. Basaba mi estrategia en lo que me había contado en Buenos Aires el urólogo que me trató ciertas complicaciones de mi herida guerra, el Dr. Max René Hesse, también escritor –y espía, probablemente–, que había empezado su carrera en el Hospital Italiano y ahora trabajaba en el Hospital Alemán, con la tranquilidad que le daba saber que, si algo volvía a salir mal aquí –nunca me dijo, ni yo le pregunté, qué era lo que había salido mal en su primer puesto de trabajo– todavía le quedaba el Hospital Británico para seguir atendiendo pacientes, hasta que llegara el momento de jubilarse.

Por haber llegado en un barco de supuestos indeseables, la policía demoró en avalar mi desnazificación y estamparme en el documento el correspondiente *sello ciego*, como se llama en alemán al que no se hace con tinta sino por presión, un nombre que si aún no se hubiera inventado –también se le dice *sello seco* o *sello de grabado*– habría que haberlo acuñado para este evento. Qué fue, a fin de cuentas, el proceso de desnazificación aplicado por los aliados, si no un certificado de ceguera para los que no vieron perseguir a sus conciudadanos judíos por la calle, ni los vieron desaparecer de sus casas, ni vieron que era por eso por lo que podían quedarse con sus pertenencias a precio de remate. En la guerra se habla de la población civil como si se tratara de animales atrapados en el bosque por un incendio repentino, pero son civiles los que fabrican las armas, son civiles los que preparan la comida para los soldados, civiles los que escriben y leen los diarios y civiles los que, finalmente, siguen teniendo hijos en un país que los convierte en carne de cañón. Salvo esto último, yo hubiera hecho lo mismo, así que no los juzgo, lo que no me impide denunciarlos.

–No entiendo. –El oficial de la oficina desnazificadora hizo un esfuerzo para comprender la última operación que le había relatado–. ¿Usted filmó una película en Montevideo?

–Es una buena forma de resumirlo –dije–. Lo que pasó es que descalificaron un documento que les acerqué a las autoridades sobre un inminente golpe de Estado en Uruguay financiado por el Gobierno fascista de Argentina, al que financiaba a su vez la embajada de Alemania en Buenos Aires, diciendo que el argumento estaba copiado de una película, *Los verdugos también mueren*. No sé si tuvo oportunidad de verla.

–¡De verla y casi de actuar en ella! Pero estaba filmando *Una voz en el viento*, sobre el pianista que pierde la memoria después de ser torturado por los nazis. ¿La vio?

–Creo que sí, pero me la olvidé –dije, y me reí, y el oficial se rio conmigo.

Su nombre era Francis Lederer, había nacido en una familia judía de Austria y se había mudado a Hollywood para ser actor. Ahora era parte de las fuerzas civiles que aportaban sus conocimientos del idioma en la tarea de identificar a los criminales. Yo era el primer alemán que le tocaba entrevistar que había huido al principio del nazismo, de ahí que enseguida entendió que no había mucho que desnazificar en mí y la entrevista derivó muy rápido en una charla informal. Como también le comenté que yo había escrito en su momento que Martin Bormann, cabeza del Partido y hombre de confianza de Hitler, no se había suicidado, sino que había buscado refugio en Misiones –me disculpo públicamente con los jesuitas de esa provincia, yo no tengo la culpa de que allí un alemán haya fundado un Eldorado que sirve de escenografía inmejorable para estas películas–, me sugirió que lo agregase a mi declaración, ubicándolo ahora en Brasil, "para que sean más países y se note que es una conspiración internacional". No sé si prevalecía en él el deseo de vengar a su raza o las ganas de conocer Río de Janeiro, en el sueño de ser enviado allí por el ejército a la caza de Bormann y por fin vivir una aventura de verdad, más allá de las que protagonizaba en las pantallas.

–¿Y era verdad que había copiado el argumento de la película? – Lederer se había quedado con las ganas de saber el final de la historia que no había entendido.

–Era verdad, pero porque al guion de la película también lo había escrito yo –dije.

–¿En serio?

–No con ese título, por eso no sabía que lo habían usado –aseguré–. Nunca me respondieron al envío, ni mucho menos me pagaron mis honorarios. Esa fue mi primera y única incursión en la industria cinematográfica. Aunque usted se encuentre en la vereda del sol, ya ve que puede ser aún más ingrata que la del periodismo.

–No lo crea –se le oscureció el rostro–. Yo quedé muy afectado por la vez que tuve que hacer de espía nazi en una película. Fue al principio y me pareció que sería una linda venganza, pero como yo hago precisamente de lindo en las películas, después me di cuenta de que no estaba bien prestarle esa cualidad a un monstruo.

–Hay un largometraje argentino que se llama *Cruza*, en el que la venganza es más sutil todavía –dije, callando que antes de ser una película había sido una obra de teatro y que en ella me había inspirado para mi fantasía patagónica, como no dejó de denunciar el barón Von Thermann en su alocución contra mi persona en el Congreso argentino, él mismo me la había recomendado indirectamente al hablarme mal de la obra en alguna recepción donde nos, precisamente, cruzamos–. El malo se llama Lemani, o sea, "alemán", en algo parecido a lo que los argentinos llaman "vesre" y que consiste en tergiversar las palabras para poder pronunciarlas con disimulo, aunque suena tan raro que lo terminan resaltando. El nombre de su cómplice es Gulag, ya sin eufemismos de ningún tipo. Entre los dos le quieren robar la lana y aun las ovejas a la hija de su dueño, que acaba de fallecer. También quieren crear un movimiento separatista en la Patagonia para quedarse con el petróleo. A Cruza, la hija del país que se les opone y que al final los termina venciendo, la interpreta la actriz Amelia Bence, que en realidad se llama Batvinik y es hija de judíos bielorrusos. Podrían haber puesto a una argentina de pura cepa, o al menos no judía, pero eligieron a esa para que les duela más todavía a los nazis. Antes que a ustedes, preferimos incluso a los judíos, parece decirles el director.

Lederer me festejó la anécdota, aunque advirtiéndome que no era bueno darles demasiada relevancia a esos cruces entre realidad y ficción, al menos en lo que se refería a los actores. Él había protagonizado una película de Willy Wyler en la que hacía de príncipe europeo que trabaja de incógnito en un hotel de Nueva York, y todo el chiste de la historia giraba en torno a si era o no era ese príncipe que decía y a la vez ocultaba ser.

–¿Y al final era o no? –pregunté, sin entender muy bien a qué venía la anécdota.

–La película se llama *The Gay Deception*, o sea, literalmente *El engaño alegre*. –Ignoró mi pregunta–. Acá la tradujeron como *El ascensorista Nr. 14*, con lo que la asociación se pierde totalmente, o en todo caso se hace con esa novela de Kafka, *América*, en la que el protagonista trabaja precisamente de *liftboy*.

Le pregunté de qué asociación hablaba –sin dejar de tomar nota mental de la alusión a ese autor que de alguna extraña manera me venía persiguiendo desde que me había ido del país y que ahora aprovechaba mi regreso para volver a abordarme– y me explicó que la palabra *gay*, que alegremente se traducía como *alegre*, hacía rato que en Hollywood se usaba para referirse a los homosexuales.

–¿No vio *Bringing Up Baby*? –me preguntó–. Acá la pusieron en cartel como *A los leopardos no se los besa*, que en este caso me parece un título mucho más preciso que el original. Hay una escena allí en la que Cary Grant sale del baño con un salto de cama de mujer, porque no tiene otra ropa a mano, tocan el timbre y, cuando la señora que entra le pregunta qué hace vestido así, Cary dice que acababa de tener un brote de alegría, o que acababa de hacerse homosexual, según cómo se traduzca la palabra. Muchos entendieron cuál de las dos versiones era la correcta, y hasta intuyeron que esa línea no estaba en el guion y debía haber sido un invento de Cary, aunque desde la producción por supuesto que siempre lo desmintieron.

Casi me enojé:

–No entiendo para qué dejan algo así en una película si después no se hacen cargo.

–Habría que preguntarle al director –Lederer, como todo buen actor, se amparó en su carácter de mero soldado del séptimo arte–. Lo único que puedo decirle es que desde entonces la palabra ya empezó a tener ese doble sentido fuera de Hollywood también. No puede faltar mucho para que sólo se la use con este nuevo y tengamos que andar explicando que antes era otra cosa totalmente inocente. Imagínese lo que eso significa para alguien que actuó en una película que se llama *El engaño homosexual*, para colmo haciendo de un príncipe que sabe mucho de sombreros femeninos.

–Y que se parece bastante a Cary Grant –agregué yo, también a guisa de piropo.

–¿En qué sentido lo dice? –pareció enojarse, aunque enseguida sonrió, con lo que el parecido se hizo casi perfecto–. Lo de Cary es un secreto a voces, de esos que no se entiende cómo consiguen mantenerse ocultos. En la política pasa lo mismo, todos en el ambiente saben algo y todos los que conocen a alguien en el ambiente lo saben también, pero de ahí no pasa. Mi teoría es que la gente simplemente no quiere ver lo evidente, cuando no concuerda con sus prejuicios.

–Eso mismo explica por qué ocurre a veces lo contrario y una mentira triunfa a pesar de tener todos los verosímiles en contra –reflexioné.

–Quizá es al revés, entonces, y la gente cree lo que quiere, pero en el sentido de que lo elige deliberadamente, para de ese modo quedarse con nuestro protagonismo, como si fueran ellos los actores.

–Lo pensé alguna vez.

–¿Usted también es actor?

–No, no, pero como periodista tengo que sazonar de mentiras la verdad, a fin de hacerla más apetecible.

Lederer aprobó mi filosofía recordando que la escena que más le había gustado rodar de aquella película *gay* era cuando el príncipe, que estaba vestido de botones, tenía que robarse la ropa de los huéspedes del hotel para poder presentarse en una gala como el que era, o sea, que tenía que mentir la verdad, de lo contrario no se la hubieran creído, a lo que yo recordé la historia del príncipe y el mendigo que intercambian atuendos y ya ninguno de los dos tiene forma de que le crean que no es el que aparenta ser, o, mejor dicho, que es el que no aparenta ser.

–No por nada se dice que la mujer del césar no sólo tiene que ser honrada, sino también parecerlo –completó Lederer mi razonamiento. Luego citó ese otro cuento indumentario, *El traje del emperador*, confesando sus dificultades para interpretarlo. Que ninguno de los funcionarios le dijera al emperador que estaba desnudo era algo que Lederer sí entendía, a nadie le gustaba quedar como un tonto, ni siquiera si era por decir algo inteligente, pero lo que nunca había terminado de entrarle en la cabeza de chico, y de grande si debía ser muy sincero tampoco, era por qué todos seguían pensando entonces que era el emperador. En el cuento del príncipe y el mendigo al final todo volvía al orden gracias a un sello real, como si fuera un documento, recordé yo, o una marca de nacimiento, acotó Lederer, nada de lo cual aparecía en el caso del emperador sin atributos. Por eso su sensación era y seguía siendo que el pobre hombre quería dimitir y llevar la vida de una persona común y corriente, igual que el príncipe que él había personificado en la película, pero que ni desnudándose por completo lo lograba.

–La forma más potente de la impotencia –concluí.

–El trauma de todo actor que hace un papel y no se lo puede sacar de encima ni poniéndose el disfraz del próximo –concluyó él.

–Mentir la verdad puede ser una tarea de vida –volví a concluir, más ambiguo todavía.

Justo en ese momento de la máxima intimidad –seguíamos sentados bajo una luz blanca sobre sillas enclenques, cada cual de un lado del pequeño escritorio de hierro en medio de la fría oficina de paredes mal pintadas y exentas de más decoración que un calendario al que se habían cansado de arrancarle las hojas hacía meses, pero era como si estuviéramos arrellanados sobre los mullidos asientos de una oscura mesa esquinera entre paredes forradas en madera al fondo de un cálido bar, el primer tipo de establecimiento que había abierto otra vez sus puertas en la ciudad todavía hundida entre los escombros y asolada por la falta de energía y de agua potable, parecería extraño que eso funcionara con normalidad antes aún que las escuelas y los hospitales, pero para qué se junta la gente de a millones en un par de kilómetros cuadrados de terreno si no es para poder irse en compañía a beber una cerveza después de cumplida la jornada laboral; en ese sentido, Berlín renacía de sus cenizas incluso conceptuales, como un ave Fénix de la urbe en tanto forma de vida– entró como una tromba un hombre que, al ver que Lederer no estaba solo, quedó paralizado, se disculpó ante el actor alegando que por no haber escuchado la máquina de escribir durante un rato había deducido que la entrevista había finalizado y giró sobre sus talones como para irse otra vez.

–¡Jonas! –lo frené yo, menos sorprendido de verlo allí, que era el primer lugar donde hubiera debido buscarlo, que por haberlo reconocido detrás de su falta de bigote, un disfraz mucho más eficaz que dejárselo crecer.

–¡Jürges! –respondió, sin disimular que ya sabía que yo estaba allí y que a eso respondía su ansiedad por ver qué había estado declarando.

Así fue cómo volvimos a encontrarnos y a trabajar juntos, ahora sin disfraces de parte del espía norteamericano, aunque siempre me quedaría la sensación de que me ocultaba algo más, o incluso que se lo ocultaba a sí mismo, como si en el espejo se viera otra ropa que la que llevaba puesta, quizá hasta cuando estaba desnudo. No me dio explicaciones ni yo se las pedí, sino que optó por sumarme a sus tareas de espionaje berlinesas como si también yo lo hubiera estado engañando en Buenos Aires respecto a mis verdaderas actividades, algo que deben haber pensado muchos sin que yo hiciera nada por fomentarlo, aunque tampoco me apuré nunca a desmentir.

En mi calidad de traficante de información –o desinformación, como después la llaman los que no se acordaron antes de abonar lo suficiente por ella–, siempre me he movido entre los servicios y el periodismo, que si bien pueden parecer lados de una misma moneda –el público y el encubierto–, en realidad prefieren medirse con otros ámbitos del quehacer humano, a saber, el de la política y el de la literatura, respectivamente. Los que oscilamos entre una y otra esfera somos en todo caso quienes las unimos, a la vez que nos ofrecen líneas de fuga hacia aquellas artes, la de lo posible y la de lo imposible. Y si bien nunca oculté mis ambiciones de espía que aspira a que las noticias que suministra decidan actos de gobierno, la verdad es que siempre me sentí más cerca del periodista que sueña con escribir su gran novela.

Berlín era un hervidero de informantes, al punto de que no parecía haber otra cosa en la ciudad. Una vez desmanteladas las industrias que no habían sido destruidas por las bombas –de eso se encargaron los rusos, que se asentaron en la ciudad antes que nadie, y aunque ya habían pactado dividírsela entre los aliados, siempre estuvo claro que eran los rojos quienes cedían una porción de su torta– y una vez redirigido el botín humano de científicos a los países vencedores, el bien más apreciado en la ciudad pasó a ser la información secreta. En otras palabras: una vez sustraído del suelo alemán toda la materia prima que este podía ofrecer, las potencias –que por supuesto nunca fueron cuatro, sino dos, Rusia y Occidente– pasaron a explotarse mutuamente, en lo que muy rápido bautizó como *guerra fría* alguien que a todas luces no había pasado por las trincheras de la primera conflagración, aunque hay que admitir que el invierno del 47, con el viento siberiano cayendo sobre la gente como escombros de hielo, transmitía una sensación bastante aproximada de lo que puede ser la temperatura bélica.

Cada uno de los países vencedores había traído su ejército de civil, pero muy rápidamente pude comprobar que les interesaba menos la información sobre el enemigo que desarrollar las tecnologías para obtenerla. Habían convertido la ciudad en un gran laboratorio para la puesta a prueba de diferentes métodos de escucharse a través de los muros, verse a la distancia y controlarse los movimientos unos a otros. Se hablaba de micromicrófonos, de detectores de teléfonos intervenidos, de cámaras con revelado instantáneo. Como ocurre con la energía fósil una vez que se descubre una nueva fuente, ya sea de carbón, petróleo o gas, lo que urge es encontrar la mejor forma de extraerla de la tierra, almacenarla de manera segura y distribuirla lo más barato posible, y eso es lo que esta gente estaba aprendiendo a hacer en Berlín con dispositivos de alta complejidad en cada paso del proceso, desde la captación del material hasta su desciframiento.

Porque también esta última tarea, eminentemente humana, por mucho que haya tenido siempre de maquinal, estaba siendo solventada ahora por máquinas, incluyendo el lado en el que se producía el código. Ya no importaba tanto su complejidad como la rapidez para generarlo o desenmarañarlo, que a su vez no se medía en fórmulas o teorías, sino en cantidad y calidad de circuitos y transistores. Ningún jeroglífico es demasiado intrincado si se tiene el tiempo suficiente para trabajar en él, de modo que el plan era explotar al máximo esa energía de energías, como hace el cine con la cámara rápida.

–Es la imagen de la aguja en el pajar, pero pensada en términos temporales en vez de espaciales –le oí decir a Jonas en alguna ocasión–. Porque el problema de la aguja nunca fue dónde buscarla, sino la falta de tiempo para ir apartando hebra por hebra. De lo que se trata entonces es de inventar métodos para acelerar ese proceso, un ventilador que mueva todo menos los metales, o un fuego que no deje cenizas, o un buen imán.

El contenido era en ese contexto prácticamente una excusa, y en su mayor parte fútil, pura hojarasca. También eso era adrede, porque entre todas las técnicas que estaban ensayando, la de esconder lo relevante entre capas y capas de banalidades no era la de menor ocurrencia, aunque otra vez no se trataba de sentarse a clasificar y a deducir, sino de unir cables y plaquetas para que una gran calculadora clasificara y dedujera mil veces más rápido. Los espías quedaban así reducidos a operarios y su creatividad se medía por las innovaciones que proponían para su instrumental, del que se encargaban técnicos cada vez más especializados en sus áreas, los verdaderos protagonistas de esta suerte de carrera por ver quién conseguía el arma más potente de vigilancia masiva.

Era el triunfo definitivo de la forma por sobre el contenido, mi más antiguo temor ante el creciente abuso de la tecnología en el ambiente del arte. Con el así llamado formalismo ruso aportando un marco teórico desde la crítica literaria –para esta escuela teórica la forma *es* el contenido, como un Gobierno que dice: el comunismo *es* tener todo en común, y así despreocuparse de vestir y alimentar a su pueblo–, no podía faltar mucho para que incluso el concepto de fondo fuera propuesto por una calculadora, según vaya uno a saber qué oscuros algoritmos. Las máquinas terminarán entonces de adueñarse hasta del último mecanismo que nos queda para torcer la realidad, cada vez que esta cometa la imperdonable indecencia de no aparentar lo que es. Perdidos entre capacitores y relés, olvidaremos que lo más importante es saber qué queremos nosotros y nos limitaremos a perfeccionar los mecanismos de reacción a lo que haga el adversario. Este trabajará a su vez en lo mismo, mientras ve lo que hacen de este lado, y así hasta la más completa quietud, como en una partida de ajedrez en la que ambos contrincantes juegan a pensar todas las partidas posibles, sin mover una sola pieza. La guerra fría pasaría entonces a directamente congelarse, lo que no dejaría de ser deseable, siempre que los trebejos no empiecen a moverse por sí solos, como sabemos que sucederá más temprano que tarde.

Si nunca me esmeré demasiado con mis falsificaciones en el aspecto artesanal, apenas lo suficiente para que no fueran descubiertas a primera vista –cuando llega la segunda, según ha demostrado la historia del rubro, ya es demasiado tarde para revertir la impresión originaria, como si realmente aquella mirada se estampara en la copia al modo de un sello que la declarase fiel a su fuente, una suerte de amor instantáneo que las decepciones posteriores nunca logran revocar del todo–, no fue sólo porque carezco de talento para las manualidades o tengo nulo interés por la reproductibilidad técnica del arte, sino porque siempre creí que lo que importa es el mensaje. Ni siquiera he hecho uso del don de imitar voces, ahora que la radio y el teléfono y las grabadoras multiplicaban el campo de trabajo, porque aprendí que la perfección formal puede incluso ser contraproducente y despertar sospechas. Más de una vez me pasó que se dudara de una voz que en nada se distinguía del original precisamente por esa falta absoluta de distinción, que funciona paradójicamente como un lunar de la impostura. No sé qué dirá la psicología de esta curiosa capacidad humana para no dejarse engañar cuando no hay forma de descubrir el fraude o, lo que es lo mismo, para sólo dejarse engañar cuando hubiera habido forma de no caer en la trampa, pero yo lo interpreto como una suerte de masoquismo conceptual, en el sentido más lúdico y alegre (*gay*) del término. Nos gusta ser engañados como nos gusta que nos infrinjan dolor porque no es dolor, ni engaño, el que cuenta con nuestro visto bueno, o vista gorda.

Así, y estimo que sólo así, se explica que creamos en el paraíso y en el infierno, en los ángeles y en Satán, en la fidelidad de nuestras parejas, las bondades de la *Aspirin* y las promesas de Konrad Adenauer. Creemos en lo increíble porque toda decepción esconde un desagravio a nuestra natural incredulidad. Esa es la contracara sádica de la moneda: nos gusta ver humillada nuestra fe, ese subterfugio caprichoso de nuestro discernimiento. *Verás que todo es mentira*, como bien dice el tango, o, como escribí yo mal alguna vez, aunque quizá no por error: *veraz* que todo lo es.

Los argentinos tienen para esto una palabra mágica, que aplican a todo lo que no consideran genuino, desde ideas y conceptos hasta cosas y personas: *trucho*. Viene al parecer del árabe *truchimán*, que significa *traductor*, ese traidor compulsivo, ya sea por ineptitud, falta de equivalencias razonables o simple voluntad manipuladora. Cualquiera que haya vivido entre dos idiomas puede confirmarlo: donde hay traducción, hay *truchada*. Y ni siquiera es necesario que haya dos idiomas, porque la existencia de uno ya implica la de ese otro sistema que este alega poner en palabras, o de cuya presunción de existencia se aprovecha para directamente inventarlo. ¿Qué es una noticia, al cabo, sino la traducción de un hecho?

14.
LA VERDAD SOBRE MI HIJO

Por aquellos rincones del razonamiento vagaba mi mente mientras trataba de rehacer una vez más mi vida en una ciudad reducida a escombros, esa traducción literal del concepto de edificio al idioma de las bombas. No descarto, quiero decir con esto, que tanto escepticismo proviniera de ver mi Berlín igualada al suelo o, peor, a sus habitantes afanándose por reconstruirla como si nada hubiera pasado, o como si sólo hubiera pasado, por un momento, la nada.

Ninguna cosa más efectiva que el optimismo ajeno para sumirnos en profunda depresión, descubrí por este tiempo. No haber vivido la guerra evidentemente me impedía entender la felicidad de ya no verse obligados a hundirse en los *bunkers* cada tres horas. Lo único que observaba era la tarea titánica que había por delante, mientras que los berlineses, o más bien las berlinesas, agradecían tener al fin algo para hacer, más allá de rezar que no les cayera una bomba en la cabeza.

Me deprimían esas cadenas de mujeres moviendo escombros de un lado para el otro en baldes de metal tanto como me deprimía que para reconstruir nuevos edificios tuvieran en muchos casos que seguir dinamitando los pocos que habían quedado en pie. Me deprimían las amas de casas barriendo el polvo de habitaciones a las que les faltaba una pared, me deprimía la gente plantando papas en los parques y en los canteros y en cualquier parcela de tierra que tuvieran a mano; me deprimían las ventanas cubiertas con lo que fuera, incluidas placas de radiografía, que desde adentro deben haber dado una imagen espectral; me deprimían las columnas de anuncios y los muros callejeros llenos de papeles con pedidos y ofrecimientos a cual más miserable; me deprimía que en el mercado negro un Lucky Strike cotizara más que la moneda del país; me deprimían las banditas de jóvenes y niños traficando lo que fuera, empezando por sus propias existencias a la deriva.

En ese estado de ánimo, cansado de las cintas americanas, fui a ver la última producción de los rusos (DEFA), que precisamente trataba sobre estas hordas de huérfanos que pululaban por la ciudad, haciéndose entre sí de las familias que habían perdido, aunque para ellos no habían inventado aún el equivalente a esas máquinas que traducían los escombros en material de construcción; quiero decir que, por muchos niños que se sumaran a un grupo, no alcanzaban para formar ni un solo adulto.

La película empezó en este caso antes, durante el semanario, que incluía precisamente una campaña de niños perdidos en busca de sus padres. Durante algunos minutos, desfilaron infantes bien peinados y vestidos que miraban desorientados a cámara, mientras una voz en *off* informaba sus nombres seguidos de su fecha y lugar de nacimiento, cuando se sabían. A veces sólo se daba el nombre de pila y el lugar donde habían sido encontrados, de algunos ni siquiera eso, sólo quedaban los rasgos de esas caritas ampliadas en la pantalla para que sus padres los reconocieran.

Frente a esos niños sin identidad, estallé en llanto como si hubiera reconocido al que nunca pude tener.

La tristeza, no sé si por esos hijos de nadie o por mí, o por ambos –hasta donde hubiera diferencias–, me duró hasta después de terminada la película y aun el día con su noche. A la mañana siguiente, desesperado por quitármela, me presenté en la Cruz Roja y dije que había reconocido a mi hijo en el semanario de la víspera. Durante el insomnio me había acordado de Paul Zech y su reclamo de un método para saber de quién desciende un crío, hasta que entendí que ya existía y era este: el de simplemente adoptarlo, como por cierto ocurría en la película de Kaiser. Al hacerlo, tapaba, como mis padres, un problema propio, el de mi divorcio de la realidad, digamos, pero no por eso dejaba de solucionar, o intentar solucionar, uno ajeno.

–¿Cuál de todos? –me consultaron, atinadamente.

–El cuarto o quinto, del que no se sabe ni el nombre –improvisé, aunque había tenido tiempo de más para planearlo y era la impostura más importante de mi vida–. Se llama Franz. Franz Jürges.

A falta de papeles en los que apoyar mi reclamo, que alegué perdidos durante los bombardeos (sólo más adelante me enteraría de que los berlineses tenían catalogados los ataques aéreos casi como a hijos, no habían llegado a ponerles nombre pero los mencionaban con la fecha exacta –el del 3 de febrero, el del 18 de marzo–, que es lo que también debería haber hecho yo para darle volumen nativo a mi pretexto), mostré que el saco que llevaba puesto era del mismo tipo con el que había salido mi hijo en el semanario –la casualidad por la que me había terminado de quebrar en el cine– y especifiqué que lo había confeccionado el sastre de la familia de la Krummestrasse en Charlottenburg, rezando para mis adentros haber elegido una calle de la que no hubiera quedado nada en pie.

Mis temores tenían menos asidero aún que los datos que había aportado. Los niños que aparecían en ese semanario eran los casos más penosos, sobre todo los que carecían hasta de nombre, y en la Cruz Roja estaban muy predispuestos a entregarlos a quien fuera, con tal de que pareciera sobrio y hablara alemán. Y estuviera casado, según pude colegir de la última pregunta que me hizo la señorita que me atendió.

–Mi esposa no ha querido verme desde que volví del frente –dije, presa de una repentina compunción que no hubiera podido ser más profunda ni en el caso de haber respondido a hechos fácticos–. Siente que fue su culpa perder a Paul –tan alterado quedé con mi capacidad de dolerme de mí mismo que equivoqué el nombre de mi hijo, quizá fue la venganza inconsciente de parte de Zech por haber elegido homenajear a otro escritor que no fuera él–, o sea, Franz, Franz Paul, cada uno eligió un nombre, el de su abuelo preferido –intenté enmendarme agregando un dato incontestable, por el que esperaba nunca tener que dar respuestas–, recuperarlo a él sería también recuperarla a ella.

–Pero ella sí tiene papeles, ¿verdad? –preguntó la señorita, inconmovible.

Faltaba el momento más difícil, el del encuentro. Mientras esperaba –era una recepción como de hospital, desde la que se abría una puerta doble que daba a lo que supongo que sería la zona de alojamiento, con la cocina en primer orden, a juzgar por el vaho a coles cada vez que la abrían–, me vino a la mente la tarde de infancia, completamente olvidada hasta ese instante, en que mi madre me acompañó al hogar de animales en las afueras de Berlín porque yo insistía en tener un gato, o más bien para que dejara de insistir, y al que crea que no hay diferencia es porque nunca fue niño, o en todo caso no sintió la frustración de que sus padres no le aprueben los deseos ni siquiera cuando se los cumplen. La diferencia es que en aquella oportunidad esperé a que algún felino se restregara contra mis piernas –¿se puede ser más explícito, a una edad en la que tanto cuesta poner en palabras nuestros sentimientos?–, mientras que ahora había tenido que elegir de antemano. ¿Y si resultaba arisco? El dato de la chaqueta había suplido la falta de papeles, pero al precio de quitarme la posibilidad de cualquier corrección ulterior.

–¿No reconoce a su padre? –le preguntó la señorita al ver que el niño seguía tomado de su mano como si estuviera dentro de un ascensor y tuviera pánico a los ascensores.

Algunos perdían a tal punto la esperanza de ser encontrados –me explicó entonces a mí– que cuando el milagro ocurría sencillamente no lo podían asimilar. A más tardar en ese momento, comprendí el infinito error que había cometido, que es lo mismo que decir que tomé consciencia de que había sido padre, igual que si hubiera visto salir a mi retoño carnal del vientre de su madre. Se dice que muchos hombres demoran en entender esto, y se dice bien, siempre que la idea no sea que tardan en darse cuenta, lo cual es ridículo, cuando no ofensivo, sino que deliberadamente retrasan ese momento de anagnórisis fatal. A nadie le gusta aceptar algo que ya no tiene arreglo, ni siquiera si lo ha buscado, porque nunca es el carácter irreversible de un deseo lo que nos atrae de él, salvedad hecha en el caso de los suicidas, y ni siquiera, tal vez; quisiera saber cuántos se habrán arrepentido una fracción de segundo después de saltar por la ventana o apretar el gatillo.

–Paul, Franz, soy yo –dije, equivocando ahora el orden de los nombres, por lo que me insulté en mi fuero interno, aunque la idea de mencionar ambos no era mala, en el sentido de que aumentaban las posibilidades de que alguno coincidiera–. Soy yo, tu papá, Heinrich –lo puse en autos.

El niño me miró igual que a la cámara en el semanario, como preguntándose si lo que había detrás del lente aquel, o ahora de los míos, sería mejor que lo que conocía de su lado.

–Papá, Franz –balbuceó el niño al fin, también él confundiendo los nombres, lo que a su vez podía tomarse como prueba, no tanto más endeble que la chaqueta, de que era astilla de este palo.

–Ya sé que no te gustan los abrazos –se me ocurrió salvar la escandalosa falta de emoción que proponía la escena, con el tono de quien revela una intimidad mucho más profunda que esas muestras públicas de afecto–, pero creo que las circunstancias ameritan una excepción.

Con la vista de nuevo en la cámara, el niño se dio una última chance de no aceptar el juego y hasta pareció sopesar la posibilidad –temí de repente, con una dilación mucho más alarmante que la otra– de dejarme en evidencia. Pero enseguida se decidió por el riesgo, seguramente asumiendo que su lance sí era reversible, y se fundió conmigo en un abrazo tan conmovedor que dejó en un segundo plano el hecho de que nuestras chaquetas marrones, aunque de corte similar y botones más o menos del mismo tamaño, estaban hechas de telas por completo diferentes.

–¡Ese es mi retoño! –exclamé, en algún punto convencido de que un niño que entendía tan rápido desde dónde soplaba el viento algo recónditamente mío debía tener.

Mientras le reponía en su lugar la gorra que se le había caído en nuestra cariñosa refriega, me di cuenta de que no contaba ni con una habitación dónde alojarlo. Concentrado en tomar posesión de él, como un ejército un territorio enemigo, había dejado para más tarde la cuestión de qué hacer en caso de victoria. Pero tampoco ahora tuve tiempo de responderme esa pregunta, sorprendido por un contraataque desde el flanco menos pensado.

–La chaqueta se la di yo –me comentó la señorita cuando volvimos a quedarnos solos completando los papeles, mientras mi hijo pasaba una última vez por su dormitorio a despedirse de sus colegas de orfandad–. Y usted no tiene pinta de haber estado en el frente.

–En eso se equivoca, señorita –dije–. Soy incluso un herido de guerra.

–De la anterior, será.

–Todas las guerras son igual de terribles.

La señorita me miró con sorna. Claramente le gustaba mi estilo.

–Sin el certificado de matrimonio no puedo entregarle al niño.

–Tengo para coleccionar. Aunque precisamente por eso no descarto que puedan ser impugnados en un examen demasiado minucioso de las autoridades competentes.

Envalentonado por la buena voluntad de esa mujer, le abrí mi corazón. Además, por qué negarlo, era la puerta de salida a la situación aparentemente sin escape en la que me había embutido. Y, de paso, le enseñaría al connato de impostor que no estaba bien mentir. Como primera lección era tan buena –sobre todo por venir de quien venía– que casi pedía ser también la última. Un padre verdaderamente ejemplar es el capaz, por el bien de su hijo, de ponerse como ejemplo a no seguir, e irse. Pero la señorita volvió a sorprenderme.

–Puede casarse conmigo –me propuso–. La única condición es que no me toque un pelo.

Era la primera vez que me ofrecían matrimonio y me emocioné, lo que no dejó de causar un fuerte efecto en mi prometida, que debía ser la primera vez que tomaba la iniciativa en lugar de recibir las propuestas y automáticamente rechazarlas.

–En eso puede quedarse muy tranquila –dije.

Volvió a señalar quién era ahí la que imponía los requisitos:

–En eso y en todo. De lo contrario, usted termina en la cárcel por secuestro de menor y privación ilegítima de la libertad.

–Entiendo.

–No son tiempos para estar soltera.

Concluyó, para que yo también entendiera el origen de su liberal oferta. A lo que enseguida agregó que por ese niño había sentido desde el principio una fascinación especial, cosa que le ocurría tarde o temprano a todas las tutoras con alguno de sus pupilos, más tarde que temprano en su caso, al punto de que ya había desesperado de no tener instinto maternal y por eso ahora se precipitaba a honrarlo.

–He visto lo que sufrían las otras cuando se llevaban a su preferido y no quisiera tener que vivirlo –completó su confesión–. Siempre he querido ser madre.

–¿Y por qué no lo fue?

–Porque no puedo.

–Yo tampoco.

–¿Usted tampoco puede ser madre?

–No puedo ser padre.

–Sí, entendí. Igual ya es más información de la que necesito. ¿Estamos de acuerdo?

Estábamos mucho más de acuerdo de lo que imaginaba, si incorporábamos a mis padres a la ecuación; aunque su suficiencia hería mi orgullo y me impelía, por primera vez, a querer conquistar a una de mis esposas.

15.
LA VERDAD SOBRE EL IDIOMA ALEMÁN

En eso (conquistar a mi esposa) estuve entretenido de ahí en más, y en criar a un niño, que es tarea curiosa, entre imposible y automática, mientras entretenía los duros meses del bloqueo colaborando con una asociación anticomunista abocada a prestar servicios jurídicos a los habitantes de la República Democrática Alemana abusados por el sistema comunista de expropiaciones, es decir, prácticamente todos. El trabajo me lo había conseguido Jonas, estaba relativamente bien pago (por la CIA, se sobreentiende) y consistía en recabar la información pertinente del lado ruso de la ciudad, por cierto el más dinámico y pujante.

Operar entre las líneas de un enemigo que hablaba mi idioma, a las órdenes de personas que detrás tenían al que había sido el enemigo de mi país, me recordaba tanto mis tareas en Buenos Aires que nunca sentí que había pasado a ser un espía, como me terminaron catalogando los colegas de la Stasi. Yo simplemente informaba lo que veía, y lo que no veía a veces también, no por pereza o voluntad de engaño, sino por lo que ya tengo dicho acerca de la timidez de la realidad. Los hechos se desplazan por momentos como sobre agua, sin dejar necesariamente huella, y sacarle un molde a esa pisada de tiempo, por lo efímera, no es tarea de intrigantes, sino de artistas.

No lo entendían así los colegas del servicio secreto de la RDA, como decía, y empezaron a hacerme sombra. Otra cosa que conocía de Buenos Aires, con ocasionales golpizas incluidas, de modo que me afianzó en mi certeza de no haber cambiado de rubro. Como una persona de origen judío convertida al cristianismo desde hacía más de una generación y totalmente asimilada a la sociedad alemana después de que las leyes de Núremberg intentaran persuadirla de que en el fondo era de otra raza, yo no iba a permitir que fuera el enemigo quien decidiera mi estatus, en este caso laboral. La diferencia, contra toda expectativa, fue que a mí la estrategia me funcionó, si no en el sentido de que me dejaran en paz, al menos en el de que me molestaron con respeto. Cuando llegó el día en que al fin decidieron pasar al ataque, no me secuestraron ni me interrogaron, sino que me invitaron a realizar mis tareas periodísticas del otro lado de la frontera, también ideológica.

–Sabemos que tanto su hijo como su mujer provienen de nuestro país –me amenazaron los agentes, uno más flaco que el otro, en el sentido netamente incesante de la expresión, porque con cada pitada que les daban a sus cigarrillos de tabaco turco, o de más adentro de oriente aún, parecían ir escuchimizándose siempre un poco más que su compañero.

–Mi mujer no tiene nada que ver en esto –dije, ya dudando y, medio segundo después, convencido de que no podía ser ajena, si la mencionaban, pero que eso era en todo caso un asunto mío.

–¿Y su hijo? –insistieron, como si buscaran fumarme también a mí, que no me animaba a defenderme sacando mi paquete de Lucky Strike, por temor a que lo tomaran como una provocación, o un intento de soborno–. ¿No le da vergüenza trabajar en contra de quienes lo rescataron y se lo devolvieron?

Considerando que lo mismo había hecho Rusia con mi país, aunque fuera discutible si a una ocupación sin fecha de vencimiento correspondía contabilizarla como devolución, no podía negarle una cuota de sensatez a su postura. La aumentaron abandonando las amenazas, que no por vagas dejaban de trabajarme el resentimiento, para invitarme a mirar la paja en el ojo propio, en lugar de insistir con el ajeno.

Esto de indagar sobre el pasado de la gente a la que yo respondía en Alemania Occidental era algo que, por muy increíble que parezca, no se me había ocurrido hasta el momento y que, como resulta de lo más creíble, no dejó de dar sus frutos, naturalmente podridos.

–¿Tú sabías que Linse trabajó para los nazis? –confronté a Jonas con los resultados de mis investigaciones sobre las actividades previas de quien ahora dirigía la asociación que me había recibido sin preguntar por mis antecedentes, descartando que entonces yo no preguntaría por los de ellos, como ciertamente fue el caso, al menos hasta este momento.

–¡Quién no, amigo mío! –le bajó el precio a mi información, al tiempo que sutilmente se lo subía al de mi propio pasado con los pardos.

–No hablo de haber sido miembro del Partido o de haber participado de su ascenso al poder. –Me hice inmediato cargo de la parte que me correspondía, para dejar en claro la diferencia, luego de que el camarero nos sirviera sendos jarros de cerveza–. Este Walter Linse, que ahora se dedica tan gentilmente a brindarle su apoyo como jurista a las víctimas de expropiaciones en la RDA, se dedicó desde 1938 a limpiar de judíos la zona de Chemnitz, dándole marco jurídico a la expropiación de sus bienes. Una vez declarada la guerra total, quedó a cargo de organizar el trabajo forzado de esa misma gente.

–No se le puede negar que tiene experiencia en lo que hace, pues, aunque la haya juntado en un contexto más bien dudoso –dijo Jonas, con un pragmatismo ya rayano en el cinismo, escuela Juan Domingo Perón, digamos.

–Después de la capitulación –proseguí con el parte de mi reporte–, se dedicó a desnazificar a la gente de Chemnitz, me puedo imaginar con cuánto rigor.

Tanto debe haber invertido en el camino que al final no le alcanzó para él mismo.

Jonas intentó salir de la defensiva:

–Hay un testigo que dice que fue miembro de un grupo de resistencia durante la dictadura de Hitler.

–Hay un testigo, es verdad, uno solo –repliqué–. Y de ese grupo de resistencia, que supuestamente se llamaba *Ciphero*, no ha quedado ni huella.

–Signo de que hacían bien su trabajo.

–Lo mismo se dice de Linse, que usaba su puesto de *arisador* para salvar judíos. Lo hacía tan en secreto que ni los judíos se enteraban.

Jonas aprobó la ironía con una semisonrisa amarga. Luego oí por su boca lo que ya había averiguado por boca de mis informados transformados en informales informantes, esto es, que después de la guerra Linse había trabajado para los rusos –no por elección, sino porque Chemnitz había quedado de ese lado de la frontera interna– y sólo unos meses antes del bloqueo se había pasado de bando, la CIA le había ofrecido ese puesto como le hubiera podido dar cualquier otro, lo importante era retenerlo hasta sacarle toda la información y los contactos. Lo que sí resultó una novedad para mí fue el tema de su tesis como jurista, que Jonas me comentó como una curiosidad al paso.

–Es sobre el *intento inservible*, una de las figuras más controvertidas de la jurisprudencia alemana –explicó, tras hacerle honor al segundo litro de rubia–. O sea, el delito que se comete, aunque no haya ninguna posibilidad de éxito.

–¿Por ejemplo?

–Por ejemplo, alguien te dispara con un arma que no tiene balas. ¿Es o no es un intento de asesinato?

–¡Por supuesto, si es lo que quería!

–Me temo que entonces sos más nazi que Linse, que defiende la falta de mérito cuando el delito por el que se acusa a una persona es de realización imposible. Un impotente al que acusan de querer violar a una mujer, por poner otro ejemplo.

El golpe bajo, en todo sentido, me dejó sin palabras, por lo que Jonas, creyendo que no era lo suficientemente sugestivo, o que se había pasado de la raya –quiero creer, en tal caso, que sin saber hasta qué punto, yo al menos nunca le había hecho ningún comentario al respecto y casi se podía descartar que lo hubiera averiguado por su lado, son cosas que no quedan asentadas ni en los registros médicos–, apuró un tercer ejemplo, con el que dijo que iba a poder reivindicarme: el vendedor de un caballo supone que el animal tiene un defecto y se lo calla al comprador, pero tras venderlo se revela que el defecto no existía, ¿puede el comprador acusarlo de estafa?

–¡Por supuesto que no! –me apresuré a responder, como si con ello tapara mi silencio anterior, aunque en rigor lo resaltaba, en todo caso sin pensarlo ni un segundo otra vez y más bien fascinado por la capacidad de los leguleyos para inventarse escenarios absurdos.

–¿Y por qué no, si su voluntad era la de cometer un delito, lo mismo que el hombre de la pistola sin balas? –me apretó Jonas, aunque no del todo, por dejar afuera el ejemplo del violador impotente, de nuevo no supe decir si exprofeso o *ex nihilo*.

A continuación, me explicó que los nazis habían abolido la figura del intento inservible, que Linse había defendido en su tesis no tan abiertamente como hubiera querido, porque había empezado a escribirla antes del 33 y luego, con Hitler ya en el poder, se había visto obligado a moderarla. Y es que el nazismo había buscado endurecer las leyes al punto de que ningún delito quedara sin su castigo, ni siquiera aquellos materialmente imposibles de cometer. Lo que ocurría entonces era que el crimen ya no se medía por su ilegalidad, sino por la voluntad criminal de sus autores, que por fuerza debía ser previa a la acción. Para determinar quién era un delincuente, bastaba entonces con tipificar qué tipo de persona muy probablemente terminaran siéndolo y ya se los podía castigar de antemano.

–Las personas de tipo judío, por ejemplo –dije.

–Judío, comunista, homosexual, gitano –confirmó Jonas–. Es como una aplicación invertida del *intento inservible*: resultaba imposible, en este esquema, que ese tipo de persona no vaya a delinquir.

Pero era verdad que en el caso de los judíos el patrón penal adquiría su máxima pureza, siguió explayándose Jonas: ellos perpetraban, por meramente existir, un delito. Un delito de sangre, como cualquier asesinato. Desde que la justicia del país había dejado de defender la vida y la libertad para ocuparse, en primera instancia, de la raza y del honor –que no eran más que formas perfeccionadas de lo mismo, pues desde su perspectiva no había verdadera vida en libertad sin pureza de sangre ni honradez de sentimientos–, un judío ya no tenía razón de ser, y expulsarlo del país, o directamente aniquilarlo, dejaba de ser un crimen para representar el justo castigo de uno previo, el de la contaminación racial.

–Igual no entiendo por qué se tomaban tanto trabajo –objeté–. La metáfora del cáncer es más efectiva y no necesita justificativo jurídico alguno.

–Lo que pasa es que el derecho abarca a todos y no sólo a los médicos –dijo Jonas–. Al cáncer lo pueden curar los oncólogos, mientras que defender la ley es tarea de la ciudadanía en su conjunto.

El marco jurídico tenía una ventaja adicional, siguió aleccionándome. Como los nazis sabían perfectamente que lo que estaban haciendo era un crimen en cualquier tipo de jurisprudencia posible, invertir los términos fundamentales del derecho les garantizaba impunidad absoluta. Detrás de la idea de que todo judío es un criminal *per se* había una mucho más rebuscada, que llevaba el *intento inservible* a su paroxismo: la noción de que una persona, por el sólo hecho de llevar un brazalete con una esvástica o ser miembro del Partido o adherir a sus máximas, estaba *materialmente* imposibilitada para cometer un crimen.

–Inimputables, como los débiles mentales que mandaban a esterilizar –dije.

–O como dioses que no pueden equivocarse.

–La inconciencia total y la pura conciencia, qué rara coincidencia.

Jonas no se detuvo en la tesis del *intento servible*, como la denominó, sino que me expuso, ya en nuestra tercera vuelta etílica, de dónde creía él que provenía esta trampa, menos jurídica que mental, en la que los alemanes no es que caían, sino que estaban condenados a vivir desde antiguo: su idioma.

Por muy preciso que fuera el alemán, y aunque eso exacerbara su aspecto lógico –no pocos filósofos habían estimado, de manera más o menos explícita, que era el mejor idioma, cuando no el único, para pensar los grandes problemas del hombre con la mayor claridad–, lo cierto es que había algo en su estructura, tan amena a la articulación de premisas y conclusiones de manera concisa y sutil, que impedía razonar sobre sus propios principios. Ese detalle aparentemente menor y hasta negligible se volvía en contra de la argumentación en su conjunto cuando esta había partido de axiomas inconducentes, como era notoriamente el caso con la teoría de la raza superior.

Una vez postulado que existía un orden jerárquico en lo que sólo era una catalogación biológica y que esa jerarquía supuesta planteaba un problema social, el debate sobre cómo resolverlo –la así llamada *cuestión judía*– alcanzaba niveles de sofisticación al que ni el inglés, ni el francés, ni el castellano podían aspirar nunca, como ya lo demostraban los intentos ridículos, estériles, que habían hecho en otras latitudes por reproducirlo en las traducciones respectivas.

La gramática alemana, con su laberinto de subordinadas sostenido por la condensación pronominal y la tensión del verbo postrero –todo esto siempre según Jonas, yo jamás lo hubiera pensado, apenas si logro reproducirlo–, permitía formar conceptos que tenían la fuerza de onomatopeyas, la consistencia de objetos que en su propia manifestación verbal llevan la prueba fehaciente de su existencia física, de modo de darle a sus hablantes la sensación tangible de estar esculpiendo sus argumentos en piedra. Sin embargo, toda esa potencia analítica sólo servía para alejarse de los axiomas en que se apoyaban, difuminándolos e impidiendo su reconsideración cuando, amén de arbitrarios, resultaban palmariamente aberrantes.

–¿Y en qué se basa todo el sistema de casos del alemán, todas las desinencias de sustantivos y adjetivos que lo vuelven tan sucinto y complejo y, por tanto, nítido y seductor? –preguntó Jonas, es decir, se preguntó, yo en todo caso no me di por aludido–. En los géneros de las palabras, por supuesto, de los que tenemos tres, contra el masculino y femenino de los otros idiomas o incluso el simple neutro del inglés.

–El ruso creo que también tiene tres, y más casos que nosotros –dije.

–¡Tanto peor para ellos! –se ofuscó él, anticomunista hasta en eso–. Yo te hablo del alemán, donde el sistema de casos depende del género de las palabras, sin esos géneros no habría forma de distinguir los casos, ni hubieran sobrevivido. ¿Entendés lo que significa tener una gramática cuya altísima complejidad lógica se basa en algo tan irracional como un género? Es como tener una enorme burocracia dirigida por las normas incuestionables que dicta un loco asesino. No hay forma, en ese idioma, de que sus hablantes no se enreden en mil elucubraciones, sin nunca cuestionar su origen. Y cuanto más se enredan, más creen estar desovillando el asunto, con lo que menos pueden ver su error. Es un idioma pensado por un genio del mal con el expreso objetivo de hacerles creer a sus filósofos que exploran hasta los últimos vericuetos del raciocinio, cuando en rigor se limitan a dar vueltas como hámsteres sin nunca cuestionar la rueda, porque implicaría quedarse con las patitas pedaleando en el aire.

–Pero si los principios son correctos, los razonamientos serán perfectos –objeté, no sé si basándome en principios inimputables o no.

–¡Cualquier razona bien con los axiomas adecuados, Jürges! –volvió a ofuscarse, siempre en nuestro idioma, cosa que tornaba sospechosas todas las conclusiones que se sacaran sobre él–. Lo que el alemán no tiene son mecanismos para frenar su carrera argumentativa cuando el impulso primigenio es más bien un empujón hacia el abismo. Es como una burocracia a la que le falta el formulario que autoriza dejar de llenarlos hasta dirimir la razón de ser del ministerio que los estatuyó.

–El idioma por excelencia de los falsarios –concluí, en tono irreprimiblemente festivo.

–¿Te da orgullo? –siguió Jonas su carrera desenfrenada hacia el abismo de la indignación.

–Me da orgullo que acá estemos dos alemanes hablando mal de Alemania, desde sus más hondas raíces idiomáticas –dije, para reanimarlo–. Sólo así se puede refundar esta nación moralmente deshecha.

–¡Por un imperio de mil años de esto, pues! –levantó lo que quedaba en el jarro con lo que le quedaban de fuerzas para alzarlo.

Las teorías de Jonas me dejaron hondamente impresionado, pero no por eso dejé de cumplir con mi deber, que era mejorar mi situación laboral, y ante la intransigencia de este profesional de la traición para pagar el rescate de quienes me estaban comprando, seguramente por saber que no me conformaría con dinero, me mudé al otro lado de la ciudad con crío y todo. En cuanto a Linse, fue secuestrado por la Stasi y ajusticiado meses después, lo que terminó de convertirlo en héroe de la resistencia del lado occidental, como pienso destacar yo, y hasta cargármelo a mi cuenta, si alguna vez me echan en cara haberlo traicionado.

16.
LA VERDAD SOBRE EL COMUNISMO

MÁS difícil aún que el sello de Hollywood me resultó ser reconocido como "víctima del fascismo", un título que otorgaban en la parte comunista para establecer alguna distinción respecto a los meramente desnazificados por los yanquis, como una suerte de nivel secundario frente a los que sólo habían completado la escuela primaria. Es decir, al título me lo dieron enseguida –junto con la muy bienvenida libreta de racionamiento aumentado–, pero luego sorpresivamente me lo quitaron, alegando que yo era un falsario notorio y había sido parte de un frente filonazi. Aunque nunca pude averiguar quién estuvo detrás de la maniobra, mis sospechas no caen muy lejos de mi exjefe en el Frente Negro, Fricke, nombre de pila Bruno, que proviene de la palabra que en alemán significa *marrón*, que es como se denomina en alemán a los pardos. Si el viento de la historia no me soplara en contra, le escupiría que *once a nazi, always a nazi.*

Para que volvieran a otorgarme ese estatus, que estimo merecer como pocos, tuve que pulir aún más mi historia. Se me ocurrió agregar entonces que el teniente coronel Wilhelm Faupel había mandado a suicidar al informante de la embajada que me había pasado los documentos patagónicos, aunque en el atropello de la inspiración cambié el nombre de Krebs por el del Dr. Richard Burmester, un camarada de la Primera Guerra Mundial al que había visto morir en la trinchera, naturalmente sin haber llegado al título de abogacía que tanto anhelaba y que ahora yo hice la justicia de otorgarle. Pronto me enteraría, por fortuna, de que en el fragor de la inspiración hasta un escritor de la talla de Franz Kafka podía equivocarse y cambiarle el nombre al personaje principal de una novela de un capítulo al otro sin darse cuenta. Dicen que el arte es diez por ciento de inspiración y noventa de transpiración, pero callan que de cada lado habría que descontar un buen porcentaje para los errores.

Lo importante de aquel escrito mío fue que reconstruía cómo me habían armado un prontuario a medida, anticipándolo primero en *Der Trommler* para recién después aportar los datos oficiales de la fiscalía de Wuppertal, que por cierto no coincidían con lo que había publicado aquel pasquín partidario (esto no sé si fue tan así, pero es siempre un buen argumento: fuera del arte no hay licencia poética para confundir ni una coma). El tercer momento ocurrió cuando el embajador Edmund von Thermann se enteró de que yo atestiguaría contra Alfred Müller, el único diplomático que conseguimos meter preso. "Ya de este estado de cosas se deduce que los nazis fueron falseando mi prontuario paso a paso, adaptando sus argumentos mendaces a cada ocasión", dije. Y asesté enseguida el golpe decisivo, la verdad pura y dura de ese país que renacía de la ceniza, también en el peor sentido de la expresión: la circunstancia de que esos registros de los años veinte, evidentemente inventados por la Gestapo para calumniarme en retrospectiva, se siguieran utilizando con el mismo objetivo frente a las autoridades del país vencedor, sólo dejaba en evidencia que lo que estábamos viviendo era un alegre renacimiento de los nazis, que volvían a ocupar los mismos cargos con los que ya se habían ungido durante la guerra. ¡Hitler ha muerto, que viva Hitler!

Pero aún sin mi cucarda de víctima del nazismo –que nunca me devolvieron, y tal vez para mejor, en el fondo estuve más cerca de ser uno de sus grandes victimarios–, yo me sentía muy cómodo del lado ruso, en el que de todos modos ya estaba acostumbrado a pasar la mayor parte del día antes de la mudanza, lo mismo que mi esposa, por su trabajo de dentista, que efectivamente resultó estar monitoreado por la Stasi, si algo no lo estaba (lo mismo que del otro por la CIA, me apresuro a aclarar, por si quedan inocentes en el mundo). Se había casado conmigo, terminó confesándome, para que dejara de acosarla el encargado de su edificio en Pankow, que entonces pasó a acosarme a mí y sólo cejó cuando me casé con su sistema, por así decirlo.

Al contrario de lo que ocurría en la trizona, donde se nos infundía el miedo al comunismo como si no fuera otro modo de organizar la existencia humana sino su seguro fin, del lado ruso reinaba un verdadero clima de victoria y mundo nuevo, que la muerte de Stalin no hizo más que potenciar, como si de ahora en más realmente nada pudiera detenernos, ni siquiera nuestros propios líderes. No hacía falta ser comunista (yo nunca lo fui) para sentirse parte de ese proyecto raro, tal vez sensato, en todo caso digno de tener su chance, del mismo modo que no hace falta creer en Dios para disfrutar de una ceremonia en la iglesia, entre rezos y cánticos, sintiéndose parte de algo más grande que uno mismo, exactamente lo que tanto temían del otro lado: ver a los individuos unidos, sindicados.

Esto no ocurría, admitido, sin una cuota de vigilancia coercitiva. Todos los implementos que se mostraban adecuados para espiar al enemigo eran utilizados después con la población propia, como la ropa del hermano mayor pasa al menor. Los ciudadanos se lo tomaban con naturalidad, en parte porque eran conscientes de estar infestados de espías, en parte porque la mayoría no tenía nada que ocultar. En mis discretas charlas sobre el tema con vecinos y allegados de confianza, sentía incluso que a no pocos la posibilidad de ser espiados hasta les confería a sus vidas privadas un atractivo que ni ellos habían notado hasta el momento. No es lo mismo fregar la ropa a solas que a sabiendas de que alguien nos observa en nuestra faena, de ahí quizá la costumbre de los obreros de hacer trabajar a uno o dos de la cuadrilla mientras el resto fuma y conversa, pero sin dejar de observar a sus colegas, como si también eso fuera parte de la labor, y quién sabe si no la más importante, por convertirla en un espectáculo y así darle trascendencia. No sé si llegaré a presenciarlo, pero no me sorprendería que el día de mañana la gente no pueda vivir sin la idea de estar siendo espiada, como si lo que hace contuviera un secreto y fuera importante para otros. Imagino una vida cotidiana hecha sólo de amplias veredas, con sus transeúntes y tomadores de café en constante observación mutua, el mundo convertido en una gran París, cuyas célebres luces iluminen hasta el último rincón de las alcobas.

Algo de esto debe haber influido a la larga en mi decisión de retirarme de la vida pública. Pero lo principal es que había alcanzado la plenitud de espíritu. Esa urgencia por estar bajo los focos de la fama corresponde a los sedientos de atención, los vacíos por dentro, los desgraciados. Cuando alguien se retira del escenario por voluntad propia es porque al fin le ha encontrado el sentido a la actuación.

Yo lo hallé en mi hijo, que resultó ser un bribón adorable, y en mi esposa; no compartir cama nos ayudó, en este caso, a ser grandes compañeros en todo lo demás. Las vueltas de la vida hicieron que acabara trabajando en la misma biblioteca que Paul Zech, frente a la embajada de Rusia, aunque no usé mi posición allí para sustraer ejemplares valiosos sino para leerlos, respondiendo así, con alguna demora, a la inquietud que implantara en mi espíritu las charlas con Jorge Luis Borges en la esquina de Thames y Güemes. A la vez, mis actividades no se distinguían tanto de las de Zech, porque llamo leer a lo que en rigor fue sustraer contenido, de preferencia sobre falsarios y por ende digno de perdón, al menos por cien años, lo que en términos literarios tampoco es tanto. Sueño con escribir, a pesar de que las fuerzas flaquean, una gran obra bajo el título Amigo de lo Ajeno, en la que reuniré todas mis reversiones de los textos de otros, que son también los míos, como me alentó a considerarlos aquel pensador universal.

Hasta que me enfermé, según los médicos para siempre, y ese siempre más bien breve, aunque yo no pierdo la esperanza de que estén equivocados, a fin de cuentas errar en sus diagnósticos es otro de los males de los que jamás parecen sanar. Decidí entretener la amarga espera de una cura con el repaso por escrito de mi historia para así liberar de obligaciones al instante final, en el que se supone que uno ve su vida entera en el cine interior de su mente, pues me preocupa que sea sólo un mito, como lo sugiere el hecho de que nadie volvió de la muerte para corroborarlo, e irme de este mundo con la sensación de que me faltó algo.

Pero antes de entrar en este estado de convalecencia, justo después del diagnóstico nefasto, visitó Berlín, en gira promocional de su último libro, el autor Max Brod, más conocido hoy por ser el albacea de Franz Kafka, nombre que no ha dejado de crecer desde que lo oí por primera vez y que de a poco amenaza con hacerle sombra a todos los de sus coetáneos.

17.
LA SOMBRA DE KAFKA

Brod venía de Israel y yo no había olvidado mis cuadernos en octavo escritos en hebreo, ni la idea primigenia de pasarlos a valores, sobre todo ahora que tenía un heredero. En ese plan, y aprovechando que la informalidad de posguerra seguía siendo la marca registrada de la época, me acerqué una tarde de febrero a su hotel del lado occidental (la barrera de protección antifascista sólo tiene, al momento de redactar estas páginas, tres meses de vida), con tan buena suerte que lo encontré junto al hogar del lobby, luchando con el doble tabloide del *Frankfurter Allgemeiner Zeitung*, a pesar de la guía de madera que intentaba mantenerlo erecto como al tallo de una planta caediza. Era un hombre construido en partes desiguales, casi incongruentes, con unas piernas bastante largas, pero el torso comprimido, que recordaba el de Jonas, también por su ligero encorvamiento, y que me dio a ultimísimo momento la idea de presentarme como si fuera él, incluso imitando su voz y dispuesto también a asumir su historia, o lo que conocía de ella.

No hizo falta, al menos por el momento. Asumiendo que era un simple admirador de su obra, me invitó a sentarme sin más preguntas. Lo dejé hablar un rato sobre sus primeras impresiones de la ciudad, que no visitaba desde que su amigo Franz Kafka había vivido en ella, y de la que sobre todo parecía haberlo impresionado la falta de árboles, que la gente había estado talando para calefaccionar los hogares, aunque la madera esa no daba más que humo, era más bien el ejercicio de voltearlos y acarrearlos lo que al menos mantenía la temperatura corporal durante la faena. También me habló del calor en Tel Aviv, donde los alemanes insistían sin embargo en usar sus sacos o *Jacken*, de ahí que los hubieran bautizado *Jeckes*, un sobrenombre que rápidamente se había extendido a los emigrados judeoalemanes en todas partes del mundo. Pero Brod maliciaba que tal vez se ocultara allí una alusión a los bufones del carnaval de Colonia, a los que se denominaba con la misma palabra, en su caso derivada de la medieval que era común en la zona para referirse a los dementes.

–De algo bastante loco quería hablarle, precisamente –aproveché quizá no el mejor momento para al fin entrar en tema–. O no hablarle, sino mostrarle y que usted juzgue.

Saqué los cuadernos del bolsillo interno de mi saco, que aproveché a quitarme, pues me estaba asando junto a esos leños que sí quemaban bien, y se los entregué sin agregar palabra, porque tampoco habría sabido como introducirlos sin verme en el apuro de traicionar su origen más bien polémico. De haberse tratado de una falsificación, me consolé para mis adentros, habría sabido inventarle mil historias. Para lo que no estaba entrenado, en cambio, era para vender algo tan real.

Estuvo bien. Como si ya se lo hubiera anunciado por teléfono, o como si hubiera regresado a Alemania en busca de una revelación como la que acaso contenían esos cuadernos, Brod se hundió de inmediato en su lectura, dejándome a merced del carrito de las botellas que había acercado un camarero con gesto de que no les tuviera misericordia, las libaciones corrían por cuenta de la editorial.

Durante el tiempo que demoró Brod en mirar los cuadernitos, o yo en cargarme la cuota adecuada de bravura etílica, jugué a pensar otra vez a que era su autor y llegué a la conclusión de que entonces se hubiera tratado de mi obra maestra, de ahí el cuidado que había puesto en no perderla y la renuencia a desprenderme de ella. El plan nunca debía haber sido monetarizarla, sino usarla de trampolín, una vez arribado a las orillas de la edad provecta, para dejar las turbias aguas de la política y pasar a navegar las más tranquilas del arte.

Con estas fantasías debía estar exorcizando, como también pensé, el miedo a que esos cuadernos fueran efectivamente una falsificación, sólo que perpetrada por otra persona, tal vez la esposa del hombre que habíamos ido a buscar en aquel operativo, la madre en ciernes que respondía al nombre de Dora Diamant. Era el mismo miedo que me había atacado cuando al impostor Felix Krull, en la novela homónima de Thomas Mann, un marqués le ofrece intercambiar roles para él poder quedarse en París junto a su novia, de la que sus padres quieren alejarlo enviándolo casualmente a la Argentina. Tan evidente se me hizo que el otro no era ningún marqués y que había inventado ese supuesto castigo de sus padres para quedarse con los ahorros de Krull que dejé de leer la novela y hasta el día de hoy no sé cómo termina.

–Yo sabía, cuando usé mis contactos en Berlín para recuperar estos papeles caídos por error en manos de la Gestapo, que a alguien le llamaría la atención tanta diligencia y los guardaría y me los acercaría, tarde o temprano, de una forma u otra –dijo Brod al fin, dejando en claro por qué había preferido no saber quién era yo ni cómo había llegado hasta él–. Lo que no me imaginé, debo admitir, es que corroborarían todas mis intuiciones.

Me hubiera gustado ser realmente Jonas y desconfiar genuinamente de la autenticidad de esos cuadernos que el falsario Jürges me diera alegando que era lo único verdadero que había vendido en su vida (¿qué otra cosa podía decirle a quien le había comprado durante tanto tiempo pescado podrido a precio de recién sacado del mar?) para corroborar, frente a la credulidad de ese hombre, que no hay engaño sin satisfacción de expectativas previas. Pero me tuve que resignar con ver confirmado que el mundo existe, los documentos verdaderos existen, las casualidades existen.

–Acaba de salir un librito de textos paródicos sobre escritores, *Con plumas ajenas*, de Robert Neumann –continuó mi anfitrión, tras dejar los cuadernos sobre la mesa ratona y servirse un whisky también él–. En uno de los capítulos, titulado "La parte suprimida de los diarios", Neumann se burla de mi amistad con Kafka, o de mi tarea de editor, o de las dos cosas, imaginando que el sobreviviente fue en realidad Kafka, que termina publicando sus cosas con mi nombre. Lo verosímil de la fantasía es que también Franz, como yo, se hubiera mudado a Israel, según demuestra el hecho de que estos últimos diarios de su vida estén escritos en hebreo.

Se distrajo –¡cuándo no en un escritor!– mencionando una novela propia, publicada a poco de la muerte de su amigo con el título *El reino encantado del amor*, donde el que emigra a Israel o, más correctamente para ese momento, a Palestina, era uno de los hermanos de Kafka que se le habían muerto de pequeño.

–Que no fueron pocos –agregó, compungido.

–Seguro que no más que a Paul Zech –dije, para consolarlo.

–¿Lo conoce a ese delincuente? –abrió grande los ojos.

–Nos trompeamos una noche borrachos en una plaza. –Dejé en suspenso el desenlace del evento.

–Se lo merecía. –Me hizo el favor de declararme ganador–. Pero qué buen escritor. Claramente, el arte no es un asunto moral.

En su novela, volvió Brod a lo que importaba, Franz se llamaba Richard y su hermano sobreviviente, cuando llegaba a Israel, se hacía llamar Samuel, precisamente los nombres que habían asumido ellos, Kafka y Brod, en el único intento que habían hecho de escribir una novela en conjunto, sin llegar a concluir.

–La hija que parimos, pero que se nos murió al poco tiempo –la definió Brod, ahora–. El tema era precisamente la amistad entre dos hombres, con rasgos de cada uno de nosotros, que se ponía a prueba, hasta romperse, durante un viaje como el que realmente hicimos en su momento.

–¿Por una mujer? –pregunté

–¿Por qué va a ser, si no? –rio, cómplice, aunque enseguida se concentró en distinguir realidad de ficción, tal vez a fin de que yo entendiese dónde se juntaban–. Sedujimos juntos a una chica en el tren y después la llevamos a pasear en taxi por la ciudad. La idea había sido que cada cual intentara describir la aventura tomando el punto de vista del otro, por eso al final nunca terminamos de saber quién era Richard y quién Samuel.

Me hubiera gustado conocer la voz de Kafka para poder usarla en ese momento frente a quien tanto parecía extrañarla. Le habría dicho, no sé, que siempre había tenido el plan de escribir un diario sólo de nuestra amistad, tan compleja y tan simple como la que tenemos con nosotros mismos. Porque se dice que la amistad es un alma en dos cuerpos, pero se calla que la soledad de cada cual es lo contrario, un cuerpo con dos almas.

–Con otro amigo pude escribir a cuatro manos un libro de filosofía contraponiendo dos visiones sobre un mismo tema, dialéctica con elaboración a la vista, por así decirlo, pero con Franz no pasamos de aquel primer capítulo –prosiguió Brod, como hablando consigo mismo, o como si de veras tuviera enfrente a su amigo difunto–. Es una frustración que nunca he podido superar, aunque la culpa es mía por esta necesidad que siento de que todo deba quedar plasmado en un libro.

–Tal vez no haber pasado de ese primer capítulo era la condición necesaria para que pudieran seguir siendo amigos –se me ocurrió decir, ya no sé si con la voz de Jonas o la mía, o una mezcla de ambas, en la que acaso resonara la de Kafka–. ¿O no fue la parte en que Richard y Samuel se pelean la que no pudieron o no quisieron escribir?

Se trataba de una conclusión a la que él evidentemente nunca había llegado, por muy a mano que estuviera, y no sé si le gustó demasiado que se la acercase un desconocido, aun cuando lo hiciera con las mejores intenciones.

–Lo otro que confirman estos diarios –habló de nuevo, tras una pausa para servirse un trago y encenderse otro cigarrillo– es que Kafka efectivamente tuvo un hijo. –Me volvió a mirar de lleno, como dándome a entender que esas eran conclusiones y no la sandez que yo acababa de proponerle–. Yo lo sé desde hace décadas, pero no tenía forma de probarlo, más allá de la carta que me mandó la madre, Grete Bloch, contándome que el chico había nacido el año en que empezó la primera guerra y que había muerto a los siete años de una grave enfermedad, lejos de ella, precisamente en Múnich. Créame que moví cielo y tierra para encontrar al menos su tumba, pero nada. Como agregué a la última edición de mi biografía de Franz, no debe haber existido ningún ser que haya abandonado la esfera de la historia humana dejando una huella tan reducida como el único hijo que tuvo Kafka.

Apoyé el vaso sobre la mesa ratona y me reacomodé en el sillón, el próximo cigarrillo ya entre los dedos, sin encender. No creo haber estado más despierto en toda mi vida.

–Según se puede colegir de este diario, y se lo cuento porque asumo que usted no sabe hebreo y creo que tiene derecho a saberlo, sencillamente por ser el ángel mensajero que los trajo hasta mí –Brod siguió rehaciendo la historia a la luz de lo que había leído–, parece que este chico no murió, no al menos a la edad a la que creía la madre, que por cierto sí ha muerto, o mejor dicho fue asesinada, en Auschwitz.

De esto Kafka se había enterado por su última amante, lamentablemente también fallecida. Esa mujer, Dora Diamant –siempre según Brod–, trabajaba en un orfanato berlinés, el mismo al que Kafka había mandado a colaborar a su primera prometida, su gran amor, Felice Bauer. Hacía unos años se habían publicado las cartas que él le mandaba a Felice, cientos y cientos de cartas, cuya lectura Brod me recomendó con fervor, llamándola la novela epistolar más apasionante de la historia de la literatura, a pesar de que faltasen las respuestas, o quizá por eso. En la colección también estaban las que Kafka le había mandado a la amiga que Felice enviara para mediar en un momento de crisis, precisamente la Grete Bloch que había mencionado hacía un momento y que aparecía en la novela *El proceso*, de Kafka, apenas camuflada como la señorita Montag.

También con ella Kafka había terminado liándose y, buscando afianzar el vínculo, la había instado a realizar trabajo social en el orfanato, con lo que había actuado inconscientemente como un padre. Muchos años después, cuando ya había cortado relaciones tanto con Felice como con Grete, Kafka pasó unas vacaciones en un balneario donde también estaban de excursión unos chicos de aquel orfanato judío de Berlín. Allí conoció a la Dora Diamant que me había mencionado Brod, que estaba a cargo de la comida, un tema con el que Kafka tenía al parecer muchos problemas. Se hicieron amigos, después amantes –"Con su timidez, conquistaba más mujeres que yo"–, y ella le confesó que un chico se le había escapado poco tiempo después de empezar a trabajar en aquel hogar. A la madre del chico, en cambio, Diamant le dijo que este se había ahogado durante la excursión, porque decirle la verdad hubiera sido el fin del orfanato, es decir, el fin del último recurso para un montón de niños judíos de los que nadie quería hacerse cargo.

–Por la descripción de esa madre que hizo Dora Diamant –concluyó–, Franz se dio cuenta de que sólo podía ser Grete Bloch, de la que se ve que tenía buenos motivos para pensar que había quedado embarazada de él.

–¿La violó? –por mi boca habló la de Jonas, quien, siguiendo una lógica tan ingenua como atendible, siempre había atribuido su problema de columna a la violencia que su padre debía haber ejercido sobre su madre al momento de concebirlo.

–¿Cómo se le ocurre? –dijo Brod, sin reproche, más bien admirado, como si se hubiera tratado de una hipótesis muy imaginativa–. Franz escribió un texto sobre una violación. Está en sus diarios. Es un tema que nos interesaba a ambos, por *La marquesa de O.*

–¡La marquesa de O.! –exclamé, recordando que eso me recordaba algo, aunque sin recordar específicamente qué.

–El famoso guion largo –me ayudó Brod–. La violación que oculta otra violación.

–Los padres simultáneos. –Al fin se encendieron las luces de mi memoria, aunque sólo para iluminar esa frase, no su contexto, y enseguida otra más, que agregué por las dudas de que fueran juntas–. ¿No le parece increíble que no exista una forma fehaciente de saber quién es padre de una criatura?

–Los estudios genéticos puede que nos den una sorpresa en cualquier momento –comentó al pasar, todavía perturbado por mis palabras anteriores–. Como sea, la violación en este caso fue al revés. ¿Leyó la primera novela de Kafka, que yo publiqué con el título *América*?

–Viví allí muchos años –dije, o volvió a decir Jonas por mí, con tanta convicción que pareció que respondía a la pregunta.

Quizá recordaba entonces que a Karl, que era el objeto erótico de todos los otros personajes de la novela, una especie de don Juan involuntario y pasivo, lo mandaban a Estados Unidos después de que dejara embarazada a la criada, aunque no por culpa de él, sino de la muchacha, que lo acosaba hasta el punto de tirarlo en una cama y sentarse desnuda sobre él. Brod no conocía otra descripción en la historia de la literatura de una violación así, invertida, tal vez las sirenas de Homero fueran una metáfora de eso, de ahí que Kafka hubiera escrito un textito en el que Ulises se dejaba violar por su silencio. Como fuera, de esa violación contra natura, como la llamó Brod, había nacido la primera novela de Kafka, el autor que había dado vuelta como un guante la literatura de nuestro siglo.

–Yo siempre tuve la sospecha de que ahí se escondía una fantasía secreta de Franz, que era casi enfermizamente tímido con las mujeres, no para enamorarlas, sino para el amor. Cometí en su momento la indiscreción de compartir mi hipótesis con Grete, una muchacha muy, cómo decirlo..., de armas tomar.

–Ella lo violó a él –concluí, y ya no me pareció tan escandaloso, al punto de que me hubiese gustado compartir mi hipótesis con Jonas, por más que el orden de los factores no cambiara el producto, la violencia en su gestación seguía siendo la misma y su trauma traumatológico también.

–No me contó detalles, pero puedo imaginármelo, porque también yo fui víctima del entusiasmo amoroso de Grete, por llamarlo de algún modo. –Me echó una mirada de complicidad culposa, antes de continuar.

Después de leer el único capítulo publicado de aquella novela a cuatro manos, en el que se narraba la aventura de los amigos praguenses con la muchacha del taxi –aunque Brod aclaró que en aquella ocasión no llegaron al guion largo, ni en la realidad ni en el libro–, Grete concluyó que la fantasía de Brod era compartir una mujer con Kafka, o eso fue en todo caso lo que le había dicho, después de cumplírsela, con ligera diferencia de espacio y tiempo.

–Tengo para mí que fue su forma de justificar su doble curiosidad, primero respecto al prometido de su amiga, o sea, Franz, y después respecto al amigo del prometido, o sea, yo. Pero no sé por qué le cuento todas estas intimidades, que nunca hablé siquiera con Franz.

Claramente porque me tomaba por su amigo, como si una vez que uno decidía hacerse pasar por otro, también los otros aprovecharan para atribuirnos la personalidad que ellos quisieran.

Había hecho una pausa, como dándome tiempo a que me recuperase de tanta información, y en ese momento, respondiendo evidentemente a un llamado que no había alcanzado a ver, se acercó una camarera para depositar entre nosotros una bandejita de tostadas untadas con paté y pepinillo. Mientras masticaba me pregunté, más para distraerme que preocupado, si tanto agasajo, no sólo etílico y culinario, sino también en forma de confidencias, no sería una estrategia, por cierto que con buenas chances de éxito, para bajarle el precio a lo que había venido a vender, antes aun de que lo mencionase.

–En el fondo, Franz no entendía que existiera gente que no tuviera hijos, los consideraba la salvación de sus padres –volvió a hablar Brod, cuando habíamos dado cuenta de la mitad de los canapés–. Siempre le interesó la educación de los niños. Ser padre y hablar con calma con su hijo, así como estamos charlando nosotros ahora, era una posibilidad que no podía imaginar sin que se le hiciese un nudo en la garganta. Al que se le cierra la garganta ahora es a mí, al ver que a su modo pudo concretarla en su último año de vida, con ligera diferencia de espacio y tiempo, digamos.

Carraspeó, bebió un trago, volvió a carraspear.

–Pero cuénteme de usted.

–¿De mí?

–Me gusta oír alemán, alimenta el amor distante que siento por este país.

Para evitar bienentendidos, me apegué a lo que me había contado Jonas, aunque empezando desde la cura de su enfermedad, porque lo anterior se parecía demasiado a lo que había contado Brod del hijo de Kafka. Curiosamente, esta otra parte resultó parecerse mucho a la que Brod mismo había vivido de niño, pues también él había padecido una enfermedad de la espalda y había sido atendido por el mismo médico, que en realidad era cerrajero y constructor de órganos.

–Me acuerdo de que era un aparato con un aro de metal forrado en cuero sobre el que uno apoyaba la cabeza y que había que ir ajustándolo mediante varillas adheridas con mallas al corsé de la cadera –me ilustró–. ¿El suyo cómo era? Porque el cuerpo le quedó perfecto, por lo que veo.

–Ha avanzado mucho esa ciencia –dije, maldiciendo el momento en que se me había ocurrido hacerme pasar por Jonas, para lo que volvía a no darme el *piné*, ahora en el sentido más estricto del término, el que refiere al índice de relación entre el perímetro del tórax y la altura del cuerpo desarrollado por el médico militar francés Maurice Pignet.

–Franz creía que todos los médicos eran unos tontos y que, desde el momento en que uno se confiaba a ellos, se volvían más tontos todavía –dijo Brod, por suerte demasiado sumergido en su propia realidad como para sospechar de la mía–. Por eso no consultó a ninguno hasta que yo no lo obligué, cuando ya era lamentablemente demasiado tarde. Pero me estaba hablando de usted, perdón por interrumpirlo.

Lo disculpé lo más ampliamente que pude, con la esperanza de que siguiera hablando de él; su interés parecía, sin embargo, genuino, y no me quedó más opción que recapitular mis aventuras juveniles, esto es, las de Jonas, que dejaron boquiabierto al literato, como a mí cuando me las contó Zech, aunque en su caso no sé si por su exotismo o porque le resultaron vagamente familiares, según deduje de la forma en que entrecerraba los ojos, como leyéndolas en lontananza.

Brod volvió a hablar en la primera pausa que hice, y yo nunca estuve tan contento de que a la gente en el fondo sólo le interese hablar de sí misma:

–A Franz le hubiera fascinado escucharlo, amaba a la gente de vida aventurera. Es algo que se refleja con mucha claridad en sus narraciones, aun cuando ahora lo quieran convertir en un autor existencialista, de esos que aborrecen cualquier tipo de acción. Un malentendido titánico, contra el que yo lucho desde casi el mismo momento en que lo generé, por haber contado que Franz, al modo de un poeta romántico, me pidió en su testamento que quemara los manuscritos que terminé publicando.

–¿En serio le pidió eso? –repetí anonadado, no sé si por el pedido en sí o por el hecho de que su amigo se hubiera atrevido a no cumplirlo.

–Varias veces a lo largo de su vida, y yo siempre le dije que no lo iba a hacer –confirmó, abriendo los brazos en gesto de que no traiciona el que antes avisó–. De hecho, yo fui el primero en juntar cosas suyas, empezando por los dibujos que hacía en los márgenes de sus cuadernos de estudio. Que me ordenara quemar sus textos fue para mí como cuando Dios le ordenó a Abraham matar a su hijo Isaac. Franz decía que su escritura era tan importante para él como para una mujer su embarazo, el problema era que después no quería hacerse cargo de la descendencia.

–Pero no era hija de usted, esa obra de Kafka –objeté la imagen.

–Depende de cómo se lo mire, porque de alguna manera terminé siendo su padre adoptivo –dijo Brod–. Leyendo a Kierkegaard cuando ya estaba muy enfermo, Franz fantaseó con un Abraham que se niega a sacrificar a Isaac, pero no por rebeldía contra Dios, sino porque no termina de creer que él pueda ser el elegido y tiene miedo de hacer el ridículo. Miedo a salir en caballo con el hijo, creyendo cumplir con una gran misión, y en el camino darse cuenta de que es don Quijote.

–¿Por eso usted no le hizo caso? –traté de despejar el bosque de metáforas a machetazos, a ver si vislumbraba la moraleja.

–Mi miedo, en todo caso, era transformarme en una especie de Eróstrato, el que quemó el templo de Artemis con el solo objeto de hacerse famoso –siguió él, acumulando imágenes simbólicas sobre su quehacer, o *quenohacer*–. Y lo que ocurrió fue exactamente lo contrario: debo mi celebridad a que no cumplí con la última voluntad de mi amigo.

–Uno se hace famoso no con lo que quiere, sino con lo que le dejan –repetí una de las sentencias más amargas de Zech, que debía su celebridad, si alguna tenía, a sus plagios.

–No puedo dejar de pensar –no pudo Brod dejar de sumar una cita más, lo que en el fondo tenía su lógica, a fin de cuentas debía venir pensando en este asunto desde hacía décadas y ya debía vislumbrar que no podía faltar mucho para que también su historia con Kafka se fundiera con otras de la historia de la literatura, tanto reales como inventadas– en *La mujer sin sombra*, la ópera de Wagner con libreto de Hofmannsthal. Ahí la reina, cuya falta de sombra es una metáfora de su esterilidad, se niega a quitarle la sombra a otra mujer, y precisamente por abstenerse termina adquiriendo una. Lo que no logra por las malas, se lo dan por las buenas.

Asentí en silencio, intuyendo que ahora sí venía la moraleja, y no quedé defraudado.

–La diferencia es que yo no quería nada para mí, tengo mi propia sombra, aunque con el tiempo se haya ido achicando y perdiendo en la de Kafka –siguió Brod–. La mayoría de los escritores damos sombra mientras estamos vivos y con nuestros cuerpos desaparecen también nuestros libros. Después están los escritores que son un estorbo para su obra, escritores que nacen al morir, por así decirlo. Me cuesta imaginar, al menos como consuelo, que Franz no intuyera que él pertenecía a esta última categoría.

Callé.

–En cualquier caso, Franz nunca se preocupó por su fama terrenal. Esa parte incordiosa y perturbadora la derivó en mí. Le bastaba ser mi amigo para vivir vicariamente la gloria efímera de la que gocé hasta la llegada del nazismo, mientras él escribía para la posteridad. Es otra de las cosas que siento que hice por él, quizá la más importante, aunque casi no me haya dado cuenta.

Volví a callar.

–Por eso cuando Walter Benjamin dice que le sorprende que Franz pudiera ser amigo mío, yo le respondo que lo sorprendente es que yo pudiera ser amigo de Franz, que me usó de albacea desde mucho antes de morirse. Son cosas que tampoco yo entendí hasta hace poco, cuando empezaron a cuestionar mi edición de sus textos, por ni hablar de la interpretación que he hecho de ellos.

Callé con especial fuerza.

–Al último simposio sobre Kafka aquí en Berlín ni siquiera me invitaron, ¿puede creerlo? Cuando pienso en cómo lo saqué a Franz de esta ciudad, casi muerto, para llevarlo de nuevo a Praga, me siento como una madre a la que el Estado le roba el hijo aduciendo que ya no está en condiciones de cuidarlo. ¿Todavía no se enteraron de que, sin mí, Kafka no existiría, por lo que no tendrían ningún simposio que celebrar? Quieren borrar mi sombra de la obra de Kafka, pero lo cierto es que yo soy el sol que la iluminó en primer lugar.

Decidí ni pensar en romper mi silencio.

–Cuando los padres le pidieron a Franz que usara el tiempo libre que tenía por las tardes para auditar el trabajo en la fábrica de asbesto del cuñado, Franz me mandó una carta amenazando muy concretamente con matarse. No dudé en reenviársela a su madre para que en la familia entraran en razones y lo eximieran de aquella exigencia. Con una salvedad: le recorté una posdata de Franz que hubiera resultado contraproducente para mi objetivo. Y se cumplió: de inmediato retiraron el pedido y Franz pudo seguir teniendo al menos una parte del día para él. Al analizarlo en retrospectiva, me doy cuenta de que ese fue mi primer trabajo de edición sobre un escrito de Kafka. Año 1912, hace ya sesenta años.

–...

–Con ese mismo espíritu edité el resto de su obra, empezando por *América*, a la que le cambié el título original, que era *El desaparecido*, no por capricho, sino pensando en que fuera lo más accesible al público posible. Por eso no entiendo las críticas respecto a estas y otras pequeñas alteraciones que tuve que realizar para allanarle la circulación a esos textos, nada que no hubiera hecho cualquier editor, probablemente con anuencia de Kafka. Me tratan como a un falsario por haber hecho recortes, por ejemplo, en sus diarios, o sea, en sus anotaciones íntimas, olvidando que hablamos de un autor que no quería publicar ni lo que se supone que escribía para ser leído por otros. Si a todos los que dieron a luz un texto ajeno se les hubiera aplicado ese criterio, el oficio de editor aún estaría por inventarse.

–...

–Tampoco me perdonan mi interpretación de Kafka desde un punto de vista judío, por muy buenos argumentos que ofrezca. La más benévola de las reacciones es explicarme que por mi cercanía con el objeto de estudio no estoy en condiciones de analizarlo con la objetividad suficiente. ¿A usted le parece que *no* haber conocido a Kafka puede ser una ventaja para entenderlo? Es como rechazar los diálogos de Platón porque cometió el pecado de ser discípulo de Sócrates. Mientras, los otros pueden interpretar a mi amigo como si fuera un sucesor de Nietzsche, ese bestializador del hombre moderno. Cuando me cruzo con uno de esos libelos, que sólo sirven para justificar las teorías pesimistas y decadentes de sus autores, siento que el gran don de profecía de Franz, el mismo que le hizo anticipar las deportaciones nazis y hasta las cámaras de gas, le permitió intuir que sus escritos iban a ser instrumentados de manera aberrante y por eso no quería que lo sobrevivieran.

–...

–¡Y todo esto tengo que soportar de gente que no conoció a Franz y cuya obra sólo sirve de pretexto para cobrar un sueldo en la academia o en un periódico, mientras que en mi caso constituye la columna vertebral de mi espíritu! Porque Kafka no es mi objeto de estudio, Kafka es mi vida, no sé si me explico. Sus libros son también míos, desde el primero hasta el último. Aunque ahora tal vez yo parezca ser Sancho, siempre fui el Quijote del dúo, y si acaso fui Sancho desde el inicio, entonces fui el Sancho de la maravillosa relectura del clásico que hizo Franz, según la cual fue el escudero quien escribió las aventuras de su amo. La sombra y su hombre, ¿quién se atreverá a distinguirlos en la noche de los tiempos? De las cenizas de un fuego que decidí no encender he creado este Prometeo, poco me importa terminar siendo su creación. Franz siempre será mi Franzestein.

Demoré unos segundos en entender que había callado, como si no me sintiera aludido por su silencio. Me habría gustado saber en qué momento exacto había dejado de hablarme a mí para comunicarse exclusivamente con su amigo muerto.

–Justo ayer soñé que Franz seguía vivo. –Retomó la palabra sin beber un trago ni encenderse otro cigarrillo, como si después de perder contacto conmigo también lo hubiera perdido con su propio cuerpo–. Uno de esos sueños hiperrealistas que nos dejan con la sensación, al despertarnos, de que la realidad es soñada. En el sueño, Franz había muerto unos años atrás, aunque a la vez quedaba claro que eso no podía ser cierto. De hecho, tenía mejor aspecto que nunca. Yo le echaba en cara, entre sollozos, que me hubiera ocultado que estaba vivo y muerto al mismo tiempo, pero él no me contestaba. Después llegaba la hora de separarnos y yo sentía el impulso de preguntarle a dónde iría, pero entendía que los muertos solían visitar a sus seres queridos y que después del encuentro había que dejarlos partir.

Brod volvió a llenarse su vaso e hizo lo propio con el mío, luego me ofreció un cigarrillo y se encendió el suyo con el mismo fósforo. Mi impresión fue que el sueño había sido tan vívido que, al despertarse, había sentido que su amigo acababa de fallecer de nuevo. Y lo mismo ahora al relatarlo, como si pudiera jugar con su espíritu un ajedrez trascendente, que era reproche y consuelo a un tiempo.

–Le agradezco que me haya permitido reencontrarme con estos cuadernos. –Los tomó de la mesa ratona, tras apurar lo que le quedaba de whisky y aplastar el cigarrillo a medio fumar en el cenicero de cerámica–. Como le dije, son de una trascendencia invaluable. Si le conté tantas intimidades, además de por deformación profesional de escritor, que si no cuenta no vive, fue porque ya tenía decidido de antemano que el gran público no se iba a enterar de su contenido y quería que al menos una persona lo supiera, como le pasa a cualquiera que está por perpetrar un crimen.

Hizo una pausa que pareció de reflexión, pero que era de complacencia con la decisión ya tomada, de delictuosa delectación.

–Dos veces no cometo el mismo error –dijo–. O digamos que dos veces no me voy a dejar reprochar el mismo acierto. Quizá sea mejor para todos que mi interpretación de la obra de Kafka, que es sin duda la que más justicia le hace, y mis convicciones sobre ciertos sucesos de su vida, por ejemplo ese hijo que estoy seguro de que tuvo y todo el mundo dice que no, quizá lo mejor sea que queden como meras hipótesis de un amigo que desvaría. Fui el gran promotor de su obra, no quiero que se me recuerde como su estorbo. De modo que esta vez voy a cumplir con la voluntad de Franz, como acaso debería haber hecho también la otra. Con su permiso.

E increíblemente –increíble que lo hiciera y más increíble aún que yo ni atinara a frenarlo–, se puso de pie, se acercó a la chimenea y fue arrojando los cuadernos al fuego uno por uno, hasta soplando para avivar las llamas.

Durante unos minutos, la fusión fue absoluta: el hombre que, agachado ante ese fuego ritual, echaba sombra sobre mí, no era Max Brod, sino el propio Franz Kafka, quemando su obra. ¿Cómo iba a reclamar una recompensa por devolver al autor papeles que él sólo había querido ver convertidos en ceniza?

Tiempo más tarde, cuando le comenté mi aventura a Jonas, no podía parar de reírse. El crimen de Brod entraba en la categoría de *intento inservible*, me dijo, porque era sabido que, pese a vivir hacía más de veinte años en Israel, el amigo de Kafka nunca había aprendido a leer hebreo.

CARTA AL HIJO

[POR FRANZ KAFKA. TRADUCIDA DEL HEBREO POR H. J.]

Queridísimo hijo: si me preguntaras por qué tuve miedo de tenerte, no sabría qué contestar. Quizá la posibilidad de que salieras como yo, o, peor aún, que yo acabara siendo para ti lo que mi padre fue para mí. Ambas cosas eran bastante improbables, pero ya sabemos que el miedo no se rige por esos parámetros. Al miedo, lo único que le importa es paralizarte, aun cuando te impulse a huir. Le da lo mismo que te vayas o te quedes, si eso evita que hagas lo que a su criterio –que es y no es el tuyo– sería mejor que dejaras de hacer.

Si hubiera podido tener un hijo sin la obligación concomitante de ser su padre –otra imposibilidad, aunque a todas luces ha ocurrido–, tal vez hubiera hecho la prueba. A mi hermana Elli, tu tía Elli, le recomendé con vehemencia que enviase a su hijo a un internado, donde seguramente te hubiera mandado también a ti, para alejarte de tu padre, es decir, yo. La paternidad implica egoísmo, ese es el único sentimiento real de un progenitor respecto a su progenie y la razón última por la que ni el padre más amoroso aventaja, en términos pedagógicos, al menos afectivo de los maestros a sueldo. Elli no me hizo caso, de todos modos, y nada me asegura que yo mismo me lo hubiera hecho.

En el fondo, creo que no hay manera de que los padres hagan (hagamos) las cosas bien. Fíjate en el caso de Max, mi amigo Max Brod, el gran escritor, al que debes considerar también como un tío, porque yo lo considero un hermano, o hasta como un padre, porque sin él yo no existiría, y por ende tú tampoco. Los padres de Max lo mimaron desde niño, para ellos siempre fue un genio, le enseñaron a leer a los tres años haciéndole formar letras con galletas que sólo tenía permitido engullir si las colocaba correctamente. Todo lo contrario pensaba mi padre de mí, que me veía como un caso perdido. Cuando traje a casa mi primer libro impreso, me indicó que lo dejara sobre su mesa de luz, sin siquiera echarle una mirada a la portada. Tanto a Max como a mí nos crearon ideas erróneas sobre nosotros mismos, o digamos ajenas, pero que nos marcarían de por vida. Es el problema de que los padres sean el único espejo en el que nos miramos durante demasiado tiempo, un reflejo tan distorsionado que a veces no alcanzan luego los más imparciales del mundo exterior para recomponer la imagen.

En el caso de mi padre, tu abuelo, se agregaba el hecho de que podía ser extremadamente cruel. Todavía guardo en mi memoria –y la mano empieza a temblarme como si no fuera a contar un recuerdo, sino a vivirlo otra vez– la noche en que, a la edad en que Max aprendía el arte culinario de escribir, me sacó en piyama al frío del balcón interno de nuestro departamento en Praga porque yo no paraba de pedir agua entre lloriqueos. La desproporción del castigo respecto al presunto delito es algo que nunca se resolvió en mi memoria, ni va a poder resolverse en lo que me quede de vida, sencillamente porque no tiene lógica. Durante años padecí la idea atormentadora de que ese gigante que era mi padre pudiera acercarse y, sin motivo alguno de peso, sacarme de la cama en medio de la noche como si yo no pesara nada, es decir, como si no fuera nada. Desde entonces que me siento mentalmente atrapado en ese balcón como un animal en una jaula, la jaula de la iniquidad y de la insensatez, consciente de que, por más vueltas que le dé al asunto, jamás lograré salir de allí a fuerza de raciocinios. A la vez, racionalizarlo todo, una y otra vez, es casi lo único que aprendí hacer, quién sabe si no precisamente en aquel balcón interior, convertido ahora en íntimo.

Hacia el final de lo que llegué a escribir de mi primera novela incluí una escena en la que al protagonista lo encierran en esa parte de un departamento que es un afuera interno o un adentro exterior. Sentía algún resquemor por lo que pudiera generarme ese intento de exorcismo, pero si voy a ser sincero, y esa es la idea de las cartas como esta, ¿verdad?, lo disfruté como si fuera el gigante que encierra al niño afuera, sin más motivo que la satisfacción de mostrarle su poder. A más tardar en ese momento descubrí que podía ser tan cruel como mi padre y que, por lo tanto, lo mejor para mí (y para los que pudieran salir de mí) era no tener hijos.

Tuve libros, a cambio. Libros en los que ningún hombre tiene hijos, ni siquiera los que dejan embarazada a alguna mujer, como es el caso del protagonista de esa primera novela. O sea, que sí tienen, lo que pasa es que no se enteran, como me ha pasado a mí. ¿Lo sabía en ese momento y por eso lo escribí? ¿Dije, al mentir en mi novela, la verdad?

Pensaba que no había tenido hijos y ahora veo que te tuve por partida doble: al principio de mi vida amorosa y al principio de mi vida escrituraria. ¡Qué sorpresa mayúscula para alguien que eligió la literatura por considerarla una mentira sin secuelas! A diferencia, digo, de la realidad, que acaso no sea mucho más verídica, pero que siempre tiene un después. Mis lloriqueos de bebé, sin ir más lejos, pidiendo agua en medio de la noche cuando quizá ni tenía sed, sólo por poner a prueba a mi padre: las consecuencias de aquella mentirilla todavía las padezco y me las llevaré –o me llevarán– a la tumba.

También contigo debe ser ya tarde para todo. Es curioso que, por lo general, la personalidad de uno quede formada por completo a la edad en que recién se aprende a leer, es decir, a comer palabras con los ojos y así nutrir el cerebro. Igual guardo esperanza de que haber quedado eximido de conocer a tu padre haya sido una ventaja para ti. A mí, en tu lugar, me hubiera salvado la vida. Dirás que es preferible un progenitor que te castiga a uno que ni eso hace por ti, pero debes saber que no hubo crueldad ni aun negligencia en mi abandono, sólo ignorancia. No bien he sabido de tu existencia, me he dado a conocer con esta carta, que espero sea la primera de muchas.

Siempre y cuando este medio de comunicación sirva para conocerse, claro está. A veces pienso que toda la infelicidad de mi vida proviene de las cartas, o más bien de la posibilidad de escribirlas. Ninguna persona me ha engañado nunca; las cartas, en cambio, siempre. No las de otros, aclaro, sino las propias. Le escribí una muy larga a tu abuelo con la fantasía de enmendar, aunque más no fuera en parte, nuestra malhadada relación, pero aún no se la entregué y ya no creo que lo haga. Todo lo que digo allí es verdad, pero a la carta en sí la siento como un cuento. Lo mismo me pasa con mis diarios. Por muy verídico que sea lo que allí apunte, una vez asentado se torna fantástico. Como si al manar de la pluma la tinta se echara a dormir y las palabras, a soñar. Quizá por eso me inclino en mis otros escritos por los relatos fantásticos. Escribo sueños, directamente, para sentirlos realidad.

¿Te gusta la literatura fantástica? Es mi preferida. Al hogar donde te criaste nunca me acerqué en persona, pero enviaba libros, empezando por el que más me marcó en la vida, *Peter Schlemihl* de Adelbert von Chamisso. Es sobre un hombre que pierde su sombra. No sé si lo habrás leído ni, en tal caso, si notaste los guiones largos que aparecen cuando Schlemihl se queda dormido, o no sabe si duerme o está despierto. A partir de allí la narración se vuelve fantástica, el guion marca (u oculta) la sutil distancia entre sueño y vigilia, entre realidad y ficción. Eso remite a otro famoso guion de la literatura y a la pregunta de quién engendra a quién, quién es la sombra de quién, pero de eso hablaremos en persona, si algún día quieres conocerme.

Siempre me ha fascinado el carácter personal e intransferible de los sueños, esos mundos que se construyen y se destruyen por un rato para una sola persona. De joven me encantaba relatármelos en mi diario íntimo, por miedo a que se perdieran para siempre. ¡Qué pedantería! Ni siquiera sé si han sobrevivido los diarios que debían servirles de pasaje a la eternidad, y si están en alguna parte ya he ordenado quemarlos después de mi muerte. Todo ha de arder tras mi muerte, como le tengo pedido hace tiempo a mi amigo Max, aunque recién ahora entiendo realmente por qué: para que sólo sobreviva esta carta, hijo mío.

Qué cosa realmente fantástica que es tener un hijo, ahora que lo pienso, o que lo escribo (antes del *pienso luego existo* en mi caso viene el *escribo luego pienso*). De la nada, como una idea, surge algo que antes no existía, tanto más absurdo cuanto menos lo esperábamos. Y aun para quienes lo esperaban y lo buscaban, el anuncio, primero, y el alumbramiento, después, por más que sea predecible con meses de anticipación, se viven casi como milagros. En el fondo son como sueños, los hijos, por esto de que todos los tenemos, en potencia. Sueños compartidos, en su caso, como los que la tinta comparte con el papel.

Pero quizá lo único fantástico aquí sea la idea de que he tenido un hijo, y todo, esta carta incluida, no más que un sueño. La que dice ser tu madre, amiga de la que hubiera querido para ti (pero no me quiso para sí), bien puede estar forzándome a tener un hijo, como fuerza la empleada al protagonista de mi novela. Como varón, en todo caso, me quedará la duda de si un hijo es propio o ajeno. Es el precio de encargarle su concepción a las mujeres. Sólo en lo que duele hay certeza.

Quizá por eso siempre he buscado el dolor en la escritura, aun cuando escriba cosas graciosas. Porque la gracia está en lo espantosamente absurdo de las situaciones, es una risa que se padece. Esa mueca, que simula diversión y es de tormento, comporta la única consecuencia que se puede esperar de la literatura. Y uno quiere que lo que escribe tenga consecuencias, aunque sean malas. Mejor si son malas, tal vez, por ser las únicas que verdaderamente cuentan. Las otras pasan desapercibidas, como una comida que nos sienta bien o una noche de sueño reparador. Te lo dice alguien que nunca pudo comer nada sin que luego le doliera el estómago, ni recuerda haber dormido bien una sola noche en su vida. Ese es tu padre. ¿Hubieras preferido tenerlo cerca?

Si ahora ha llegado ese momento, no quisiera dejarlo pasar sin hacer abiertamente la confesión ya insinuada: fuiste fruto de un engaño. Tal vez no esté bien decírtelo, pero callártelo sería perpetrarlo, y tampoco ese puede ser un buen comienzo. A tu madre, Grete Bloch, me la envió mi prometida para que oficiara de mediadora entre nosotros, tras alguna desavenencias que sería tedioso reponer, pero acabó eclipsándome y quedándose, a todas luces, con mi sombra. La engañada, mi prometida, Felice, se fue más tarde a América, el mismo lugar al que yo me fui, en sentido figurado, con mi primera novela.

En la vida real siempre soñé con irme a la otra América, la del sur, esa a la que nunca termina de irse Felix Krull, el impostor de Thomas Mann, del que siempre imaginé que acaba contratando a otro impostor para que se tome el transatlántico hacia Argentina. Con la mención de ese curioso país empezó precisamente mi relación con Felice, tu madre soñada. La noche en que la conocí, en casa de los padres de Max, ella comentó que bailaba tango y yo pregunté si era un baile mexicano. Tuvieron que explicarme que provenía de la otra punta del continente y yo sentí tal vergüenza que hubiera querido salir corriendo de ese departamento y no parar hasta el puerto más cercano para tomarme el primer barco que cruzara el océano. Pero me quedé, te tuve y ahora te escribo.

¿Me contestarás? Puede no ser con toda la verdad. Quizá mejor que no lo sea, para que el papel la transforme en eso. El papel es como un guion mágico, convierte en verídicas las noticias más fantásticas y en fantasía los gritos más profundos del corazón. Yo igual te recomiendo que intentes ser sincero. He dicho que la literatura no tiene consecuencias, pero eso es respecto al mundo, no para quien escribe. En cuanto al mundo, vale también lo contrario: nada que uno escriba y que tenga consecuencias puede ser totalmente mentira. Es algo que deduzco, porque lo cierto es que nunca lo probé. Si lo haces por mí, cuéntame.

Y si no lo haces, cuéntame también. Al final de aquella carta que le escribí a mi padre y nunca le mandé, yo terminaba ensayando la respuesta que imaginé me daría él. No quisiera hacerlo lo mismo contigo. De modo que, insisto: escríbeme. Si no sabes por dónde empezar, es simple: dime tu nombre y a qué te dedicas. El resto irá saliendo por sí solo, ya verás.

ÍNDICE

ACABOSE DE IMPRIMIR ESTE LIBRO
EL DÍA 27 DE MARZO DE 2026